O TABULEIRO DA EXISTÊNCIA

Labrador

MARCELO NERI

O TABULEIRO DA EXISTÊNCIA

Coordenação editorial Pamela J. Oliveira
Assistência editorial Vanessa Nagayoshi, Leticia Oliveira
Direção de arte e capa Amanda Chagas
Projeto gráfico e diagramação Vinicius Torquato
Preparação de texto Sérgio Nascimento
Revisão Gleyce F. de Matos

Dados Internacionais de Catalogação na Publicação (CIP)
Jéssica de Oliveira Molinari - CRB-8/9852

Neri, Marcelo
O tabuleiro da existência / Marcelo Neri.
São Paulo : Labrador, 2025.
336 p.

ISBN 978-65-5625-944-4

1. Ficção brasileira 2. Autoconhecimento 3. Espiritualidade
I. Título

25-3248 CDD B869.3

Índice para catálogo sistemático:
1. Ficção brasileira

Labrador
Diretor-geral Daniel Pinsky
Rua Dr. José Elias, 520, sala 1
Alto da Lapa | 05083-030 | São Paulo | SP
contato@editoralabrador.com.br | (11) 3641-7446
editoralabrador.com.br

Sou um homem em busca de inteireza, e não de perfeição. A cada dia, escolho viver com mais verdade, leveza e presença. E, ao me curar, deixo rastros para que outros também encontrem o caminho.

Para meus pais, Jorge e Lúcia, que plantaram as primeiras sementes dessa jornada. Para Simone, meu porto seguro nessa caminhada. Para Lucas, Marcelo e Ana Clara, que me ensinaram que o amor é nossa verdadeira essência e o único movimento que transcende as incógnitas do jogo da vida. Para Bernardo e Dante, que renovam minha esperança no eterno presente. Vocês são minha casa, meu propósito — o que há de mais precioso no meu tabuleiro.

"O reino de Deus está dentro de vós."
— Lucas 17:21

sumário

o vazio acima das nuvens

O avião cortava a noite silenciosa, deslizando por um céu infinito de nuvens negras. Dentro da cabine da classe executiva, um silêncio pesado pairava, interrompido apenas pelo murmúrio discreto de conversas distantes, o tilintar ocasional de cristal fino e o rugido monótono e incessante dos motores. Dante Valente fitava a tela desligada à sua frente, os olhos fixos em um ponto inexistente além daquele pequeno retângulo negro.

Aos quarenta e sete anos, ele tinha tudo.

Exceto a única coisa que realmente importava.

Uma aeromoça deslizou pelo corredor, oferecendo taças de vinho tinto em cristal lapidado. O aroma da bebida entrelaçava-se ao leve odor de couro italiano e perfumes caros que impregnava o ambiente asséptico. Dante recusou com um gesto breve, sequer levantando o olhar para encontrar o sorriso ensaiado da mulher.

A vida sempre exigira dele um estado de alerta constante. Ou talvez — e esta era uma reflexão cada vez mais recorrente — não fosse a vida que exigia tal vigilância. Embora tivesse alcançado tudo o que a sociedade considerava evolução, seu DNA ainda transbordava um neuroticismo ancestral. Suas células continuavam programadas para a vigília eterna, para a sobrevivência primitiva, como se ainda fizesse a guarda noturna contra predadores invisíveis na savana que há muito deixara para trás.

Empresário renomado. Milionário. Estrategista implacável. Um nome que provocava sussurros respeitosos nos corredores do poder industrial. Mas dentro dele, um vácuo se expandia há anos, devorando cada centímetro de sua essência com a voracidade de um buraco negro.

Pegou o copo d'água e observou, quase hipnotizado, as gotas de condensação escorrendo pela superfície transparente. Assim como ele mesmo — dissolvendo-se lentamente, evaporando-se em pleno ar.

Recostou-se no assento ergonômico, inspirando profundamente. A crise de ansiedade anunciava sua chegada outra vez. Reconhecia aqueles sinais com a precisão de um velho amigo: o aperto crescente no peito, como mãos invisíveis comprimindo seu coração; o quase imperceptível tremor nas extremidades dos dedos; o suor frio que começava a brotar na nuca, escorrendo pela coluna vertebral. Anos de prática haviam lhe conferido a capacidade de esconder cada um desses sinais dos olhares alheios.

Sempre aprendera a esconder tudo.

Ao seu lado, uma revista repousava no assento vazio. Não carregava o logotipo da companhia aérea, não parecia pertencer ao acervo de bordo. Alguém a havia deixado ali — por acaso ou por algum propósito que escapava à sua compreensão?

Estendeu a mão e pegou-a com indiferença calculada, virando-a entre os dedos, até que uma manchete destacada na capa capturou sua atenção contra sua vontade: "Limpando a Mente: Técnicas para Alcançar a 'Verdadeira' Percepção da Realidade".

Dante arqueou uma sobrancelha e permitiu-se soltar um riso curto, quase inaudível. *Verdadeira realidade?* Que diabos isso significava, afinal? Mais uma dessas tendências pseudoespirituais que se espalhavam como vírus entre executivos estressados? Ou talvez um efeito colateral das novas substâncias desenvolvidas para combater a epidemia silenciosa da depressão contemporânea?

Ainda assim, assolado pelas crises de ansiedade que vinham se tornando cada vez mais frequentes, decidiu conceder uma chance àquelas páginas. Folheou-as com dedos impacientes até encontrar o artigo principal.

Estudos filosóficos significativos, práticas meditativas ancestrais e até mesmo as mais recentes pesquisas neurocientíficas convergem para uma verdade crucial para nosso desenvolvimento como seres humanos: a importância transcendental da autopercepção.

Ver as coisas como realmente são, despojadas dos filtros distorcidos de nossas experiências passadas e dos padrões interpretativos automáticos da mente. Permanecer com os eventos como eles se apresentam, sem interpretá-los, julgá-los ou projetar nossas crenças deformadas sobre sua superfície. Um olhar direto e nu para a realidade, livre das lentes míopes do pensamento condicionado.

Dante exalou profundamente. Aquilo soava tão simples na página impressa e, simultaneamente, tão inatingível quanto tocar as estrelas que pairavam invisíveis além daquelas nuvens negras.

O artigo prosseguia, elencando métodos como Meditação Mindfulness, Investigação Profunda do Eu, Filosofia Não Dual, Terapias Cognitivas Avançadas e Reflexão Filosófica Contemplativa.

Tentou continuar a leitura, mas o cansaço — aquele cansaço existencial que carregava há anos — começou a se infiltrar em sua consciência como um anestésico insidioso. As palavras iniciaram uma dança abstrata, embaralhando-se diante de seus olhos. Suas pálpebras pesaram como se feitas de chumbo.

Foi quando o comissário de bordo materializou-se ao seu lado e, com voz modulada para não perturbar o ambiente, perguntou sobre sua preferência para o jantar.

Dante piscou várias vezes, retornando abruptamente àquela versão particular da realidade que se resumia à escolha entre frango grelhado ou massa ao molho pesto.

***

Aproximadamente três horas após a decolagem, mergulhado em seus próprios pensamentos, Dante começou a perceber, com a consciência aguçada de um observador meticuloso, um padrão recorrente que se manifestava em tudo ao seu redor.

O número três.

Três elementos. Três manifestações. Três pontos de convergência.

Recordou-se de um livro que havia lido recentemente, intitulado *Os Três Poderes*, que argumentava de forma convincente que o universo operava fundamentalmente sob um padrão de tríades interconectadas. Não era apenas a tríplice da composição humana — corpo, mente e emoção — que governava sua existência, mas um princípio cósmico que se replicava em dimensões múltiplas da realidade.

As estruturas que sustentavam a sociedade moderna refletiam esse mesmo equilíbrio tríplice: o Legislativo, o Executivo e o Judiciário formavam a base das democracias; as tradições espirituais mais antigas evocavam invariavelmente tríades sagradas: Pai, Filho e Espírito Santo na tradição cristã; Brahma, Vishnu e Shiva nos textos hindus. Até mesmo nas manifestações mais elementares da natureza, esse padrão se revelava de modo irrefutável: sólido, líquido e gasoso; passado, presente e futuro; nascimento, vida e morte.

A dualidade que sempre parecera ser a régua fundamental do mundo — o bem e o mal, o certo e o errado, a luz e a escuridão — agora lhe parecia incompleta, uma equação inacabada. Talvez a resposta para sua busca não estivesse no conflito eterno entre dois polos opostos, mas no terceiro elemento, na síntese harmoniosa, na ponte invisível que os conectava e transcendia.

Para Dante, um dos elementos da tríade emergia como o mais poderoso: o elemento da conexão, aquele responsável por solucionar o maior dos sofrimentos humanos — a divisão, a fragmentação eterna do ser.

Enquanto a aeronave cruzava céus desconhecidos, Dante pousou os olhos sobre a fileira de assentos à sua frente. Ali, em um pequeno adesivo no encosto, estavam os ícones que representavam a mecânica essencial do voo: altitude, velocidade e direção. Três variáveis fundamentais que os pilotos monitoravam incessantemente para manter o equilíbrio delicado daquela máquina suspensa entre céu e terra. Na ausência de qualquer uma delas, o controle seria irremediavelmente perdido.

Examinou o ambiente ao redor e identificou outra tríade perfeita: o botão de chamada, a luz de leitura e a saída de ar, alinhados com precisão matemática no painel acima dos passageiros. Pequenos detalhes aparentemente triviais que garantiam o conforto dos viajantes. Mesmo o próprio fenômeno do voo dependia de três forças primordiais: sustentação, arrasto e empuxo. Sem a interação harmoniosa dessas forças, o avião jamais abandonaria o solo.

Dante recostou a cabeça e fechou os olhos por um instante, permitindo que aquela constatação o envolvesse completamente. O padrão se manifestava em absolutamente tudo. Lembrou-se de sua formação em Inteligência Sistêmica, cujas premissas fundamentais eram: ordem, equilíbrio e pertencimento.

Era como se o universo estivesse constantemente sussurrando em seu ouvido que a resposta para a ordem cósmica das coisas não residia na simplicidade redutora da dualidade, do sim e do não, mas na harmonia transcendente do terceiro elemento, na síntese que tornava o equilíbrio possível, na chave que abria todas as portas.

as cicatrizes invisíveis

Aos olhos vigilantes do mundo corporativo, Dante Valente era um homem impenetrável. Racional até a medula, calculista, alguém que sempre se mantivera impassível no controle de tudo e de todos. Porém, ele conhecia a verdade que se escondia sob aquela fachada cuidadosamente construída. Conhecia as forças que o haviam moldado, as mãos invisíveis que esculpiram sua alma.

Seu pai nunca pronunciara as palavras "eu te amo". Jamais tocara seus cabelos com afeto, nunca o erguera nos braços com orgulho. Era um homem rígido como aço temperado, severo como um juiz antigo, incapaz de manifestar qualquer traço de ternura. Para aquele patriarca inabalável, amor era sinônimo de disciplina, e disciplina significava ser implacavelmente duro, ensinar através do silêncio cortante, educar pela ausência deliberada.

Sua mãe... Um espectro de carne e osso, uma presença física constante, mas um abismo emocional intransponível. Uma mulher que havia se conformado com o confinamento da vida que lhe fora designada, mas cujos olhos sempre carregavam o peso de uma tristeza resignada, como janelas para um universo de sonhos abandonados.

Dante aprendeu desde os primeiros anos que sentimentos eram manifestações de fraqueza intolerável e que o amor era uma moeda rara que jamais circularia entre suas mãos.

E o que um menino fazia quando era privado do alimento fundamental do amor? Ele buscava validação por outros caminhos, muitas vezes tortuosos. Ele se tornava o melhor. A qualquer custo.

O mais inteligente. O mais estratégico. O mais bem-sucedido. O mais impiedoso quando necessário. Porque, se não podia ser amado por ser quem era, ao menos poderia ser admirado — ou temido — pelo que conquistava.

E Dante conseguiu. Construiu impérios. Mas a que preço inominável?

Agora, era um homem incapaz de estabelecer conexões genuínas com outro ser humano. Um rei solitário em um trono de conquistas vazias.

Tentara amar, em algum momento distante. Casara-se uma vez, quando ainda acreditava poder preencher aquele vácuo interior. Tivera um filho, uma continuação de seu sangue. Porém, jamais conseguira estar verdadeiramente presente em espírito. A voz implacável do pai ecoava de forma perpétua em sua mente: "Os fracos se preocupam com emoções efêmeras. Os fortes constroem legados eternos".

E Dante construiu. Edificou impérios. Contudo, em algum momento indeterminado daquela jornada, perdeu irremediavelmente a si mesmo.

Seu filho tinha agora vinte e três anos. Um estranho que compartilhava seu sobrenome e nada mais. Um ser humano que crescera na sombra da ausência paterna, assim como o próprio Dante.

A história repetia-se, implacável como uma maldição ancestral.

Sua ex-esposa, enfim, se cansou de esperar por um Dante que jamais estaria emocionalmente disponível, por um homem que olhava através dela como se fosse apenas mais um obstáculo a ser superado. Ela partiu, carregando fragmentos de sonhos despedaçados. Ele permaneceu. E permaneceu sozinho, como talvez sempre estivesse destinado a ficar.

Talvez tenha sido melhor assim. Talvez nunca tenha sido capaz de oferecer amor genuíno a outro ser humano.

Talvez, como seu pai antes dele, tivesse nascido fundamentalmente incapaz de sentir.

Fechou os olhos com força. O aperto no peito intensificou-se como um torno sendo girado. A respiração tornou-se superficial e insuficiente.

Os pensamentos aceleravam-se em uma espiral vertiginosa.

Medo de quê, exatamente?

Nem ele mesmo conseguia nomear. Medo do vazio. Medo de tudo. Medo de si mesmo.

o reflexo na janela

Virou-se para a janela oval do avião. Sua própria imagem se projetava no vidro escuro, devolvendo-lhe um olhar acusador. O rosto marcado pelo cansaço. Olheiras profundas como trincheiras escavadas sob olhos opacos. A face de alguém que possuía tudo o que o dinheiro podia comprar e nada do que realmente importava.

Lá fora, além daquele reflexo fantasmagórico, um manto escuro e impenetrável cobria o céu noturno. Nenhum brilho de civilização, nenhuma referência terrestre. Apenas o vazio primordial, a escuridão absoluta que antecedia toda criação.

E então, ele viu.

Algo se movia no horizonte obscuro.

A princípio, eram apenas três pontos luminosos dispersos, pequenos brilhos quase imperceptíveis que poderiam ser qualquer coisa: estrelas distantes, um reflexo ilusório, um jogo de luz projetado pela fuselagem da aeronave. Mas conforme fixava o olhar, as luzes pareciam se reorganizar em padrões deliberados, formando e desfazendo repetidamente três figuras geométricas perfeitas que desafiavam qualquer explicação lógica.

Seu peito enrijeceu instantaneamente. Um arrepio glacial percorreu sua espinha dorsal como uma corrente elétrica.

As luzes moviam-se com evidente intencionalidade, pulsando e transmutando-se em cores que seu cérebro mal conseguia processar, seguindo um ritmo hipnótico que parecia sincronizado com os batimentos de seu coração. Não era um fenômeno aleatório. Era como se tentassem comunicar algo específico, uma mensagem cifrada dirigida exclusivamente a ele. Mais uma vez o padrão de três elementos, três luzes, manifestava-se diante de seus olhos incrédulos.

E, por um instante suspenso entre tempo e espaço, Dante sentiu uma presença inefável.

Era como se algo ou alguém estivesse observando-o diretamente, devolvendo seu olhar com uma intensidade que transcendia o físico. Em sua mente, uma voz cristalina emergiu do nada, como se alguém sussurrasse diretamente em sua consciência: *O que você busca, Dante Valente?*

Neste exato momento, o avião estremeceu com violência.

Uma turbulência repentina e brutal sacudiu a aeronave. Passageiros ao redor agarraram-se aos apoios de braço com dedos sob pressão extrema. Uma aeromoça cambaleou antes de se estabilizar, segurando-se no carrinho de bebidas com força suficiente para embranquecer os dedos.

Dante permaneceu imóvel, petrificado. Não conseguia desviar o olhar daquilo que testemunhava nem silenciar a voz que reverberava dentro de sua mente com clareza cristalina.

As três luzes começaram a se expandir exponencialmente, fundindo-se em um único ponto de brilho insuportável. A cabine inteira cintilou em um clarão sobrenatural.

Então, o impacto.

O mundo inteiro inverteu-se em um instante eterno.

O rugido ensurdecedor dos motores explodiu em seus ouvidos, seguido por um som surdo e esmagador que parecia engolir toda a realidade. O tempo desacelerou até quase parar completamente. Um clarão branco, mais brilhante que mil sóis, consumiu tudo ao seu redor.

E então, o silêncio absoluto desceu como uma mortalha.

Escuridão completa.

Dante Valente caiu.

Para onde, ele não sabia.

o despertar no campo quântico

Escuridão absoluta.

Um vazio primordial, sem forma, sem tempo, sem som. Uma ausência tão completa que transcendia a própria definição de existência.

Dante não sentia mais o próprio corpo. Não havia gravidade para ancorá-lo, nenhum ponto cardeal para orientá-lo, nenhuma noção de passado ou futuro para situá-lo na linha do tempo. Apenas um silêncio absoluto, uma ausência total de tudo o que já conhecera ou experimentara em sua existência.

Estaria morto? Seria essa a verdadeira face do fim?

Não... isso não faz sentido nenhum.

Tentou evocar as últimas memórias que ainda flutuavam nos confins de sua consciência: o avião rasgando o céu noturno, o clarão sobrenatural, o impacto devastador, o rugido agonizante dos motores em seu canto de morte antes de a escuridão absoluta envolvê-lo como um manto final.

Mas onde exatamente estava agora? Que dimensão era esta que não se parecia com nada que já tivesse experimentado?

Ele não conseguia ver nada. Nem mesmo a si próprio. Mas sentia algo indefinível. Uma presença intangível, como se o próprio tecido do espaço ao seu redor estivesse consciente, observando-o com uma intensidade que transcendia os sentidos físicos.

E então, a voz emergiu do vazio.

— O que é o medo, Dante Valente?

A pergunta reverberou de todos os lados simultaneamente e de lugar nenhum em particular, como se o próprio vácuo houvesse adquirido a capacidade de comunicação.

A voz não possuía qualquer qualidade humana reconhecível — não era masculina nem feminina, jovem ou velha, autoritária ou submissa. Ela simplesmente era. Uma presença sonora tão fundamental quanto os elementos primordiais da criação.

o campo quântico e a natureza da consciência

— A ciência contemporânea denomina este espaço como campo quântico — continuou a voz, suas palavras tecendo realidade no vazio. — Os antigos mestres o chamavam de véu entre os mundos, a membrana tênue entre a vida e a morte. Os espiritualistas o reconhecem como o plano de transição, o umbral entre dimensões de consciência.

Dante tentou compreender aquelas palavras que pareciam simultaneamente estranhas e familiares, como um conhecimento ancestral adormecido em algum recôndito de sua alma.

— Isso... isso é real? — A pergunta soou infantil mesmo aos seus próprios ouvidos, como se tivesse retornado à infância, quando as fronteiras entre o real e o imaginário ainda não haviam sido solidificadas.

A voz emanou algo que poderia ser interpretado como um riso suave — não de escárnio, mas de compreensão compassiva.

— O que é real, Dante Valente? Seria real apenas o que seus cinco sentidos limitados podem perceber? Seria real apenas o que seu cérebro, com suas sinapses e neurônios, consegue processar? Quantas dimensões da realidade permanecem invisíveis aos olhos humanos, inaudíveis aos ouvidos mortais?

A escuridão absoluta ao seu redor começou a sofrer uma transformação sutil. Como gotas de tinta escorrendo em água cristalina, sombras começaram a se distorcer e a criar formas indefinidas, um caleidoscópio de luzes e sombras em constante metamorfose.

E então, três figuras distintas emergiram à distância, seus contornos inicialmente nebulosos, como se estivessem sendo materializadas a partir da própria substância do vazio.

as três figuras

Dante concentrou sua atenção, tentando discernir as formas que se consolidavam aos poucos diante dele.

Elas não eram inteiramente humanas em sua essência, mas também não eram completamente irreconhecíveis. Ocupavam um espaço limítrofe entre o familiar e o transcendente, como arquétipos fundamentais vestidos com fragmentos de memórias humanas.

A primeira figura portava um manto longo de tonalidade indefinível, que parecia absorver e refletir a luz simultaneamente. Seus olhos eram intensos e penetrantes, como se pudessem dissecar a realidade em suas partículas mais elementares. Seus gestos eram econômicos e precisos, transmitindo uma contenção deliberada. Emanava dela uma aura de sabedoria cortante e implacável, como alguém que já havia questionado e desconstruído todas as certezas possíveis.

— Eu sou o Filósofo — anunciou a figura, sua voz ressoando com a autoridade de séculos de inquietação intelectual. — Sou a manifestação da inquietude que habita seu âmago, o produto destilado de sua consciência analítica, daquela parte de você que anseia por conhecimento para além das aparências superficiais, que busca compreender os padrões subjacentes à existência, ainda que dentro dos limites inevitáveis da sabedoria humana.

A segunda figura emanava uma qualidade distinta, embora também familiar ao universo interior de Dante. Seu olhar era profundamente humano, mas carregado de uma tristeza antiga e uma compreensão que parecia abarcar todas as dores possíveis. Seus gestos eram fluidos e acolhedores, transmitindo uma compaixão terapêutica, embora sustentada por uma firmeza inabalável.

— Eu sou o Terapeuta — pronunciou a segunda entidade, com uma voz que parecia carregar ecos de mil confessionários. — Sou aquele que habita nas sombras de suas feridas, que compreende as cicatrizes invisíveis que você carrega e os padrões que se repetem em sua existência. Sou a possibilidade de cura que você simultaneamente busca e teme.

A terceira figura destacava-se das demais, envolta em um brilho etéreo que pulsava sutilmente, como se seu corpo fosse composto por uma substância mais luminosa que a matéria comum. Irradiava um tipo de presença que transcendia definições convencionais. Seu rosto apresentava uma qualidade cambiante, transformando-se de modo sutil cada vez que Dante tentava fixar o olhar em suas feições. Era algo simultaneamente familiar e distante, como uma memória ancestral ou um déjà-vu impossível de localizar no tempo.

— Eu sou o Espiritualista — declarou a terceira presença, sua voz ressoando como se vibrasse em frequências múltiplas ao mesmo tempo. — Represento aquela dimensão que você intui existir para além do véu material, aquela ponte entre mundos que sua alma reconhece, embora sua mente racional tente negar. Sou a expressão daquilo que conecta todas as coisas em uma teia invisível de significado.

Dante sentiu uma vibração gelada percorrer sua essência incorpórea, um arrepio transcendental que não pertencia mais ao domínio físico.

— E o que exatamente vocês querem de mim? — questionou, surpreso com a clareza de sua própria voz naquele ambiente impossível.

A luz ao seu redor pulsou suavemente, como se o próprio espaço respirasse em sincronia com suas palavras.

— Não se trata do que queremos — respondeu a voz primordial que parecia agora emanar das três figuras de modo sincrônico. — Trata-se do que você vem buscando incansavelmente durante toda a sua existência, daquilo que impulsiona seus passos mesmo quando você desconhece o caminho. Trata-se do que você está verdadeiramente disposto a enfrentar neste momento crucial.

A voz da luz se intensificou, adquirindo uma qualidade multidimensional que reverberava não apenas no espaço ao redor, mas dentro da própria consciência de Dante.

— Uma vez que você sempre se revelou um buscador, ainda que muitas vezes inconsciente dessa natureza essencial, chegou o momento de participar do Tabuleiro da Existência. Nele, você terá a oportunidade de encontrar, caso aceite o desafio, algumas verdades fundamentais sobre aquilo que sua alma sempre perseguiu. Você enfrentará desafios específicos neste jogo transcendental. Cada um deles refletirá uma faceta crucial de seu ser. Nossa intenção é conduzi-lo, com sabedoria ampliada, através das camadas de seu passado, da complexidade de seu presente e da natureza de seus medos mais profundos, para que possa finalmente compreender o verdadeiro significado do tempo futuro e seu lugar nele.

— E precisarei enfrentar essa jornada completamente sozinho? — A pergunta escapou de Dante antes que pudesse contê-la, revelando uma vulnerabilidade que raramente permitia transparecer.

— Não — assegurou a voz coletiva. — Você poderá contar com um de nós como guia em cada fase da jornada. Cada um oferecerá a perspectiva e a sabedoria necessárias para aquele estágio particular do caminho.

Dante observou novamente as três figuras arquetípicas que se apresentavam diante dele. Embora se sentisse estranhamente confortável com suas presenças, como se as conhecesse há milênios, algo mais profundo em sua essência as reconhecia para além dessas identidades que se manifestavam, como se fossem máscaras de algo ainda mais fundamental.

Mas de onde vinha esse reconhecimento? Qual era a verdadeira natureza dessas entidades que emanavam simultaneamente familiaridade e transcendência?

E, mais importante ainda, o que significava aquele padrão persistente do número três que o perseguira até mesmo nesta dimensão além da vida e da morte?

***

A luz explodiu ao seu redor com uma intensidade inconcebível.

Dante sentiu sua consciência sendo violentamente arrancada e comprimida, como se estivesse sendo forçado através de mil camadas sobrepostas de realidade. Seu peito contraiu-se em um espasmo de terror primordial. O oxigênio parecia ter sido extraído de todo o universo. O tempo — se é que tal conceito ainda existia naquela dimensão incompreensível — dissolveu-se por completo em um abismo de eternidade.

E então, de repente, ele caiu.

Mas não sobre uma superfície material.

Ele caiu dentro da própria consciência.

Quando finalmente conseguiu abrir os olhos, encontrou-se de pé sobre algo cuja existência desafiava todos os parâmetros da realidade que conhecera.

o tabuleiro da existência

Dante estava posicionado no centro de um imenso tabuleiro suspenso no vazio infinito: uma estrutura impossível cujas peças eram compostas por arquiteturas móveis que transmutavam suas formas a cada instante, como fractais vivos respirando em sincronia com algum pulso cósmico invisível.

Ele observou atentamente o ambiente ao seu redor. O espaço que o circundava era literalmente infinito em todas as direções, uma vastidão sem horizonte ou fronteiras discerníveis. Contudo, o chão sob seus pés parecia estranhamente sólido, proporcionando uma estabilidade paradoxal. Não era composto de pedra, terra, madeira ou qualquer substância conhecida. Era como se estivesse caminhando sobre o próprio conceito abstraído de existência, sobre a ideia fundamental que sustentava toda a realidade manifesta.

Acima dele, as três figuras enigmáticas que havia conhecido no Campo Quântico observavam em silêncio solene, suas presenças irradiando uma atenção focada que parecia penetrar até o âmago de seu ser.

— Onde estou exatamente? — perguntou Dante, sua voz soando estranhamente tangível naquele ambiente transcendental.

A voz melodiosa e multitonal do Espiritualista foi a primeira a responder, reverberando como se emanasse das próprias partículas do espaço:

— No Tabuleiro da Existência, Dante Valente.

O Filósofo avançou um passo à frente, sua presença intensificando-se como uma lâmina afiada de pura consciência analítica.

— Aqui, toda a tessitura de sua vida pode ser contemplada como um jogo cosmológico. Porém, não um jogo regido pelo acaso ou pela fortuna cega. Não existem dados a serem lançados. Não há aleatoriedade genuína neste domínio. Existem apenas suas escolhas essenciais e as consequências que delas emanam inevitavelmente.

Dante sentiu um arrepio transcendental percorrer não apenas seu corpo aparente, mas a própria estrutura de sua consciência.

O Terapeuta interveio, então, com um tom mais suave e acessível, embora não menos carregado de significado profundo:

— E neste jogo singular não há conceitos simplistas de vitória ou derrota como você os compreende. O único objetivo genuíno é a compreensão fundamental. E essa compreensão, quando autêntica, determinará de forma inevitável seu destino ulterior.

a primeira regra: escolher um caminho

Na vasta extensão à frente de Dante, três caminhos distintos se materializaram simultaneamente, cada um conduzindo a um setor particular do imenso tabuleiro cósmico.

O primeiro caminho, à sua esquerda, apresentava-se como o "Caminho da Mente": lóbulos gigantescos de arquitetura neuronal distorcida erguiam-se ao longe, formando estruturas que lembravam vagamente catedrais góticas construídas com matéria cinzenta. Era um mundo dedicado ao raciocínio implacável, à lógica absoluta e à interpretação racional da existência, mas com uma aura de frieza quase desumana.

À sua frente, estendia-se o "Caminho da Alma", um campo vibrante que parecia literalmente vivo, pulsando com cores transdimensionais e fragmentos de memórias entrelaçadas que transcendiam sua existência individual. Eram recordações não apenas de sua própria jornada terrena, mas de todas as gerações que o precederam, um arquivo vivo da experiência humana coletiva através dos milênios.

À sua direita, manifestava-se o "Caminho do Espírito", com uma neblina etérea e impenetrável que simultaneamente absorvia e irradiava luz, criando um paradoxo visual impossível. Dela emanavam ecos fragmentados de verdades transcendentais que jamais poderiam ser completamente articuladas em linguagem humana.

Dante sentiu um peso invisível descer sobre seus ombros, uma responsabilidade primordial que parecia comprimir sua própria essência. Intuiu imediatamente que a escolha não era aleatória ou trivial. Cada caminho representava não apenas um trajeto físico, mas uma modalidade de experiência, um teste específico para diferentes dimensões de seu ser.

O Filósofo curvou os lábios em um sorriso enigmático que não alcançava seus olhos penetrantes.

— Você só pode selecionar um caminho neste momento crucial. Contudo, inevitavelmente, precisará atravessar todos eles para completar sua jornada integral.

O Terapeuta complementou, sua voz carregando o peso de incontáveis transformações testemunhadas:

— Mas cada escolha que fizer alterará fundamentalmente quem você é. Você nunca atravessará o segundo caminho como a mesma pessoa que iniciou o primeiro.

Dante respirou fundo, sentindo o ar impossível daquela dimensão preenchendo seus pulmões metafísicos. Examinou de forma meticulosa os três caminhos que se estendiam diante dele, cada um chamando-o de uma maneira diferente, cada um prometendo e ameaçando em igual medida.

E então, com a certeza que nascia apenas das decisões verdadeiramente fundamentais, ele fez sua escolha.

a segunda regra: confrontar a morte

No instante preciso em que seu pé tocou o caminho escolhido, o tabuleiro inteiro estremeceu com violência, como se a própria realidade respondesse à sua decisão irrevogável.

Algo começou a se materializar ao seu lado, partículas de escuridão condensando-se gradualmente em uma forma definida.

Uma figura alta e esguia envolta em um manto fluido que parecia absorver toda luz ao seu redor, segurando o que Dante percebeu ser não uma foice tradicional, mas algo mais sutil e terrível — uma lâmina invisível que parecia cortar a própria tessitura da realidade.

A Morte.

Dante sentiu sua garganta contrair-se involuntariamente. A entidade diante dele não correspondia às representações populares de esqueleto macabro ou espectro tenebroso. Era apenas uma presença fundamental, tão inevitável quanto o próprio existir. A manifestação pura do fim que aguardava todas as coisas.

Ela o observou em silêncio absoluto, uma atenção primordial que parecia avaliar não apenas seu corpo, mas a totalidade de seu ser através de éons de tempo.

E então a Morte falou, sua voz surpreendentemente melodiosa, como cristais antigos ressoando nas profundezas do cosmos:

— Cada movimento que executa neste jogo te aproxima inexoravelmente de mim, Dante Valente.

Dante sentiu uma onda glacial percorrer sua espinha metafísica, uma compreensão visceral do inescapável.

A Morte prosseguiu, sua voz desprovida de malícia ou triunfo:

— Mas não me tema desnecessariamente. Meu papel nesta jornada não é derrotá-lo ou conquistá-lo. É simplesmente acompanhá-lo, como faço com todos os seres desde o primeiro alvorecer da existência.

O Filósofo cruzou os braços em um deliberado gesto humano, sua presença intensificando-se.

— Seja cauteloso em sua compreensão, Dante. A Morte não conquista o jogo cósmico como você talvez imagine. Ela meramente encerra partidas que não chegaram à sua conclusão natural.

Dante ficou momentaneamente sem palavras, absorvendo o peso transcendental daquele encontro.

A Morte apenas curvou os lábios invisíveis em um sorriso enigmático, e então então dissolveu-se gradualmente no ar, tornando-se novamente parte da própria tessitura da realidade.

Mas suas palavras continuavam a reverberar nas profundezas da consciência de Dante, como um mantra ancestral gravado nas fundações de seu ser: *a Morte não vence o jogo. Ela apenas encerra partidas inacabadas.*

Ele franziu o cenho, seu intelecto lutando para decifrar o significado daquele enigma existencial. O que exatamente aquelas palavras tentavam transmitir?

Voltou-se para o Filósofo, que o observava com uma expressão ao mesmo tempo compassiva e impenetrável.

— O que ela quis dizer com isso? — questionou Dante, tentando inutilmente mascarar a inquietação que refletia em sua voz. — A Morte não vence o jogo? Ela apenas encerra partidas inacabadas? Não é essencialmente a mesma coisa sob perspectivas distintas?

O Filósofo esboçou um sorriso enigmático, mas foi o Espiritualista quem respondeu, sua voz emanando como música de esferas distantes:

— Você foi condicionado a acreditar que a morte representa um término absoluto, uma conclusão definitiva. Porém, essa percepção é fundamentalmente equivocada. O jogo cósmico jamais foi uma competição entre você e a Morte. A Morte não compete, não deseja, não ambiciona. Ela simplesmente cumpre sua função primordial: encerrar os ciclos daqueles que não souberam completá-los por seus próprios meios.

O Terapeuta aproximou-se então, seus olhos refletindo uma compreensão profunda da condição humana e de suas limitações autoimpostas.

— Aqueles que deliberadamente fogem do jogo existencial, que se recusam a confrontar suas questões mais fundamentais, que evitam enfrentar sua verdadeira natureza... essas são as partidas que a Morte inevitavelmente encerra antes que alcancem sua maturação natural.

Dante sentiu um calafrio metafísico percorrer a totalidade de seu ser.

— Então... morrer não é equivalente a perder?

O Filósofo cruzou os braços, sua presença intensificando-se como uma lâmina de pura razão.

— Morrer sem jamais ter compreendido que você já existia em um estado de morte em vida... isso, sim, constitui uma perda genuína, uma tragédia cósmica.

Dante mergulhou em um silêncio contemplativo, absorvendo a profundidade daquelas revelações.

O Espiritualista dirigiu-lhe um olhar que parecia atravessar éons de existência e completou, sua voz ressoando com a autoridade de verdades essenciais:

— Agora, Dante Valente, faça sua escolha definitiva. Selecione seu primeiro caminho. O Tabuleiro da Existência já está em pleno curso.

o terapeuta: a mente e suas construções psicológicas

Um estrondo retumbante de trovão cósmico reverbera através das camadas da realidade. A totalidade do espaço ao redor gradualmente se dissolve em uma escuridão absoluta.

Um único ponto de luz infinitesimal acende-se no centro daquela vastidão obscura. Ele pulsa ritmicamente, como um coração primordial batendo com a cadência deliberada da própria existência.

O silêncio opressivo que dominava aquele vazio é finalmente quebrado.

Uma voz profunda, simultaneamente serena e carregada de mistério insondável, ecoa através das dimensões do nada:

— Seja bem-vindo, Dante Valente. Sua verdadeira jornada começa apenas agora.

Diante dele, a escuridão impenetrável começa a se dissolver aos poucos. Como se um véu tecido com a própria substância da ilusão fosse delicadamente retirado de sua percepção, ele finalmente contempla...

o tabuleiro

Diante de seus olhos se materializa um espaço que desafia qualquer paradigma lógico conhecido. Um piso infinito se estende sob seus pés, constituído por um intrincado padrão de ladrilhos negros e brancos, reminiscente de um gigantesco e arcano tabuleiro de jogo cósmico. Entretanto, este tabuleiro transcende qualquer sistema convencional de regras. Determinadas casas emitem uma luminescência própria, outras tremulam como miragens etéreas à beira de um deserto metafísico. Algumas manifestam uma solidez inquestionável, enquanto outras se revelam como fendas abissais que parecem conduzir a dimensões insondáveis do desconhecido.

No epicentro deste espaço impossível, um monumental relógio de areia permanece suspenso no vazio, executando uma rotação lenta e deliberada ao redor de seu próprio eixo. Os grãos no interior do dispositivo desafiam todas as leis conhecidas da física; eles não fluem em uma trajetória linear descendente, mas oscilam em padrões hipnóticos, como se o próprio tecido do tempo estivesse sendo simultaneamente tramado e desfeito diante de seus olhos mortais.

No horizonte distante, uma série de portais enigmáticos se distribui sem qualquer estrutura aparente para sustentá-los — portas monolíticas existindo sem paredes, cada uma aparentemente conduzindo a um recanto diferente da psique. Algumas permanecem hermeticamente seladas, enquanto outras se encontram entreabertas, como se o convidassem a explorar seus mistérios ocultos.

Dante sente um calafrio transcendental percorrer sua espinha metafísica. Não possui qualquer recordação consciente de como veio a ocupar este lugar impossível. Tudo ao seu redor apresenta a qualidade onírica de um sonho vívido... mas a intensidade das sensações que experimenta indica uma realidade mais tangível que qualquer experiência mundana anterior.

A voz primordial ecoa novamente através das camadas da realidade:

— Este é o Jogo da Verdade. Um caminho irreversível, onde as peças se movimentam motivadas por escolhas essenciais e o tempo dança em conformidade com suas decisões fundamentais.

Dante franze o cenho, seu intelecto lutando para compreender a magnitude daquilo que testemunha.

— Jogo da Verdade? — questiona, sua voz surtindo um efeito estranho naquele ambiente, como se cada sílaba adquirisse uma densidade própria.

— Precisamente. E você já executou sua primeira jogada ao aceitar sua presença neste plano. Mas agora precisa se familiarizar com as regras substanciais que regem esta dimensão.

O majestoso relógio de areia acelera sua rotação. Pequenos símbolos arcanos começam a se formar nos próprios grãos conforme caem, como se estivessem cartografando em tempo real os contornos mais íntimos da mente de Dante.

as regras

— O objetivo é de uma simplicidade enganosa: você deve atravessar o tabuleiro em sua totalidade. Cada casa sobre a qual pisar revelará uma faceta oculta de sua narrativa pessoal. Algumas manifestarão desafios profundos que exigirão enfrentamento. Outras oferecerão respostas a questões que você talvez nem soubesse que possuía. Porém todas, invariavelmente, exigirão algo significativo de você.

Dante inspira profundamente, sentindo o peso daquela proposição.

— E se eu me recusar a participar desse jogo? — questiona, buscando uma saída que intuitivamente sabe não existir.

A voz mantém sua serenidade imperturbável, mas adquire uma firmeza inabalável:

— Não existe possibilidade de recusa. Você já está irrevogavelmente inserido no jogo.

Dante examina com cuidado o ambiente ao seu redor. Não identifica qualquer saída aparente, qualquer escape daquela realidade impossível.

— E quais são as consequências caso eu não seja bem-sucedido?

O monumental relógio de areia estremece violentamente. A voz responde com uma gravidade que não havia manifestado antes:

— Fracassar significa permanecer eternamente aprisionado àquilo que você sempre foi. Às repetições de padrões destrutivos. Aos ciclos intermináveis de comportamento. Às memórias que exercem controle sobre você, ao invés de serem controladas por sua consciência desperta. Mas se for bem-sucedido... poderá ressignificar fundamentalmente sua própria narrativa existencial.

Dante sente um nó se formar em sua garganta metafísica, uma compreensão súbita se cristalizando em seu âmago.

O jogo não se trata de superar um adversário externo. Trata-se do confronto definitivo consigo mesmo.

— Por onde devo iniciar?

O tabuleiro cósmico emite um fulgor intensificado. Uma casa específica se ilumina com força particular.

No centro exato daquele espaço demarcado, materializa-se uma elegante poltrona de couro envelhecido, um relógio de parede de design clássico e um metrônomo antigo oscilando metodicamente de um lado para outro, marcando um ritmo que parece sincronizado com os batimentos do próprio coração de Dante.

O consultório arquetípico do Terapeuta.

A primeira casa do tabuleiro existencial.

Dante inspira profundamente, reunindo uma coragem que desconhecia possuir, e executa o primeiro passo decisivo de sua jornada.

O silêncio se estende por um espaço que, por sua própria natureza transcendental, não deveria existir dentro dos parâmetros da realidade convencional. Uma névoa etérea de densidade considerável dissolve-se gradualmente, revelando os contornos definidos de um tabuleiro de proporções vastas e impossíveis, com casas intrincadamente elaboradas que se estendem até os limites da percepção humana. Algumas manifestam-se como mansões majestosas de arquitetura complexa, outras como ruínas ancestrais aparentemente esquecidas pela própria passagem do tempo, enquanto outras ainda assumem a forma de símbolos enigmáticos entalhados de forma profunda no substrato da realidade, reminiscentes de hieróglifos de uma civilização transcendental.

Cada casa individual ostenta uma inscrição que parece dotada de vida própria, pulsando com significados ocultos que desafiam a compreensão imediata.

No epicentro preciso desse tabuleiro metafísico, uma cadeira solitária permanece como um ponto focal de realidade concreta. Ao seu redor, sombras sutis delineiam a silhueta inequívoca de um consultório terapêutico — um espaço liminar que oscila perpetuamente entre o domínio tangível e o simbólico. A mesa de madeira meticulosamente polida exibe marcas sutis de desgaste, como se incontáveis mãos já tivessem apoiado sobre sua superfície o peso de suas dúvidas existenciais e tormentos emocionais. Nas prateleiras estrategicamente posicionadas, tomos que atravessam a vastidão dos séculos: Aristóteles, Jung, Espinoza, Nietzsche, a Bíblia aberta precisamente nas páginas de Provérbios. Sobre a mesa, um relógio de bolso antigo que marca a passagem do tempo de maneira deliberadamente errática, como se obedecesse às leis temporais de uma dimensão completamente distinta.

Então, uma voz de qualidade transcendental ecoa através daquele espaço. Grave, inabalável em sua serenidade, impregnada com a autoridade incontestável de um ser que já testemunhou inúmeras almas se fragmentarem por completo antes de se reconstruírem em configurações inteiramente novas.

— Dante Valente, seja bem-vindo ao jogo definitivo.

O nome ressoa nas profundezas de sua consciência, como um chamado que sempre esteve presente, apenas aguardando, paciente, o momento propício para ser finalmente ouvido e reconhecido. Ele não possui lembrança consciente de como chegou precisamente àquele lugar impossível, mas sente uma certeza inexplicável de que sempre soube, em algum nível profundo de seu ser, que esse momento inevitável um dia chegaria. Seus trajes habituais foram substituídos — agora veste um conjunto formal de coloração escura, confeccionado com um tecido cuja natureza escapa à sua identificação, mas que se adapta com perfeição às dimensões exatas de seu corpo e, de alguma maneira inexplicável, parece sintonizado precisamente com seu destino particular.

À sua frente, uma figura enigmática se materializa aos poucos. O Terapeuta em sua forma manifestada. Olhos de profundidade insondável, uma expressão facial que combina paciência infinita com um ar sutil de mistério cósmico. Sua presença impõe um respeito instantâneo, ainda que não projete qualquer sombra de ameaça. Representa o arquétipo de um ser que comunica apenas o estritamente necessário, permitindo que o peso verdadeiro de cada palavra escolhida recaia exatamente onde deve exercer seu impacto transformador.

O Terapeuta faz um gesto deliberado em direção ao tabuleiro cósmico.

— Este jogo transcendental não representa uma escolha arbitrária de sua parte. Ele já foi iniciado há éons, muito antes de sua consciência presente. A única decisão disponível a você neste momento é determinar se participará conscientemente de seu desenrolar ou se será meramente conduzido por suas forças inexoráveis.

Dante sente um estremecimento profundo percorrer sua essência. Examina com atenção o ambiente ao seu redor. Não existem portas convencionais, nem janelas que ofereçam escape. Apenas o tabuleiro majestoso e aquele consultório arquetípico que parece funcionar como um ponto de origem existencial.

— Qual é a verdadeira natureza deste jogo? — questiona Dante, sua voz emergindo com uma firmeza surpreendente, considerando as circunstâncias extraordinárias.

— É o jogo definitivo de sua consciência. Das suas memórias fundamentais. Dos padrões de permissão e condicionamento que moldaram sua existência. Você se encontra aqui porque chegou finalmente o momento decisivo de atravessar os labirintos metafísicos que construiu meticulosamente para si mesmo ao longo de suas experiências. Cada casa individual deste tabuleiro representa uma faceta específica de seu ser, um fragmento crucial que necessita ser revisitado, plenamente compreendido, e ressignificado em sua totalidade. Algumas representam armadilhas sofisticadas da mente, outras são chaves para sua libertação. Se suas escolhas forem orientadas pela sabedoria, poderá emergir daqui com algo de valor inestimável que jamais possuiu. Se fracassar... permanecerá eternamente aprisionado nos ciclos repetitivos que você mesmo instituiu de modo inconsciente.

O Terapeuta se inclina ligeiramente para a frente, intensificando a gravidade de sua presença.

— A questão fundamental é: você está mesmo preparado para direcionar seu olhar para as profundezas de seu passado?

Dante engole em seco, sentindo o peso daquela pergunta. Ele já percorreu tempo suficiente em sua existência para compreender que o passado jamais desaparece completamente. Apenas se refugia nos recônditos obscuros da mente, aguardando pacientemente o momento inevitável de ser convocado outra vez à luz da consciência. E agora, aparentemente, esse chamado foi finalmente emitido.

O Terapeuta estende um objeto de natureza misteriosa. Trata-se de uma peça de jogo elaborada, confeccionada com um material que parece vibrar sutilmente sob a iluminação indefinível daquele espaço transcendental.

— Este é seu marcador pessoal no jogo. Ele se deslocará em conformidade com as escolhas que você fizer. Determinadas perguntas essenciais serão apresentadas. Algumas portas se revelarão, oferecendo passagem. Outras se fecharão permanentemente, para nunca mais serem acessadas. O jogo possui regras definidas, mas também guarda segredos que só se revelarão no momento apropriado. E lembre-se de uma verdade fundamental: a única saída possível é atravessá-lo completamente.

Dante segura a peça enigmática entre seus dedos. Algo nela provoca uma estranheza profunda. Ela parece carregar o peso inteiro de sua história pessoal. No momento exato em que seus dedos estabelecem contato com a superfície do objeto, um fluxo avassalador de imagens invade sua consciência — lembranças fragmentadas que haviam sido relegadas ao esquecimento, sensações há muito suprimidas, rostos de pessoas que não encontra há décadas.

O Terapeuta se levanta com um movimento fluido e se dirige a uma das prateleiras. Seleciona um tomo sem qualquer título visível na encadernação e o abre com naturalidade estudada, como se já conhecesse precisamente o conteúdo específico inscrito naquelas páginas.

— Você possui uma vantagem significativa nesta jornada, Dante Valente. Posso oferecer-lhe orientação. Contudo, apenas até um determinado limite crítico. O restante do trajeto... dependerá exclusivamente de sua própria capacidade de compreensão e transformação.

A primeira casa do tabuleiro cósmico começa a emitir um fulgor intensificado, sinalizando o início verdadeiro da jornada.

O jogo transcendental foi oficialmente iniciado.

Dante observa a primeira casa do tabuleiro cintilar com uma luminescência extraordinária, quase hipnótica em sua intensidade. A peça enigmática em sua mão vibra sutilmente, como se manifestasse uma ansiedade própria para iniciar seu movimento. Ele sente o peso de uma força invisível se acumulando gradualmente sobre seus ombros — o fardo inexorável da escolha consciente, o peso da responsabilidade transcendental que agora recai sobre seu ser.

O Terapeuta permanece completamente imóvel, observando-o com uma atenção meticulosa, como se estivesse catalogando cada mínima reação de sua fisionomia e postura.

— Antes de executar seu primeiro passo nesta jornada, é imperativo que compreenda um princípio fundamental. Este tabuleiro transcende completamente a lógica convencional que rege sua percepção habitual. Neste domínio, as dimensões do tempo e do espaço se curvam e se rearticulam de acordo com a topografia de suas próprias memórias e permissões internas. Aqui não existem as coordenadas espaçotemporais como você as conhece em sua experiência ordinária. Você pode ter a impressão de estar avançando em uma direção específica, mas na realidade pode estar retornando a um ponto nodal que sempre evitou confrontar conscientemente.

"Na vida convencional, executamos inúmeras manobras defensivas para nos proteger daquilo que desejamos evitar. Paradoxalmente, através dessa própria evitação, permanecemos em contato constante com essas mesmas forças, atraindo-as novamente por um princípio de ressonância psíquica. De forma similar, muitas vezes nos direcionamos para objetivos desejados, mas empregando os mesmos padrões comportamentais do passado. Essa abordagem também nos impede de executar o salto qualitativo necessário para ultrapassar os obstáculos que se manifestam em nosso caminho. Essa é uma compreensão essencial sobre a natureza da primeira casa que você está prestes a adentrar."

Dante sente um calafrio intenso percorrer sua espinha.

— O que ela contém especificamente?

— O ponto de origem. Não a origem do jogo em si, mas sua própria origem fundamental.

O ar circundante parece oscilar em frequências alteradas. Subitamente, Dante experimenta uma sensação de leveza extraordinária, como se estivesse momentaneamente suspenso em um estado de flutuação. A casa à sua frente emite uma pulsação final e, sem qualquer decisão consciente de sua parte, a peça enigmática se desloca sozinha.

O chão sólido sob seus pés se dissolve por completo.

o portal para a origem

Dante é envolvido por um turbilhão avassalador de sensações transcendentais. O espaço ao seu redor se distorce violentamente, como se estivesse sendo projetado através de um espelho que reflete não sua forma física, mas o conteúdo integral de suas memórias mais profundas. Sons indistintos se entrelaçam em uma sinfonia caótica: vozes de indivíduos que reconhece instintivamente sem visualizar seus semblantes, risadas distantes que ecoam através de corredores do tempo, lamentos abafados que emergem de câmaras esquecidas da alma. Ele tenta desesperadamente se agarrar a algum ponto de referência estável, mas a própria substância da realidade escapa a qualquer tentativa de apreensão.

Então, o impacto definitivo.

Ele abre os olhos e se encontra em um ambiente completamente distinto.

É um quarto de dimensões modestas, decorado com simplicidade, mas carregado de uma familiaridade que ressoa nas profundezas de seu ser. As paredes exibem um tom bege desbotado pela passagem inexorável do tempo, os móveis de madeira escura carregam marcas visíveis de anos de utilização. A luz que penetra pela janela possui uma qualidade nostálgica singular, aquele tipo específico de luminosidade que existe apenas no domínio preservado da memória.

Dante reconhece instantaneamente o lugar.

É o aposento exato onde passou sua infância.

Ele se vê materializado ali, mas de uma maneira que desafia os princípios fundamentais da realidade: um menino, com aparentemente não mais que seis anos de idade, sentado tranquilamente no chão, segurando um pequeno brinquedo entre seus dedos infantis, absorto em sua atividade. A criança parece habitar um universo particular, um cosmos próprio e inacessível. O impacto dessa visão faz Dante suspender involuntariamente sua respiração. Ele está testemunhando a si mesmo em um passado distante, como um observador impossível de sua própria história.

— Esta é sua primeira casa no tabuleiro. Seu acesso inicial à estrutura profunda da memória. O jogo verdadeiramente se inicia neste ponto crítico. — A voz do Terapeuta ressoa próxima a ele, como se emergisse da própria substância do ar.

Dante direciona seu olhar para trás e percebe que o Terapeuta continua presente, mas manifestado de uma forma significativamente alterada. Ele não se encontra mais no ambiente estruturado do consultório. Agora, aparenta ser uma presença sutil na cena rememorada, um observador invisível aos olhos dos participantes originais daquele momento histórico.

— Qual deve ser minha ação neste momento? — Dante questiona, esforçando-se para manter a compostura diante do fenômeno inexplicável que presencia.

— Observe atentamente. E quando sentir que está preparado, estabeleça uma interação. Entretanto, mantenha-se vigilante, pois sua própria mente pode tentar ludibriar sua percepção. Nem toda memória corresponde precisamente ao que aparenta ser na superfície.

Dante se aproxima cautelosamente do menino — de sua própria manifestação infantil. Ele experimenta uma estranha combinação de ternura profunda e desconforto agudo. Jamais havia contemplado aquela versão de si mesmo com tamanha clareza e perspectiva. O menino permanece completamente alheio à sua presença. Ele continua absorto em sua atividade lúdica, imerso em seu universo particular.

— O que essa criança está experimentando emocionalmente neste momento preciso? — A voz do Terapeuta emerge novamente, sem qualquer traço de pressa ou urgência.

Dante observa com atenção meticulosa. O menino apresenta uma expressão de aparente serenidade, mas seu olhar ocasionalmente se desvia para pontos indefinidos, como se estivesse em um estado de expectativa constante. Há um peso quase imperceptível em sua postura, algo que ele não tinha capacidade de compreender durante sua infância, mas que agora, com a perspectiva da maturidade, reconhece com dolorosa facilidade.

Solidão profunda... uma sensação aguda de abandono... e a mesma carga excessiva de responsabilidade que o acompanha em sua vida adulta.

O coração de Dante se contrai dolorosamente. Ele não tinha consciência de ter experimentado tais emoções em idade tão precoce.

— As memórias da infância não constituem meros registros de eventos isolados. Representam padrões fundamentais que se estabelecem antes mesmo de desenvolvermos a capacidade de compreender plenamente o que está ocorrendo em nosso mundo interno e externo. Que lições fundamentais esse menino absorveu sobre a natureza do mundo? Sobre sua própria identidade e valor?

Dante hesita por um instante. Ele intui a presença de algo profundamente significativo sepultado naquele momento específico, algo que necessita ser trazido à superfície da consciência após décadas de enterramento.

Ele se ajoelha delicadamente ao lado do menino. Pela primeira vez, a criança parece reagir de alguma forma, mesmo sem estabelecer contato visual direto. Como se percebesse intuitivamente sua presença em algum nível pré-consciente, o menino aperta o brinquedo com força entre seus pequenos dedos e sussurra para si mesmo, de forma quase inaudível:

— Eu preciso ser forte.

A frase é pronunciada com uma doçura inocente característica da infância, mas Dante a recebe como um eco reverberante de algo muito mais significativo e abrangente. Um padrão fundamental que moldou toda a sua existência subsequente.

O Terapeuta se movimenta com suavidade, finalmente abandonando sua posição como mera sombra observadora da cena.

— Esta é a primeira ilusão fundacional. Você estruturou sua vida inteira sobre esta crença particular. Mas já considerou criticamente se "ser forte" significa realmente o que você presumiu durante todos estes anos? Ou seria esta apenas uma armadura protetora que você construiu para si mesmo?

Dante sente a força daquela pergunta ressoar nas profundezas de seu ser. Ele contempla o menino com atenção renovada, e pela primeira vez permite-se experimentar plenamente as emoções associadas àquele momento crucial. Permite-se retornar àquele instante não apenas como um observador distanciado, mas como alguém que possui a capacidade potencial de ressignificar fundamentalmente o que vivenciou.

Ele inspira profundamente, preenchendo seus pulmões com o ar carregado de memória.

O jogo mal iniciou sua primeira fase, e ele já se encontra diante de uma revelação que jamais ousou confrontar diretamente em sua existência consciente.

Dante observa com atenção o menino que segura o pequeno brinquedo como se aquele objeto representasse seu único ponto de referência seguro em um universo instável. A frase que continua a ecoar em sua consciência — *Eu preciso ser forte* — carrega um peso existencial que ele jamais havia analisado criticamente. Agora, observando a cena com a perspectiva ampliada da maturidade, discerne um elemento crucial antes ignorado: a força que o menino busca tão desesperadamente não constitui uma escolha deliberada, mas uma necessidade visceral de sobrevivência. Um mecanismo de defesa primordial contra forças que sua consciência infantil ainda não possuía recursos para compreender plenamente.

O Terapeuta circula lentamente a cena rememorada, com a deliberação característica de quem compreende profundamente a importância de cada momento do processo.

— Você conserva lembranças conscientes específicas deste momento particular?

Dante tenta acessar as camadas mais profundas de sua memória. Vasculha meticulosamente os arquivos de sua mente em busca de um detalhe revelador, um contexto específico, qualquer elemento que possa elucidar por que esta memória foi selecionada como ponto de partida pelo mecanismo do jogo transcendental. Entretanto, seus esforços se mostram infrutíferos.

— Existe uma qualidade de familiaridade inegável, mas... ao mesmo tempo, uma distância considerável, como se estivesse contemplando algo que sempre esteve presente em minha consciência, mas ao qual jamais dediquei atenção genuína.

O Terapeuta assinala sua compreensão com um gesto deliberado.

— As memórias não funcionam como simples registros fotográficos da realidade objetiva. São construções complexas e dinâmicas. E cada vez que você acessa uma determinada lembrança, inevitavelmente a modifica em algum nível. Esta realidade implica que sua mente pode estar deliberadamente ocultando elementos significativos. Entretanto, também significa que você possui a capacidade potencial de reescrever fundamentalmente o significado dessa lembrança particular.

Dante continua experimentando uma cascata de arrepios metafísicos. As sensações associadas ao processo de revisitar memórias profundamente enterradas se revelam desconcertantes e desestabilizadoras.

— Existe mesmo a possibilidade de alterar os eventos do passado?

— Não os eventos objetivos em si, mas o significado fundamental que eles possuem para sua experiência subjetiva e seu desenvolvimento.

A frase é articulada com aparente simplicidade, mas carrega implicações de um peso existencial extraordinário. Dante se posiciona novamente de joelhos ao lado da manifestação de sua infância e observa cada detalhe minucioso da cena com atenção renovada. A maneira específica como o menino agarra o brinquedo com intensidade crescente, o padrão particular com que seus olhos se desviam sem parar para a porta fechada do aposento, como se aguardasse ansiosamente a chegada iminente de alguém.

Uma compreensão súbita se cristaliza em sua consciência.

— Eu estava esperando o retorno do meu pai após sua jornada de trabalho.

O Terapeuta se aproxima com uma presença intensificada.

— E ele retornou conforme esperado?

Dante hesita perceptivelmente. Tenta projetar a lembrança para o primeiro plano de sua consciência, mas encontra uma resistência significativa. Há uma obstrução invisível, uma barreira que parece impenetrável. Ele sente uma força opositora sutil mas persistente, como se algum mecanismo de defesa profundamente arraigado em sua psique estivesse determinado a impedir seu avanço nesta direção específica.

— Eu... não consigo determinar com certeza.

A voz do Terapeuta assume uma qualidade simultaneamente firme e compassiva:

— Estabeleça contato físico com ele e observe como seu subconsciente revelará informações previamente inacessíveis.

Dante estende sua mão com hesitação visível. Seu coração acelera de maneira drástica sem qualquer razão aparentemente lógica. Ele compreende intelectualmente que o conceito de tocar uma memória desafia todos os princípios fundamentais da realidade consensual, mas o jogo já demonstrou repetidamente que não se submete às limitações convencionais da física ou da lógica linear. Seus dedos se aproximam aos poucos do ombro delicado do menino e, no momento exato em que estabelecem contato, o mundo circundante oscila em suas fundações com violência.

O quarto da infância se dissolve por completo na imensidão do nada.

fragmentos da verdade

Num piscar de olhos, Dante não está mais ajoelhado no chão de madeira. Está de pé, transportado para outro fragmento de seu passado.

A sala de estar da casa onde cresceu.

Seu pai está sentado no sofá gasto, olhar fixo na televisão que emite um brilho azulado na penumbra do ambiente. Um copo de uísque meio vazio repousa na mesa de centro, ao lado de um cinzeiro transbordando de bitucas de cigarro. O ar está pesado com o cheiro de tabaco e ausência.

Dante sente um aperto visceral no peito, uma constrição que parece comprimir sua alma.

Ele não quer estar aqui. Não quer reviver isso.

— Esse é o momento que sua mente tentou deliberadamente ocultar. — A voz do Terapeuta surge como um sussurro ao fundo da cena.

O menino, que era Dante, continua ali, parado hesitante no corredor escuro, observando o pai com olhos que contêm um universo de emoções não expressadas. Dante adulto sente as emoções da criança pulsando dentro de si como se fossem suas próprias — e de fato são. Expectativa. Medo. Uma frágil e persistente esperança.

— O que você realmente queria naquele momento? — pergunta o Terapeuta, sua voz gentil mas incisiva.

— Que ele olhasse para mim — responde Dante, a voz embargada pela emoção. — Que dissesse algo. Qualquer coisa.

O silêncio na sala pesa como chumbo nas fundações daquela memória. O pai permanece imóvel, não se vira, sequer nota a presença do filho parado como uma sombra no limiar do corredor.

Dante sente uma raiva antiga crescer dentro de si, uma fúria reprimida há décadas. Subitamente compreende a origem daquele hábito que o acompanha todas as noites — o ranger dos dentes enquanto tenta dormir, esforçando-se para conter algo que nunca pôde expressar.

— Ele nunca olhou. Nunca disse nada — articula finalmente, cada palavra carregando o peso de anos de silêncio.

O Terapeuta continua observando, seu olhar penetrante, mas desprovido de julgamento.

— E o que essa ausência de reconhecimento construiu dentro de você?

Dante sente as memórias se desenrolarem como um filme que finalmente faz sentido. A crença profunda de que precisava ser forte para sobreviver. De que não poderia depender de ninguém, jamais. A busca obsessiva por aprovação que o acompanhou por toda a trajetória de sua vida, moldando cada decisão, cada relacionamento.

— Eu aprendi que precisava ser suficiente por mim mesmo. Que se eu desejasse atenção, amor ou reconhecimento, teria que conquistá-los sozinho, à força.

— E essa crença fundamental se transformou em um padrão que determinou toda a sua existência.

O Terapeuta se aproxima, sua presença trazendo uma clareza dolorosa à cena.

— Mas diga-me, Dante... isso era realmente verdade?

A pergunta o atinge como um golpe inesperado. Ele nunca havia questionado essa premissa. Sempre aceitou como realidade absoluta que precisava ser forte porque ninguém viria em seu socorro. Mas agora, contemplando aquela cena com a perspectiva amadurecida, percebe algo que esteve invisível por décadas.

Seu pai não o ignorava por escolha deliberada. Ele estava aprisionado em seu próprio mundo interior, em suas próprias dores não processadas, em frustrações que nunca aprendeu a nomear. O menino parado no corredor não tinha como compreender essa complexidade.

Mas Dante, agora, finalmente entende.

— E se você pudesse dizer isso a ele? — sugere o Terapeuta, apontando para o menino que espera em vão por um olhar paterno.

Dante sente um nó se formar em sua garganta. Na vida real, nunca teve essa oportunidade de reconciliação. Porém aqui, neste espaço entre realidades, talvez possa ressignificar o que não pôde ser transformado.

Ele se aproxima da versão infantil de si mesmo e, ajoelhando-se para ficar na mesma altura, sussurra palavras que teriam mudado tudo:

— Ele está machucado, assim como você. Está preso em suas próprias batalhas que não pode vencer. Mas isso não significa que você não mereça amor. Isso não significa que você precise ser perfeito para ser visto.

O menino vira o rosto lentamente. Pela primeira vez, seus olhos parecem realmente enxergar Dante, como se uma conexão impossível atravessasse o tempo.

As sombras ao redor começam a se dissolver gradualmente.

O tabuleiro avança para sua próxima revelação.

O Terapeuta observa em silêncio, sua presença emanando uma força suave que parece conduzir o momento sem palavras.

— Diga a ele o que você gostaria de ter ouvido — sugere por fim, sua voz revelando a importância deste ato.

Dante sente a garganta fechar, como se um nó invisível a bloqueasse. As palavras parecem tão simples na teoria, meras sílabas para articular. Mas quando tenta pronunciá-las, algo profundo e ancestral o impede. É como se lutasse contra muralhas erguidas em sua alma durante décadas.

O menino desvia o olhar, voltando-se novamente para a figura imóvel do pai no sofá.

— Ele nunca vai olhar para mim — a voz infantil declara, quase inaudível, mas carregada de uma certeza devastadora.

Dante sente o impacto daquela constatação como um golpe físico no centro de seu ser.

— E o que esse entendimento significa para você? — o Terapeuta pergunta, direcionando-o para o centro da ferida.

Dante fecha os olhos, permitindo-se sentir plenamente. Percebe o peso da resposta se formando dentro dele como um cristal escuro — uma verdade que sempre existiu em suas profundezas, mas que jamais ousara trazer à superfície da consciência.

— Que eu não sou importante o suficiente — articula por fim, com a voz embargada.

O Terapeuta se aproxima, sua presença intensificada.

— Isso é realmente verdade?

O menino aperta o brinquedo contra o peito em um gesto defensivo, buscando um consolo que só poderia vir de dentro.

Dante engole em seco. Seu primeiro impulso é confirmar — dizer que sim, que sempre carregou essa certeza. Que, de alguma forma fundamental, a ausência persistente de um olhar, uma palavra, um gesto mínimo de seu pai se converteu em uma marca indelével em sua alma, um vácuo que jamais conseguiu preencher.

Mas então, algo muda em sua percepção. Não apenas observa o menino que foi — o sente. Sente o aperto sufocante no peito infantil, o vazio abissal, a fome desesperada por um reconhecimento que nunca chegou.

Fome.

A palavra ressoa dentro dele com uma reverberação inesperada, abrindo portas de compreensão antes trancadas.

Ele se lembra.

As incontáveis noites em que aguardava ansiosamente o retorno do pai, ouvidos alertas a cada ruído na porta, apenas para mergulhar novamente no oceano da decepção quando o silêncio voltava a dominar a casa.

As madrugadas inquietas em que despertava com uma dor inexplicável no peito e caminhava até a cozinha, abrindo a geladeira sem fome física, mas faminto por algo que sua consciência infantil não conseguia nomear.

O vazio.

A ausência.

A revelação o atinge com clareza cristalina: sua relação turbulenta com o alimento jamais fora sobre sabor ou prazer genuíno. Sempre representou uma tentativa desesperada de preencher aquele abismo interior. Um esforço condenado ao fracasso para substituir o que nunca chegou a possuir.

Seus padrões compulsivos, seus vícios sutis, seu terror profundo da solidão.

— Você nunca esteve com fome de alimento — o Terapeuta articula, como se lesse os contornos da epifania de Dante. — Você tem fome de amor.

Dante olha para o Terapeuta, e a frase o atinge com a força de uma revelação divina.

O menino no corredor começa a tremer visivelmente. Não há lágrimas, mas todo o seu corpo pequeno parece implorar por elas.

Dante se ajoelha ao lado de sua versão infantil, os próprios olhos marejados por uma compaixão que jamais permitira sentir por si mesmo.

— Ei... — sua voz falha, embargada pela emoção. Respira fundo e tenta novamente. — Ei, eu estou aqui. Eu vejo você.

O menino permanece imóvel, como uma pequena estátua de dor.

Dante sente seu coração acelerar a um ritmo quase doloroso. O impulso de envolver aquela criança em seus braços é avassalador. Quer prometer-lhe que tudo ficará bem, que a dor passará. Mas a verdade o golpeia — ele não tem certeza se essa promessa seria honesta.

— Eu não sei como te salvar — confessa, a voz reduzida a um sussurro quebrado.

O Terapeuta observa a cena com atenção compassiva.

— Você não precisa salvá-lo — orienta com gentileza. — Só precisa estar verdadeiramente com ele.

Algo fundamental se rompe dentro de Dante. Durante toda a sua existência, acreditou que precisava ser invulnerável, forte além do humanamente possível. Que sua missão era consertar todo defeito, resolver todo problema, provar seu valor a cada respiração.

Mas agora compreende: o menino nunca precisou de um herói invencível.

Ele apenas precisava ser genuinamente visto.

Dante se senta em silêncio ao lado dele. Não tenta mais falar, não oferece soluções. Simplesmente está ali. Presente. Um conceito que nunca havia compreendido de verdade até aquele momento.

O menino respira profundamente. Seus olhos brilham com lágrimas contidas, um oceano represado por décadas.

E então, um gesto pequeno mas transformador: ele solta o brinquedo que segurava com tanta força.

O mundo ao redor começa a oscilar como se perdesse sua solidez.

A sala familiar desaparece gradualmente.

A realidade inteira se dissolve em um turbilhão caleidoscópico de cores e fragmentos de memórias. Dante sente sua consciência sendo puxada para fora daquela cena, arrastada por uma força inexorável.

Contudo, antes que a escuridão o envolva completamente, um último som alcança seus ouvidos.

Uma voz pequena.

Frágil como asas de borboleta.

A voz do menino que ele foi.

— Obrigado por me ver.

Dante desperta sobressaltado, a respiração entrecortada.

Ele permanece no tabuleiro cósmico.

Mas algo dentro de si transformou-se irrevogavelmente.

O ar que o envolve parece denso, quase palpável, quando Dante abre os olhos. Ainda se encontra no vasto tabuleiro, mas percebe uma mudança sutil e profunda. O chão sob seus pés oscila como se repousasse sobre uma superfície líquida, embora cada passo encontre firmeza inesperada. O céu acima não é verdadeiramente um céu; manifesta-se como uma vastidão infinita de lembranças entrelaçadas, fragmentos luminosos que flutuam como espectros de uma temporalidade que nunca foi completamente abandonada.

A luz que permeia o ambiente muda de forma constante de qualidade e tonalidade à medida que as memórias se agitam no espaço ao redor. Em certos momentos, assume uma coloração dourada e acolhedora, evocando os raros instantes de conexão genuína que experimentou durante sua infância. Em outros, torna-se fria e azulada, refletindo a solidão essencial que o acompanhou como uma sombra inseparável ao longo de toda a sua jornada.

— O jogo continua seu curso.

A voz do Terapeuta ecoa de algum ponto indeterminado. Porém, agora o próprio ambiente parece dotado de consciência, como se o tabuleiro transcendental fosse uma entidade viva conduzindo Dante inexoravelmente para a próxima etapa de sua jornada.

À sua frente materializa-se uma porta de madeira antiga, marcada por rachaduras e cicatrizes do tempo. Encontra-se levemente entreaberta, e de seu interior emana um som inconfundível — o tique-taque rítmico e hipnótico de um relógio.

Dante hesita, sentindo o peso do encontro recente com sua versão infantil. A vulnerabilidade exposta permanece pulsando em seu peito, um nó persistente em sua garganta que se recusa a desatar.

— Apenas entre — a voz do Terapeuta ressurge como um sussurro quase imperceptível.

Respirando profundamente, Dante empurra a porta e atravessa o limiar.

Encontra-se em uma sala ampla e peculiar, marcada por uma característica imediatamente perturbadora: as paredes estão completamente cobertas por relógios de diferentes épocas, tamanhos e configurações. Alguns são confeccionados em madeira nobremente polida, outros em metal parcialmente oxidado pelo tempo, e todos marcam horas diferentes, como se cada um existisse em uma linha temporal distinta. O ambiente todo manifesta uma coexistência impossível entre duas concepções de tempo — Cronos, o tempo linear e impiedoso, e Kairós, o tempo da oportunidade e do significado profundo.

No centro exato dessa sala impossível, uma única cadeira. E nela, sentado com a cabeça inclinada, um homem.

Dante reconhece instantaneamente aquela figura.

Seu pai.

O impacto emocional desse encontro é tão intenso que suas pernas quase cedem sob seu peso. Seu coração dispara em um ritmo descompassado. É uma versão jovem de seu pai, aparentemente em seus trinta e poucos anos, vestido exatamente como nas raras ocasiões em que se sentava à mesa para as refeições familiares.

O pai mantém o olhar baixo, manipulando, distraído, um relógio de bolso antigo, girando-o repetidamente entre os dedos. O tique-taque daquele objeto parece amplificar-se gradualmente, até preencher cada recanto da sala como a contagem regressiva de um destino inescapável.

Dante tenta falar, mas sua voz permanece presa em sua garganta.

— O tempo cessou completamente neste espaço — observa a voz do Terapeuta, emanando da própria atmosfera.

— Aqui estão preservadas todas as palavras nunca pronunciadas, todas as conversas essenciais que jamais ocorreram.

Dante sente um nó doloroso formar-se em sua garganta. As palavras não ditas. Compreende com clareza absoluta o significado desse conceito. Quantas vezes tentou desesperadamente comunicar-se, ser verdadeiramente ouvido, ser realmente visto? Quantas vezes precisou sufocar sua própria dor para não se tornar um fardo indesejado?

Aproxima-se aos poucos da figura sentada.

— Pai.

A palavra soa estranha em seus lábios, como um idioma há muito esquecido.

O homem ergue vagarosamente o olhar, e Dante sente um arrepio percorrer sua espinha. Seu olhar parece simultaneamente presente e ausente, como se existisse em um limbo entre realidade e memória.

— Dante — o pai pronuncia seu nome como quem tenta recordar algo de um passado distante.

O silêncio que se estabelece entre eles estende-se como um abismo, carregado de peso e significados não articulados.

Dante toma assento à sua frente, sentindo o peso de décadas de silêncio.

— Eu esperei por você inúmeras vezes.

O pai pisca lentamente, mas não oferece resposta.

Dante percebe sua respiração acelerar-se. Uma força interior o impele a continuar, a romper finalmente o muro de silêncio.

— Eu aguardava ansiosamente seu retorno do trabalho. Esperava que comparecesse às minhas apresentações escolares. Ansiava que me olhasse com um traço de orgulho genuíno.

O homem continua manipulando mecanicamente o relógio de bolso, o tique-taque persistente ecoando entre eles como um pêndulo hipnótico que marca o compasso de uma vida inteira de desconexão.

— E o que exatamente você desejava que eu dissesse?

A pergunta faz Dante suspender momentaneamente a respiração.

Havia tantas possibilidades, tantas palavras que poderia enumerar. Mas agora, confrontado diretamente pelo pai, descobre-se temporariamente destituído de linguagem.

O Terapeuta intervém com voz suave:

— Compartilhe com ele a verdade fundamental. Sem qualquer máscara protetora. Sem o filtro do medo.

Dante sente o ardor das lágrimas contidas, mas mantém o olhar fixo.

— Eu queria desesperadamente que você afirmasse que me amava. Que eu representava algo importante em sua vida. Desejava sua presença autêntica, não apenas física, mas emocional. Queria que você participasse ativamente da minha existência. Que me transmitisse conhecimento. Que me concedesse permissão para falhar sem o peso esmagador do medo de decepcioná-lo.

O pai permanece em silêncio absoluto, os dedos ainda girando mecanicamente o relógio.

— Eu jamais aprendi como realizar isso. — Sua voz emerge finalmente, baixa como um segredo vergonhoso.

Dante sente um arrepio percorrer cada centímetro de sua pele.

— Por que não?

O pai exala profundamente.

— Porque eu também aguardei por alguém que nunca se manifestou.

Dante pisca em confusão, tentando processar o significado daquelas palavras.

O pai ergue o olhar, e pela primeira vez Dante vislumbra um reflexo de humanidade genuína em seus olhos.

— Meu próprio pai também nunca expressou qualquer dessas palavras. E eu não possuía recursos internos para fazer diferente.

Dante compreende, naquele instante revelador, que carrega em sua alma o peso acumulado de gerações.

— Essa não é uma justificativa válida.

O pai assente em concordância silenciosa.

— Estou ciente disso. Mas foi a realidade que se manifestou.

Dante sente um turbilhão de emoções contraditórias percorrê-lo simultaneamente. Raiva justificada, tristeza profunda, compreensão emergente. No entanto, acima de todas, sente um peso ancestral que vinha carregando começar a dissolver-se lentamente.

O Terapeuta intervém mais uma vez:

— O que você deseja fazer neste momento crucial, Dante?

Ele contempla o pai com renovada percepção. Durante toda a sua existência, esperou que aquele homem tomasse a iniciativa transformadora. Que quebrasse o ciclo de silêncio opressivo. Que pronunciasse as palavras essenciais que Dante tão desesperadamente necessitou ouvir.

Mas agora uma compreensão cristalina se forma. Seu pai não tinha capacidade de oferecer o que jamais recebeu.

Dante fecha momentaneamente os olhos, centrando-se. Quando os reabre, uma clareza inédita o orienta.

Estende a mão sobre a mesa que os separa.

O pai hesita visivelmente.

— Não tenho certeza se mereço esse gesto.

Dante sente lágrimas silenciosas traçarem caminhos em seu rosto, mas mantém a mão firmemente estendida.

— Talvez não mereça. Mas eu mereço libertar-me definitivamente deste ciclo.

O homem inspira de maneira profunda e, com movimento deliberadamente lento, aceita a mão estendida de Dante.

No ar que os envolve, Dante percebe uma presença quase palpável de aprovação e contentamento emanando do Terapeuta.

No exato instante em que suas mãos se conectam, todos os relógios na sala param ao mesmo tempo.

O tique-taque onipresente cessa de modo abrupto.

O tempo, finalmente libertado de sua estagnação, avança.

Dante sente sua consciência sendo novamente arrebatada, o tabuleiro girando vertiginosamente ao seu redor, dissolvendo a sala impossível, dissolvendo a figura reconquistada de seu pai.

Quando reabre os olhos, encontra-se em outra casa do vasto tabuleiro existencial.

E mais uma vez, algo fundamental em sua essência transformou-se permanentemente.

a casa da caverna: o medo de soltar

O som metronômico dos ponteiros do relógio dissipou-se gradualmente no vazio. A sensação acolhedora de estar no consultório do Terapeuta foi subitamente substituída por uma queda vertiginosa através de dimensões desconhecidas. O ar ao seu redor adquiriu uma densidade opressiva, como se seu corpo atravessasse um túnel subterrâneo esculpido na própria rocha primordial. O impacto final foi surpreendentemente suave, mas o que se revelou depois fez que sua respiração cessasse por um momento.

Dante examinou o ambiente com olhos cautelosos. O solo sob seus pés era composto de pedra ancestral, escurecida pela umidade constante. A penumbra predominante revelava lentamente os contornos de um vasto salão natural esculpido no interior de uma caverna profunda. A única iluminação provinha de tochas arcaicas fixadas irregularmente nas paredes rochosas, cujas chamas inquietas dançavam em padrões hipnóticos, projetando sombras que pareciam dotadas de consciência própria. Mas não eram meras sombras convencionais. À medida que Dante se deslocava pelo espaço, percebeu uma característica perturbadora: as paredes estavam inteiramente cobertas por esculturas intrincadas. Centenas de rostos, corpos contorcidos, expressões de intensa emoção congeladas eternamente na pedra. Medo visceral, dor profunda, angústia existencial, olhos perpetuamente arregalados em estados variados de desespero e terror.

Uma sensação glacial percorreu sua espinha vertebral. Ele reconhecia intimamente aqueles semblantes. Conhecia aqueles medos como velhos companheiros de jornada.

— Você esteve presente neste lugar inúmeras vezes antes. — A voz do Terapeuta emergiu de um recanto obscuro do salão.

Dante virou-se bruscamente. O homem estava sentado, confortável, em uma poltrona esculpida na própria rocha viva, pernas cruzadas com naturalidade, observando-o com uma expressão que sugeria já ter antecipado precisamente aquela reação.

— Que lugar é este exatamente?

O Terapeuta indicou as inúmeras esculturas com um movimento quase imperceptível de sua mão.

— Este é o recinto onde seus medos fundamentais foram deliberadamente sepultados ao longo de sua existência. Entretanto, eles nunca pereceram de verdade. Foram meticulosamente esculpidos em formas permanentes. Imortalizados na própria substância de seu ser. Você visita este santuário todo dia, mesmo sem qualquer consciência de fazê-lo.

Dante aproximou-se com cautela das figuras entalhadas na rocha ancestral. Seu olhar foi irresistivelmente atraído para uma em particular: um menino solitário, encolhido defensivamente em um canto, emanando um desamparo absoluto.

Uma memória há muito suprimida irrompeu em sua consciência com a força de uma lâmina afiada penetrando um tecido vulnerável. Uma noite específica de sua infância distante. Sozinho no quarto escurecido. O terror primordial de despertar nas trevas e não detectar qualquer presença humana. O silêncio sufocante que parecia devorar toda possibilidade de existência. A falta progressiva de ar... a convicção irracional mas visceral de que o oxigênio eventualmente se esgotaria. A certeza devastadora de que, mesmo se gritasse com toda a força de seus pulmões infantis, ninguém jamais viria em seu socorro.

Hesitante, tocou a superfície fria da pedra e, por um instante suspenso no tempo, sentiu aquele medo ancestral pulsar mais uma vez dentro de seu ser, como se tivesse sido magicamente transportado de volta àquela noite.

— Por que essa experiência ainda permanece tão vividamente preservada dentro de mim? — Sua voz emergiu quase inaudível, como um segredo vergonhoso.

— Porque você jamais permitiu-se verdadeiramente libertar--se dela.

Dante fechou os olhos, sentindo o peso acumulado de todas aquelas figuras petrificadas, todas aquelas versões congeladas de si mesmo que carregara ao longo de décadas.

— Não posso simplesmente obliterar essas memórias.

O Terapeuta sorriu sutilmente.

— Quem sugeriu que seria necessário esquecê-las? O passado não se dissolve no nada, mas também não necessita definir perpetuamente quem você é. A questão fundamental não reside na dicotomia entre lembrar ou esquecer. Trata-se de aprender a não carregar eternamente esses fardos.

Dante franziu a testa, tentando absorver plenamente aquele conceito.

— Como se realiza isso na prática? Como libertar-se de algo que constituiu tão fundamentalmente sua identidade?

O Terapeuta inclinou-se ligeiramente para a frente, sua presença intensificando-se.

— Você se convenceu profundamente de que sua força essencial deriva de sua capacidade de resistência e suportação. Sustenta a crença de que, se interromper esse esforço constante de carregar seus fardos, toda a estrutura de seu ser inevitavelmente colapsará. Mas considere a possibilidade inversa.

Um silêncio denso e significativo preencheu o espaço entre eles, carregado de implicações não articuladas.

Dante cruzou os braços em um gesto defensivo inconsciente.

— Se eu permitir-me soltar tudo isso, o que restará de mim?

O Terapeuta ergueu-se com um movimento fluido e caminhou até uma escultura particularmente imponente. Representava um homem com as costas dolorosamente arqueadas, sustentando um peso invisível mas evidentemente esmagador sobre os ombros. Passou a palma da mão de modo delicado sobre a superfície da pedra, e uma minúscula fissura começou a se formar sob seu toque.

— Você cultivou a convicção de que seu valor intrínseco deriva diretamente daquilo que consegue suportar. Mas observe atentamente o que acontece...

A escultura começou a desenvolver rachaduras cada vez mais pronunciadas. Pequenos fragmentos desprenderam-se aos poucos, caindo silenciosamente no chão da caverna, e logo a figura inteira desintegrou-se por completo, transformando-se em uma pilha de escombros informes.

Dante sentiu um estremecimento involuntário percorrer seu corpo.

— Qual é o significado desta demonstração?

O Terapeuta voltou-se para encará-lo diretamente.

— Significa que você nunca esteve verdadeiramente carregando nada além de uma elaborada ilusão. O que aparentava solidez e permanência era apenas uma construção extraordinariamente frágil, sustentada apenas pelo medo primordial. A verdade essencial é que esta emoção, o medo em si, existe inegavelmente como experiência subjetiva. Entretanto, aquilo que aparentemente provoca o medo pode ser destituído de qualquer realidade objetiva. Você pode experimentar o medo de forma plena como emoção genuína, mas precisa questioná-lo de modo sistemático.

Dante inspirou fundo, permitindo que aquela compreensão penetrasse de modo gradual em suas camadas mais profundas.

— O que ocorre quando toda essa estrutura eventualmente desaparece? Quando não resta mais peso algum para ser carregado?

O Terapeuta permitiu-se um sorriso discreto mas genuíno.

— É bem nesse momento que a verdadeira jornada finalmente tem início.

Dante estreitou os olhos, intrigado.

— A jornada? A que exatamente você se refere?

— Sim. — O Terapeuta retornou calmamente à sua poltrona de pedra. — Você dedicou-se tão obsessivamente à tarefa de carregar pesos imaginários que esqueceu completamente que o autêntico propósito jamais foi alcançar algum destino específico. Era apenas caminhar. O próprio caminho constitui a totalidade da experiência. Nada existe fundamentalmente além da jornada em si.

Dante engoliu em seco, sentindo as implicações daquela afirmação reverberarem em seu ser.

— Mas se eu abandonar a busca constante por alcançar algum objetivo definido, o que permanecerá para impulsionar-me adiante?

O Terapeuta o observou com uma profundidade que parecia penetrar camadas ocultas de sua consciência.

— A própria vida em sua plenitude. A experiência direta e não mediada. O eterno momento presente. Precisamente aquilo que não costuma receber nossa atenção consciente. Você ainda está tentando exercer controle absoluto sobre todas as variáveis, Dante. Buscando incessantemente garantias e certezas. Mas o verdadeiro poder reside na aceitação profunda de que absolutamente nada é permanente na tapeçaria da existência.

Indicou com um gesto eloquente a escultura fragmentada no chão da caverna.

— Quando você finalmente cessar a tentativa desesperada de reter a areia em suas mãos, ela paradoxalmente deixará de escapar por entre seus dedos. Porque finalmente compreenderá que nunca houve necessidade fundamental de retê-la desde o princípio.

Dante passou a mão pelo rosto em um gesto inconsciente, como se tentasse despertar de um longo sonho.

— Então o que preciso essencialmente é... apenas permitir que tudo flua de modo natural?

O Terapeuta assentiu com um movimento deliberado.

— Você precisa desenvolver confiança fundamental. Não no futuro hipotético, não em certezas ilusórias. Mas na própria natureza da caminhada existencial. No fluxo constante e ininterrupto da realidade.

Dante respirou fundo, absorvendo aquela compreensão. Pela primeira vez desde que adentrara aquele espaço, a atmosfera opressiva da caverna pareceu aliviar-se sutilmente. O peso constante que sempre carregara sobre os ombros tornou-se perceptivelmente menos denso e sufocante.

Dirigiu o olhar para a saída da caverna, um corredor obscuro que se estendia adiante, rumo ao desconhecido.

— Estou preparado para prosseguir.

O Terapeuta sorriu com genuína aprovação.

— Veremos. A próxima casa do tabuleiro aguarda sua chegada.

Dante avançou, resoluto, dando um passo decisivo à frente. E então sua forma dissolveu-se por completo na escuridão receptiva.

a casa dos abismos: o salto para a verdadeira liberdade

Dante materializou-se em um cenário radicalmente distinto. O chão sob seus pés era composto de terra árida e profundamente fissurada, como um espelho natural de uma alma ressecada pela ausência de nutrição genuína. À sua frente, estendia-se um vale colossal de proporções quase míticas. Um vento penetrante cortava a paisagem desolada como o lamento ancestral de algo primordial há muito esquecido pelo tempo. Abismos de profundidade insondável ramificavam-se por toda a extensão do vale, separando plataformas irregulares de pedra antiga que pareciam levitar a diferentes altitudes, desafiando as leis fundamentais da gravidade. O céu acima exibia um tom cinza tempestuoso carregado de presságios, como se o próprio firmamento fosse uma consciência viva aprisionando segredos imemoriais.

No epicentro do vale, sobre uma plataforma de proporções mais significativas, o Terapeuta aguardava pacientemente. Mas ele não estava só. Sombras inquietas surgiam ao seu redor, gradualmente assumindo formas que Dante reconhecia com desconforto crescente. Vozes familiares começaram a ecoar pelo espaço limítrofe, reverberando não apenas no ar rarefeito, mas nas profundezas do próprio peito de Dante, como correntes invisíveis que o atavam a um passado que se recusava a liberá-lo.

Ele avançou com cautela até a beira de um dos precipícios, sentindo a atração vertiginosa do vazio abaixo.

— Que lugar é este exatamente? — perguntou, sua voz ligeiramente trêmula diante da vastidão à sua frente.

O Terapeuta fez um gesto deliberado para os múltiplos abismos que fragmentavam a paisagem.

— Neste domínio, Dante, você confronta diretamente os vazios que a vida posiciona em seu caminho quando ainda não alcançou a maturidade necessária para atravessá-los. Cada um destes precipícios representa um momento decisivo em que você desejou ardentemente algo, mas encontrou um impedimento que parecia intransponível. Você rotulou essas experiências como injustiças do destino, infortúnio, obstruções deliberadas. Entretanto, jamais percebeu que estes abismos constituem, em sua essência mais profunda, lições fundamentais para seu desenvolvimento.

Dante examinou atentamente o ambiente ao seu redor. Memórias começaram a emergir espontaneamente: oportunidades que pareciam absolutamente certas e, de súbito, desmoronaram sem explicação aparente; relacionamentos que tentou desesperadamente preservar, apenas para vê-los escorrer inevitavelmente como areia fina entre seus dedos. E, numa transformação perturbadora, as sombras nebulosas assumiram aos poucos formas humanas reconhecíveis.

Seu antigo supervisor hierárquico materializou-se à sua direita. O homem mantinha os braços rigidamente cruzados, seus olhos emanando a frieza cortante de lâminas recém-afiadas.

— Dante, você jamais foi verdadeiramente suficiente em qualquer aspecto. Sempre necessitou provar de modo obsessivo seu valor. Sempre foi compelido a oferecer mais do que os outros. Aprendeu desde cedo que articular uma negativa nunca constituiu uma opção legítima, não é mesmo?

Do lado oposto, uma figura feminina emergiu das sombras — sua mãe — com uma expressão de desaprovação permanente e uma postura que comunicava rigidez inflexível.

— Realizei incontáveis sacrifícios por você, Dante. Você carrega uma dívida eterna de gratidão. Não pode permitir-se decepcionar as expectativas. Deve priorizar invariavelmente o bem-estar alheio, nunca cedendo ao egoísmo natural.

Dante engoliu em seco, sentindo o peso acumulado daquelas expectativas.

Outros semblantes familiares começaram a materializar-se gradualmente, emergindo das profundezas dos abismos como acusadores espectrais. Professores que moldaram sua infância, amigos de diferentes fases da vida, colegas de ambiente profissional, ex-parceiros afetivos. Cada entidade carregava uma frase específica pronunciada em algum momento crucial de sua existência, marcas indeléveis que estruturaram sua incapacidade fundamental de estabelecer limites saudáveis.

— Se você ousar dizer "não", será inevitavelmente abandonado.

— Se recusar esta proposta, jamais recuperará tal oportunidade.

— Se manifestar discordância, sofrerá humilhação pública.

O Terapeuta observava em silêncio contemplativo, esperando que Dante alcançasse a compreensão necessária por seus próprios meios.

— Então todas essas experiências foram fundamentalmente justas? Tudo o que perdi, tudo o que me foi sistematicamente negado, era genuinamente necessário para meu desenvolvimento?

O Terapeuta finalmente interrompeu seu silêncio meditativo.

— A existência jamais comete equívocos em sua sabedoria fundamental. Ela proporciona exclusivamente aquilo para o qual você desenvolveu preparação interior. E quando você se apega obstinadamente àquilo que não mais se alinha de forma harmoniosa com seu caminho evolutivo, ela o arranca com aparente violência, porque você não cultivou a coragem necessária para libertar-se voluntariamente.

Dante cerrou os punhos em um gesto inconsciente de resistência.

— E se eu me recusar deliberadamente a aceitar essas condições? Se decidir lutar contra esse mecanismo que parece injusto?

Um leve sorriso de compreensão se formou no semblante do Terapeuta.

— Então permanecerá indefinidamente neste estado limítrofe, aprisionado entre dimensões, incapaz de transcender estes abismos.

Dante examinou atentamente os múltiplos precipícios que fragmentavam a paisagem. Alguns apresentavam largura formidável, tornando qualquer tentativa de atravessá-los com um simples impulso física e logicamente impossível. Outros aparentavam dimensões mais modestas, mas ainda assim carregavam qualidades traiçoeiras que não podiam ser ignoradas.

— Como posso efetivamente atravessar estes abismos?

O Terapeuta apontou diretamente para o centro do peito de Dante, para seu coração metafórico.

— O verdadeiro abismo não se localiza no ambiente externo. Reside nas profundezas de seu ser. Cada salto transcendental exige o abandono deliberado de um padrão cristalizado. Você não pode simultaneamente carregar aquilo que o mantém prisioneiro e alimentar a expectativa de experimentar autêntica liberdade.

Com um gesto fluido e intencional, o Terapeuta convocou quatro figuras distintas que emergiram gradualmente das profundezas dos abismos circundantes. Dante não as reconheceu de imediato em um nível consciente, mas sentiu uma familiaridade perturbadora, um peso ancestral em sua presença.

O Terapeuta conduziu a apresentação:

— Estas entidades representam as máscaras arquetípicas da dependência emocional. Elas exercem controle e, ao mesmo tempo, são controladas por forças que as transcendem. E você, Dante, já incorporou cada uma delas em diferentes fases de sua jornada.

A primeira figura avançou com passos hesitantes. A Vítima Natural. Manifestava-se como uma mulher de expressão vazia, postura defensivamente encolhida, alguém que aparentava carregar o fardo insuportável da totalidade do mundo.

— O tempo verbal predominante desta entidade é perpetuamente o presente, um eterno agora de sofrimento sem fim.

— Sempre fui fundamentalmente frágil. Sempre dependi essencialmente da intervenção alheia para minha sobrevivência. Represento um fardo insuportável para aqueles que ousam amar-me. Quem decide amar-me assume a responsabilidade inevitável de carregar-me perpetuamente.

Dante sentiu um calafrio de reconhecimento percorrer sua espinha. Conhecia intimamente seres que habitavam eternamente essa máscara. Amara de maneira profunda pessoas perpetuamente aprisionadas nessa identidade ilusória.

A segunda figura deu um passo à frente com calculada deliberação. A Vítima Intencional. Seu olhar comunicava uma qualidade distintamente diferente — astúcia deliberada, manipulação consciente. Também operava primordialmente no tempo presente, mas com objetivos estratégicos.

— Meu sofrimento visível exige compensação imediata de sua parte. Atribuo diretamente a você a responsabilidade por minhas circunstâncias adversas. Se sua declaração de amor é genuína, deve manifestar-se através de pagamento contínuo por esta dívida imaginária.

Dante engoliu em seco de novo, recordando-se vividamente de momentos em sua trajetória em que se sentiu irremediavelmente aprisionado em relacionamentos com entidades que incorporavam esta máscara, sem conseguir vislumbrar qualquer possibilidade de libertação.

A terceira figura materializou-se com presença imponente. O Vingador. Seu olhar emanava frieza calculada, saturado de rancor meticulosamente cultivado ao longo de eras.

— Nenhuma entidade ofereceu auxílio quando expressei necessidade genuína, portanto agora exerço controle absoluto como compensação. Não permito que qualquer ser me inflija feridas emocionais. Se alguma presença representa ameaça potencial, implemento destruição preventiva. Minha preferência linguística se manifesta no tempo passado, território que controlo absolutamente. Não disponho de capacidade para compreensão ou perdão autênticos. Qualquer tentativa de resistência contra minha autoridade está condenada ao fracasso, pois jamais abandonarei minha missão de perseguição e aniquilação.

Dante reconheceu, com desconforto crescente, que ele próprio já havia habitado temporariamente este estado de consciência. Já havia nutrido o desejo visceral de punir com intenção aqueles que infligiram sofrimento em sua trajetória.

— Para confrontar efetivamente o Vingador — continuou o Terapeuta —, a estratégia fundamental consiste em negar-lhe a energia da atenção que alimenta sua existência. Deve-se simplesmente prosseguir na jornada evolutiva, continuar progredindo consistentemente, até que entidade eventualmente se esgote e abandone a perseguição por pura exaustão energética.

A última figura, entretanto, revelou-se a mais desafiadora para Dante confrontar diretamente. O Narcisista. Apresentava-se com elegância estudada, segurança aparentemente inabalável, mas com um olhar que revelava um vazio existencial absoluto, fundamentalmente incapaz de estabelecer conexão autêntica com qualquer outro ser.

— Constituo o centro absoluto de toda realidade manifesta. Não me permito experimentar vulnerabilidade genuína sob quaisquer circunstâncias. Se alguma entidade representa ameaça à minha construção identitária, implemento descarte imediato. Se algum ser tenta estabelecer proximidade emocional autêntica, executo afastamento preventivo. Toda manifestação existencial deve gravitar exclusivamente ao redor de minha presença.

Dante experimentou falta de ar por um momento, como se o oxigênio tivesse sido abruptamente extraído da atmosfera. Reconheceu com clareza dolorosa que também já havia incorporado esta máscara. Já implementara afastamento deliberado daqueles que manifestaram amor genuíno. Já demonstrou incapacidade de experimentar emoções autênticas. Mas, simultaneamente, também fora controlado por entidades que habitavam permanentemente esta máscara.

O Terapeuta aproximou-se com presença intensificada.

— Você sustenta a convicção de que sempre ocupou exclusivamente a posição de vítima, Dante? Esta percepção não corresponde à realidade fundamental. Você também já incorporou a identidade do controlador em múltiplas ocasiões. Já utilizou estas máscaras como instrumentos de manipulação. Entretanto, em paralelo, demonstrou incapacidade recorrente de estabelecer limites saudáveis com determinadas "autoridades" em sua trajetória.

Dante sentiu um tremor involuntário percorrer seu corpo.

— O que exatamente você está sugerindo? Que autoridades específicas exerceram controle sobre minha existência?

O Terapeuta dirigiu a Dante um olhar que emanava compaixão profunda.

— Permitirei que alcance essa compreensão fundamental. Deseja identificar as entidades que exercem controle sobre sua existência, Dante? Aquelas perante as quais você demonstra incapacidade sistemática de articular negativas necessárias?

O Terapeuta inspirou profundamente... e prosseguiu com deliberação cuidadosa:

— Frequentemente, a necessidade de articular negativas emerge precisamente quando algo está infligindo ferimentos emocionais, gerando desconforto significativo ou impondo peso excessivo sobre nossa existência. Entretanto, para inúmeros indivíduos, a negativa permanece aprisionada na garganta por múltiplos fatores: o receio de causar sofrimento alheio, o temor de experimentar culpa paralisante ou arrependimento posterior. Contudo, se essa negativa essencial não for adequadamente articulada, a entidade que permanece aprisionada é você mesmo. E quando abordamos este aprisionamento existencial, torna-se imperativo identificar precisamente a que, a quem e com quem você permanece atado. Quanto mais intensa a dependência emocional, mais pronunciada será a incapacidade de estabelecer limites saudáveis através da articulação da negativa necessária.

O Terapeuta realizou uma pausa deliberada para permitir absorção daquele conceito, antes de prosseguir:

— Ocasionalmente, entidades humanas argumentam que o custo associado à articulação da negativa apresenta magnitude excessiva, mas simultaneamente o custo associado à sua supressão alcança proporções muitas vezes catastróficas. Sem dúvidas, o preço da supressão eventualmente supera de modo exponencial o custo da articulação, pois o preço da expressão negativa constitui uma quantia determinada e finita, enquanto o custo de sua supressão pode alcançar dimensões fundamentalmente imensuráveis.

Dante mantinha-se completamente absorvido nas palavras do Terapeuta, como se cada sílaba representasse uma chave para sua libertação.

— Dante, quando você, por fim, estabelece posicionamento firme e declara: "Não desejo mais executar esta ação específica em meu benefício" e "Não desejo mais ocupar este espaço particular", essa negativa pode efetivamente acarretar um custo calculável ou incalculável. Pode manifestar-se como o preço de testemunhar a decepção materna, a frustração de um parceiro afetivo, a irritação de um cônjuge.

"Entretanto, qual é a verdadeira magnitude do custo associado à supressão dessa negativa essencial? Quantas possibilidades permanecerão, em essência, irrealizadas? Quantas experiências potenciais jamais serão exploradas? Qual existência alternativa permanecerá eternamente não vivenciada? Incontáveis entidades humanas deveriam ter articulado negativas decisivas perante estruturas sociais opressivas, amizades fundamentalmente ilusórias, relacionamentos afetivos desequilibrados, e inclusive perante instituições matrimoniais, tanto para evitar seu estabelecimento quanto para interromper sua continuidade quando esta se revela prejudicial."

O Terapeuta direcionou a Dante um olhar de intensidade inescapável e prosseguiu sua exposição:

— Você possivelmente interpreta meu discurso como defesa de individualismo radical, determinismo existencial ou mesmo destruição deliberada de estruturas relacionais e matrimoniais. Entretanto, solicito que abandone essa interpretação particular. Essa narrativa específica simplesmente não corresponde à realidade. Representa meramente outro fragmento da imaginação coletiva, gerando mais uma construção limitante que impede sistematicamente sua reconexão com sua essência fundamental, sua autêntica liberdade e sua paz interior genuína. Exclusivamente aqueles relacionamentos, estruturas sociais, interações amistosas e uniões matrimoniais caracterizados por fragilidade fundamental, que não receberam cultivo adequado e perderam vitalidade ao longo da trajetória temporal, são dissolvidos de modo efetivo quando uma entidade finalmente desenvolve coragem para articular a negativa necessária.

O Terapeuta prosseguiu sua orientação a Dante na dimensão dos abismos:

— Com apenas meia dúzia de questionamentos fundamentais, podemos iniciar uma reflexão transformadora: se dispusesse de liberdade absoluta, desejaria ocupar este espaço específico? Se possuísse autonomia plena, optaria por estabelecer vínculo com este homem particular ou esta mulher específica? Esta circunstância representa autenticamente sua aspiração existencial? Estes constituem questionamentos fundamentalmente simples que entidades de fato livres direcionam a si mesmas com regularidade. Porque apenas seres que alcançaram liberdade genuína desenvolvem capacidade para articular negativas necessárias. E apenas aqueles que podem expressar "não" com autenticidade possuem simultaneamente capacidade para pronunciar "sim" com convicção absoluta.

Dante tentou articular uma resposta, mas o Terapeuta o interrompeu com autoridade incontestável e prosseguiu:

— Consigo perceber metaforicamente a essência das condecorações exibidas orgulhosamente nas paredes daquelas entidades que jamais articularam as negativas que desejaram expressar durante toda a sua existência, sacrificando sua autenticidade apenas para satisfazer expectativas maternas, paternas, conjugais, sociais... Cada ser humano manifesta características particulares, traços de personalidade específicos, uma essência fundamental única. Entretanto, carregamos feridas emocionais e mecanismos defensivos, desenvolvidos desde os primeiros estágios da infância como resposta adaptativa ao ambiente formativo. Esses mecanismos foram estruturados pelo desenvolvimento neurológico e sistematicamente reforçados pelas características ambientais. Como consequência, o ambiente exerce influência determinante. A incapacidade de articular negativas pode manifestar-se em circunstâncias particulares, para entidades específicas, em momentos determinados. Contudo, em inúmeros casos, apenas conseguiremos transcender essa limitação específica mediante transformação deliberada do ambiente condicionante.

O Terapeuta realizou outra pausa breve, para então dar continuidade:

— Esses ambientes fundamentalmente limitantes compelem-nos a funcionar de maneiras que contradizem nossa natureza essencial, impossibilitando a ativação de nossos recursos internos, resultando inevitavelmente em sofrimento prolongado. Incontáveis entidades humanas pagam perpetuamente o preço pelo amor condicionalmente recebido, porque a articulação da negativa exige conversações caracterizadas por franqueza absoluta e coragem inquebrantável.

"Quando finalmente expressamos 'não' com autenticidade, a entidade receptora muitas vezes posiciona um preço metafórico sobre a mesa relacional, e necessitamos desenvolver coragem fundamental para negociar esse valor. Essas interações comunicativas costumam se revelar benéficas porque expõem à luz consciente tudo o que foi sistematicamente ocultado sob camadas de negação. O preço inicial pode aparentar magnitude excessiva, mas invariavelmente existe espaço para negociação autêntica e estabelecimento de leveza relacional. Infelizmente, Dante, você existe em uma estrutura cultural em que dívidas fundamentalmente ocultas são cobradas sem piedade e muitas vezes sequer possuímos consciência do momento exato em que contraímos a obrigação, nem da magnitude dos juros acumulados. Apenas reconhecemos a exigência inescapável do pagamento."

Após outra pausa deliberada, continuou sua exposição:

— Em determinadas configurações culturais, por exemplo, indivíduos jovens recebem incentivo para explorar territórios internacionais, para experimentar ambientes radicalmente diferentes. Esse incentivo fundamenta-se na compreensão de que, ao retornarem, terão desenvolvido consciência expandida, leveza existencial e liberdade interior autêntica. Quando ocupamos territórios desconhecidos, distanciados das estruturas familiares, desenvolvemos coragem amplificada para expressão autêntica, para experimentação do erro construtivo, para manifestação de nossa identidade genuína. Nesses ambientes caracterizados por fertilidade existencial, ativamos nossos recursos internos com facilidade significativamente maior, fenômeno que raramente ocorre no ambiente familiar originário. Muitas vezes, no contexto doméstico, experimentamos desencorajamento sistemático, crítica impiedosa, limitação deliberada. Contrariando a narrativa socialmente sancionada, a estrutura familiar nem sempre constitui ambiente propício para desenvolvimento autêntico. Em inúmeros casos, representa território de conflito permanente, sofrimento crônico e transmissão intergeracional de traumas não resolvidos e padrões negativos. Por esta razão precisamente, torna-se imperativo desenvolver capacidade para articular negativas essenciais! Apenas aqueles que desenvolveram capacidade para expressar "não" com autenticidade alcançaram liberdade genuína. E a única obrigação fundamental que você possui é consigo mesmo!

Enfim, Dante conseguiu articular uma resposta.

— Como posso efetivamente alcançar libertação autêntica?

O Terapeuta direcionou um gesto eloquente para os múltiplos abismos que fragmentavam a paisagem.

— Liberte-se deliberadamente. Perdoe com autenticidade. Articule negativas necessárias. Aceite a perda inevitável daquilo que, em sua essência, não constitui sua propriedade legítima.

As figuras arquetípicas começaram a manifestar oposição vocal com crescente intensidade.

— Não execute essa ação específica! Sua existência depende fundamentalmente de nossa presença! Você representa a manifestação absoluta do egoísmo! Você incorpora o individualismo em sua forma mais destrutiva!

— Se você ousar saltar, experimentará solidão absoluta e permanente!

Dante inspirou fundo, centrando-se em sua verdade essencial. Direcionou um olhar final àquelas entidades que haviam exercido controle sobre sua existência por tempo demasiadamente extenso.

E saltou decisivamente para o vazio transformador.

a queda e o vale da ilusão

Dante saltou, mas o que experimentou não foi a travessia que esperava. Ele caiu vertiginosamente no abismo. O impacto físico que temia, entretanto, jamais se materializou. Ele sentia apenas a força inexorável da gravidade arrastando-o para um vazio cada vez mais profundo, o vento uivando em seus ouvidos como um coro distante de lamentos espectrais. Então, de forma tão abrupta quanto inesperada, sua queda cessou por completo. Não havia superfície sólida sob seus pés, e, ainda assim, inexplicavelmente, ele não continuava caindo. Uma escuridão absoluta o envolvia inteiramente, quebrada apenas pela presença enigmática de uma névoa prateada que se movia ao seu redor com aparente consciência própria.

Aos poucos, a névoa etérea começou a dissipar-se, revelando um vale de sombras profundas, cercado por montanhas majestosas de pedra negra que pareciam absorver qualquer luz que as tocasse. No centro preciso daquele vale místico, uma ponte inacabada se estendia precariamente sobre um abismo de profundidade insondável. Cada pilar daquela estrutura abandonada parecia simbolizar um aspecto fundamental de sua existência que ele falhou em desenvolver completamente ou atravessar com integridade. No lado oposto do abismo, um templo ancestral de arquitetura impossível erguia-se solitário, irradiando uma luz dourada tênue, como um farol distante ou um destino final que ele jamais conseguiu alcançar apesar de todos os seus esforços.

O Terapeuta materializou-se silenciosamente ao seu lado, sua voz agora carregando uma qualidade diferente, uma ressonância quase paternal que Dante nunca havia percebido antes.

— Dante, este vale representa a totalidade daquilo que você teme profundamente perder. Aqui estão manifestadas suas projeções inconscientes, suas dependências emocionais arraigadas, seus padrões comportamentais que operam abaixo do limiar da consciência. E agora você enfrentará cada um deles diretamente.

De repente, três figuras distintas emergiram da escuridão circundante, cada uma corporificando um dos arquétipos fundamentais do controle emocional que Dante havia encontrado anteriormente: a vítima, com seus olhos eternamente marejados; o Vingador, com seu rosto endurecido por ressentimentos ancestrais; e o Narcisista, com seu sorriso calculado e olhar vazio de autenticidade.

o debate: a ilusão do controle

A Vítima foi a primeira a manifestar-se, seu semblante carregado de uma tristeza cultivada como uma arte refinada.

— Você nunca percebeu de verdade? Você se entrega por completo, você oferece tudo de si, e ainda assim as pessoas sistematicamente falham em reconhecer seu valor. Você espera, paciente, que elas retribuam na mesma medida o que você generosamente proporcionou, mas essa reciprocidade jamais se materializa. Você sempre experienciou uma solidão fundamental, não é mesmo?

Dante engoliu em seco, sentindo o peso daquelas palavras reverberarem em seu interior. Sim, ele havia se sentido assim incontáveis vezes. Quantas ocasiões esperou que sua esposa o compreendesse intuitivamente, sem necessidade de articulação verbal? Quantas vezes experimentou frustração profunda porque suas ações e sacrifícios não recebiam a valorização que ele secretamente acreditava merecerem?

O Terapeuta aproximou-se com passos deliberados, seu olhar transmitindo uma firmeza compassiva.

— O problema essencial, Dante, é que o amor autêntico jamais se fundamenta em trocas implícitas não negociadas. Você deseja receber antes mesmo de genuinamente dar, mas não percebe que essa expectativa prévia já estabelece uma prisão emocional inescapável. Você busca reconhecimento como se fosse uma dívida contratual, e não compreende que o amor verdadeiro transcende completamente a lógica mercantil do contrato.

Dante baixou o olhar, sentindo um peso opressivo comprimir seu peito.

— Então nunca serei verdadeiramente valorizado? Jamais serei visto em minha essência?

— Você será, mas apenas quando aprender a dar sem a expectativa prévia de reciprocidade. Sua esposa jamais poderia preencher um vazio existencial que pertence fundamentalmente a você mesmo. Se você desejava maior presença emocional dela, deveria ter oferecido primeiramente mais presença autêntica. Se ansiava por manifestações mais frequentes de afeto, teria que ter demonstrado mais carinho genuíno primeiro. Se aspirava à admiração, antes deveria ter examinado honestamente: você cultivou genuína admiração pelo outro? Você verdadeiramente enxergou a alteridade do outro ser, ou apenas projetou sua própria necessidade insaciável sobre ele?

Dante permaneceu em silêncio, absorvendo o impacto daquelas palavras. Pela primeira vez, vislumbrou a possibilidade de que a resposta para sua profunda insatisfação matrimonial talvez não residisse na transformação de sua esposa, mas na metamorfose fundamental de sua própria perspectiva existencial.

Um sentimento avassalador de culpa começou a se formar em seu interior, mas o Terapeuta, percebendo essa dinâmica emergente, optou por não intervir diretamente naquele momento específico. Havia processos que precisavam completar seu curso natural.

o vingador e o narcisista: o orgulho e o medo da entrega autêntica

O Vingador avançou, então, com passos decididos. Sua voz emanava um rancor meticulosamente cultivado ao longo de décadas.

— Se você abandonar o controle que exerce, será inevitavelmente engolido pela crueldade do mundo. A realidade não recompensa aqueles que manifestam fraqueza ou vulnerabilidade. Se ela sistematicamente falha em proporcionar o que você legitimamente deseja, isso ocorre porque você não estabeleceu sua autoridade de forma suficientemente contundente. Por que implementar mudanças dolorosas em si mesmo, quando é infinitamente mais conveniente atribuir culpabilidade ao outro?

Dante sentiu uma familiar indignação crescer em seu peito. Reconheceu que muitas vezes havia recorrido a esse padrão de pensamento, justificando sua própria frieza emocional com um inventário cuidadosamente mantido de ressentimentos acumulados. Entretanto, antes que pudesse articular uma resposta, o Terapeuta interveio:

— Raiva cronificada e ressentimento cultivado funcionam meramente como escudos defensivos, Dante. Você emprega de maneira consciente esses mecanismos para evitar o confronto com sua própria vulnerabilidade essencial. Seu medo fundamental não é da dor em si, mas da rejeição que ela potencialmente simboliza. Você transforma sua carência emocional profunda em uma dureza superficial que afasta ainda mais o que deseja em segredo. Mas compreenda: o amor autêntico jamais floresce em solo endurecido pela rigidez defensiva. E se você não desmantelar deliberadamente essa barreira que ergueu ao redor de seu coração, jamais experimentará aquilo que seu ser mais profundo verdadeiramente anseia.

Dante sentiu aquelas palavras reverberarem nas profundezas de seu ser. Quantas vezes havia endurecido sua postura emocional para evitar o risco da vulnerabilidade? Quantas vezes havia optado pelo isolamento afetivo em detrimento de admitir sua necessidade genuína de conexão?

Neste momento, o Narcisista avançou com um sorriso calculadamente encantador e aproximou-se com uma confiança estudada.

— O conceito de amor representa meramente um instrumento de manipulação destinado aos tolos sentimentais. Relacionamentos interpessoais constituem fundamentalmente um jogo estratégico de poder. Ou você conquista admiração consistente, ou será inevitavelmente relegado ao esquecimento. Você ainda não percebeu a dinâmica? O que verdadeiramente motiva suas ações é o desejo insaciável de ser visto, de ser reconhecido em sua singularidade. No entanto, no âmago de seu ser, você resiste à autêntica entrega emocional. Você teme profundamente o ato de doação genuína porque compreende de modo intuitivo que isso o tornaria vulnerável e, consequentemente, fraco aos olhos alheios.

Dante experimentou um impacto emocional significativo diante daquela verdade revelada. Sim, desde seus primeiros anos de formação, ele havia cultivado um desejo quase obsessivo de ser notado, de ter seu valor intrínseco reconhecido pelos outros. Mas seria possível que, paradoxalmente, ele jamais tivesse verdadeiramente se entregado por completo a outro ser humano?

O Terapeuta dirigiu a Dante um olhar que agora emanava uma brandura compreensiva.

— A busca desesperada por significado existencial através da admiração alheia constitui uma armadilha sofisticada do ego. A verdadeira significância jamais emana primariamente do olhar validador do outro, mas daquilo que você constrói dentro de si mesmo. E, ironicamente, a manifestação mais elevada de força interior não reside em ser objeto de admiração contínua, mas na capacidade de amar genuinamente sem exigir garantias prévias de reciprocidade.

Dante sentiu um nó formar-se em sua garganta, uma emoção represada por décadas buscando expressão. Pela primeira vez em sua existência, ele vislumbrou a possibilidade perturbadora de que talvez jamais tivesse amado completamente, em um sentido autêntico. Talvez tivesse, em cada gesto que parecia altruísta, mantido uma expectativa secreta de retribuição. Talvez tivesse, inconscientemente, condicionado sua capacidade de amar à admiração e à validação externa que recebia em troca.

E então, algo fundamental dentro dele finalmente se rompeu.

o nexo entre biologia e consciência: uma revelação transformadora

Enquanto enfrentava essa revelação devastadora, o cenário ao redor de Dante começou a transformar-se. A escuridão do vale assumiu contornos de uma estrutura que lembrava vagamente um cérebro humano gigantesco. Linhas luminosas de energia neural pulsavam através daquela paisagem viva, conectando diferentes regiões daquele cosmos cerebral.

O Terapeuta estendeu os braços, como se apresentasse a Dante uma verdade fundamental do universo.

— O que você contempla agora, Dante, é a representação simbólica do conflito primordial que ocorre dentro de cada ser humano. Observe atentamente.

A paisagem neural agora revelava claramente duas regiões distintas: uma área mais antiga, localizada na base e centro daquela estrutura, pulsava em tons avermelhados e alaranjados; outra região, posicionada na parte frontal, emanava uma luz azulada suave, aparentemente mais recente em sua formação evolutiva.

— Aqui está o campo de batalha onde se desenrola a luta entre luz e sombra que os antigos textos descrevem — continuou o Terapeuta. — O que você vê não é apenas metafórico, mas literal em termos neurobiológicos. Esta região mais antiga — apontou para a área avermelhada — representa suas estruturas cerebrais primitivas: o tronco cerebral, o sistema límbico, a amígdala. São os guardiões dos impulsos mais básicos: medo, raiva, desejo, dominação. Já esta região frontal — indicou a luz azulada — representa o córtex pré-frontal, a aquisição evolutiva mais recente da humanidade. É exatamente aqui que você passou a se diferenciar do bicho, do animal irracional.

Dante observava fascinado enquanto compreendia que aquela visão transcendia a psicologia para tocar na própria biologia de sua existência.

— Há milênios, os grandes mestres espirituais intuíram esta verdade que a neurociência apenas recentemente confirmou — prosseguiu o Terapeuta, sua voz assumindo uma qualidade quase messiânica. — Você se recorda desta dinâmica "Eu sou a luz do mundo. Quem me segue nunca andará em trevas, mas terá a luz da vida"? Esta luz não é externa, Dante. É a pequena chama da consciência superior dentro de cada ser humano, lutando para prevalecer sobre os impulsos automáticos do inconsciente evolutivo.

As palavras ecoavam não apenas nos ouvidos de Dante, mas em toda a estrutura de seu ser. Era como se cada célula de seu corpo ressoasse com aquela verdade primordial.

— O Reino de Deus está dentro de vós — citou o Terapeuta. — Esta afirmação não é apenas teológica, mas neurobiológica. O córtex pré-frontal, quando plenamente ativado, nos proporciona a capacidade de transcender os impulsos automáticos de nosso cérebro reptiliano. É ali que reside nossa capacidade de autocontrole, empatia, planejamento de longo prazo e, mais importante, amor consciente. Sim, amor consciente, como pregava Kant.

Dante sentiu uma inquietação crescer dentro dele.

— Mas se as emoções não estão na parte racional do cérebro... se a evolução representa a expansão deste córtex pré-frontal que traz maior racionalidade e controle das emoções, não nos tornaríamos inevitavelmente mais frios e mecânicos? Com menor capacidade de sentir, inclusive o amor? — perguntou, vocalizando uma dúvida profunda.

O Terapeuta sorriu, como se esperasse precisamente esta pergunta.

— Este é o grande equívoco da humanidade, Dante. A evolução do córtex pré-frontal não elimina as emoções, ela as refina e as eleva. Com a evolução do cérebro através do córtex pré-frontal, você consegue inibir as reações mais instintivas em relação às emoções. Neste entendimento do que está acontecendo em relação às emoções, passamos a ter a percepção do que chamamos de sentimentos. O sentimento passa a ser a interpretação do evento emocional que ocorre conosco. Você acha que é um ser racional, mas ainda julga com significados o que acontece emocionalmente consigo, gerando os sentimentos que muitas vezes o adoece.

"Os sentimentos fazem as emoções se perpetuarem. É necessário que os seres humanos continuem evoluindo para chegar a um melhor equilíbrio na significação das emoções. Psicologicamente, os sentimentos são mais complexos, pois envolvem memórias e os significados dados a essas memórias. O que chamamos de 'amor' no nível puramente instintivo, regulado pelo sistema límbico, é principalmente atração e desejo. É poderoso, mas fundamentalmente instável e muitas vezes possessivo. Já o amor consciente, aquele que mestres ensinavam quando diziam 'amai vossos inimigos', exige precisamente a ativação plena do córtex pré-frontal, que nos permite transcender o egoísmo instintivo."

A paisagem neural pulsou intensamente, e Dante pôde ver linhas de conexão formando-se entre as diferentes regiões cerebrais.

— A evolução não nos destina a ser máquinas frias ou bestas instintivas, mas seres integrais — continuou o Terapeuta. — O córtex pré-frontal não suprime as emoções, mas as integra de forma mais consciente. É como Paulo escreveu: "Não vos conformeis com este mundo, mas transformai-vos pela renovação da vossa mente". Esta renovação é justamente o despertar da consciência superior, permitindo que a pequena luz dentro de nós cresça e ilumine até os corredores mais sombrios de nosso ser.

Dante compreendia agora que sua busca por significado através do reconhecimento externo era um reflexo de seu cérebro primitivo buscando segurança tribal e status. Suas manipulações emocionais, suas expectativas não verbalizadas, seu medo de vulnerabilidade — todos eram manifestações do cérebro antigo lutando para sobreviver em um mundo que já exigia uma consciência mais elevada.

— O verdadeiro amor — concluiu o Terapeuta — não é a supressão das emoções pela racionalidade, nem a expressão descontrolada do desejo instintivo. É a síntese sagrada entre ambos: um amor guiado pela sabedoria, e uma sabedoria guiada pelo amor. É a luz da consciência plena, que inclui tanto emoção quanto razão, no seu ponto mais elevado de equilíbrio e integração.

a escolha: o salto para o outro lado

Com esta compreensão transformadora, Dante voltou seu olhar para a ponte inacabada que se estendia sobre o abismo. Agora percebia que cada figura arquetípica diante dele — a Vítima, o Vingador, o Narcisista — representava um padrão neurológico arraigado que precisava conscientemente abandonar para concluir a travessia.

A Vítima encarnava o ressentimento nascido da expectativa inconsciente de receber algo do outro sem comunicação clara.

O Vingador personificava a rigidez defensiva que impedia a vulnerabilidade necessária para sentir de forma autêntica.

O Narcisista manifestava o desejo primitivo de ser visto e admirado em detrimento da capacidade genuína de entregar-se.

O Terapeuta estendeu o braço em direção à ponte.

— A travessia exige uma escolha consciente, Dante. Você não pode mais permanecer na espera passiva de que o outro se transforme primeiro para então responder a essa mudança. A metamorfose deve iniciar-se necessariamente dentro de você. Se seu desejo genuíno é inaugurar um novo capítulo existencial, abandone a expectativa paralisante e comece a manifestar aquilo que deseja ver no mundo. Ame primeiro. Doe sem condições prévias. Viva, procure desfrutar plenamente o momento presente, sem estar demasiadamente em um futuro irreal.

Dante respirou fundo. Sentia o peso do medo ancestral, mas simultaneamente percebia que essa representava a única via possível de libertação autêntica.

Ele executou o primeiro passo decisivo.

E então, algo extraordinário aconteceu.

A ponte começou a materializar-se progressivamente sob seus pés, adornada por flores vibrantes que brotavam espontaneamente por todo o seu percurso. Um sol majestoso ascendia no horizonte, irradiando luz dourada sobre o templo distante.

A travessia tornava-se possível não porque alguma entidade externa havia construído o caminho para ele, mas porque ele finalmente escolhera consciente e deliberadamente construir a si mesmo.

O peso invisível da culpa

A nova casa no tabuleiro: o julgamento interior

Dante despertou no interior de um tribunal de arquitetura ancestral, cujas paredes eram inteiramente constituídas por tomos arcaicos empilhados até o teto abobadado, como se toda a sabedoria acumulada da experiência humana estivesse ali reunida para testemunhar seu julgamento. O ar suspenso tinha uma densidade quase táctil, impregnado pelo aroma característico de pergaminhos antigos e cera consumida por chamas seculares. Diante dele, um juiz de semblante austero e olhar penetrante o observava de uma tribuna elevada, sua presença comunicando autoridade inquestionável. No flanco direito do recinto, um promotor trajando um manto escuro sustentava uma balança de precisão delicada. No lado oposto, um advogado de expressão serenamente compassiva mantinha as mãos entrelaçadas sobre a superfície polida da mesa de defesa.

O Terapeuta materializou-se silenciosamente a seu lado, mas desta vez sua presença emanava uma dualidade perceptível. Em certos momentos, sua voz ressoava com profundidade simbólica e ressonâncias arquetípicas, reminiscente da abordagem junguiana. Em outras ocasiões, assumia uma qualidade analítica, racional e quase cirúrgica, evocando a precisão metodológica de Freud.

— Dante, seja bem-vindo ao Tribunal da Culpa — anunciou o Terapeuta com uma reverência que comunicava a gravidade daquele espaço.

Dante engoliu em seco, sentindo uma familiaridade perturbadora com aquele ambiente. Embora nunca tivesse estado fisicamente naquele recinto particular, reconhecia-o instantaneamente como a materialização externa do tribunal interior onde ele próprio executava julgamentos implacáveis contra si mesmo cotidianamente. Era o espaço mental onde se submetia a intermináveis processos de autocrítica por sua esposa tê-lo abandonado e pelo colapso devastador de seu casamento.

O juiz golpeou a superfície da tribuna com seu martelo cerimonial, o som reverberando como trovão nas paredes forradas de sabedoria.

— Que se iniciem os procedimentos do julgamento — declarou com voz que não admitia contestação.

A sombra da culpa e o perdão a si mesmo

O promotor ergueu-se com movimento deliberadamente lento, sua presença preenchendo o tribunal. Quando por fim falou, sua voz possuía uma qualidade cortante que parecia atingir diretamente o centro do peito de Dante, cada palavra manifestando-se como um golpe físico contra sua consciência.

— Dante Valente, você falhou repetidamente em inúmeras ocasiões. Você infligiu sofrimento a seres que confiaram em você.

Você sistematicamente deixou de manifestar-se como a pessoa que deveria ter sido. Você recuou covardemente quando deveria ter avançado com coragem. Como pode, diante deste inventário de falhas, presumir que merece prosseguir em sua jornada? Como ousa aspirar a qualquer forma de paz interior?

Dante baixou o olhar, sentindo o peso familiar daquelas acusações que ele mesmo repetia em seu interior cada dia de sua existência.

O Terapeuta aproximou-se, colocando uma mão em seu ombro com firmeza gentil. Quando falou, sua voz havia assumido a qualidade profunda e ressonante da psicologia junguiana.

— A culpa genuína nasce precisamente no momento em que a imagem idealizada que construímos de forma meticulosa sobre nós mesmos se fragmenta ao colidir com a realidade inescapável. Você cultivou a crença fundamental de que é essencialmente bom, mas confronta-se com a evidência de ações que contradizem essa autoimagem. A culpa emerge dessa divergência fundamental entre seu ideal consciente e sua sombra inconsciente, entre a pessoa que aspira ser e aquela que efetivamente é.

Dante ergueu o olhar, encontrando os olhos do Terapeuta.

— Então a culpa constitui uma presença permanente e inescapável? Jamais existirá possibilidade de libertação autêntica?

O Terapeuta permitiu-se um sorriso sutil, mas profundamente compreensivo.

— A questão central não reside na eliminação da culpa, mas em sua integração consciente à totalidade de seu ser. Você precisa reconhecer plenamente sua sombra, compreender que ela constitui parte integral de sua humanidade essencial. O que você realizou no passado fez porque representava a única alternativa que sua consciência limitada conseguia vislumbrar naquele momento específico. O verdadeiro perdão não consiste no esquecimento conveniente, mas na aceitação profunda de que o passado permanece fundamentalmente inalterável.

O advogado de defesa ergueu-se com movimento fluido e falou pela primeira vez. Sua voz emanava firmeza inabalável, temperada por genuína gentileza.

— A questão verdadeiramente relevante não reside no que você fez antes, mas no que escolherá fazer a partir deste momento. A culpa não integrada busca essencialmente paralisá-lo no tempo. A responsabilidade consciente, por outro lado, aspira a transformá-lo fundamentalmente. Qual desses caminhos você escolherá?

Dante sentiu um arrepio transcendental percorrer sua espinha vertebral, como se uma verdade primordial tivesse tocado diretamente sua alma.

— E se eu não merecer o perdão que busco?

O Terapeuta assumiu então uma expressão de severidade compassiva.

— Essa crença específica não representa mais que uma manifestação de um desejo neurótico de autopunição. Você sustenta inconscientemente a convicção de que o sofrimento voluntário compensará de alguma forma as ações pretéritas. Mas a verdade incontornável, Dante, é que absolutamente nada pode alterar o que já ocorreu. Você poderia submeter-se a um sofrimento deliberado por um século inteiro, e o passado permaneceria exatamente o mesmo. O único caminho autêntico é a transformação integral do ser.

O juiz golpeou novamente o martelo cerimonial.

— Convocamos agora a testemunha principal deste processo: Dante contra si mesmo.

A culpa e o superego

No centro preciso do recinto, materializou-se uma versão significativamente mais jovem de Dante, visivelmente aprisionada por correntes metafísicas. Seus olhos emanavam um medo fundamental, primordial.

— Não consigo prosseguir em minha jornada. Realizei escolhas equivocadas. Decepcionei de forma constante pessoas que confiaram em mim.

O Terapeuta circulou lentamente a manifestação jovem de Dante, sua presença agora assumindo a precisão clínica característica da abordagem freudiana.

— A culpa, Dante, emerge primariamente do superego. Desde seus primeiros anos formativos, você foi sistematicamente condicionado a seguir diretrizes específicas, a manifestar "bondade" conforme definida externamente, a agradar autoridades estabelecidas. Entretanto, quando a realidade inexorável exigiu decisões fundamentalmente complexas, quando a existência demandou que você agisse de maneira divergente desses padrões internalizados, o superego recusou-se a conceder legitimação. Transformou-se em um algoz implacável operando nas profundezas de sua psique. Mesmo quando você meramente reproduziu padrões comportamentais observados em seus progenitores, mesmo quando sua conduta simplesmente refletiu as normas estabelecidas de seu grupo social, este juiz interior permaneceu oculto nas camadas profundas do inconsciente, pronto para emitir condenações nos momentos menos esperados.

O Terapeuta voltou-se decisivamente para o juiz e indicou com gesto eloquente o jovem Dante acorrentado.

— Este "jovem" jamais recebeu permissão autêntica para experimentar o erro como parte integral do desenvolvimento humano. Cresceu sob a crença opressiva de que precisava manifestar impecabilidade absoluta. Consequentemente, cada erro, por mais insignificante, converteu-se em fundamento para veredictos de condenação perpétua. Entretanto, permita-me questionar, Meritíssimo: qual ser humano atravessa a existência sem jamais cometer equívocos?

O juiz hesitou visivelmente, o martelo suspenso em movimento incompleto.

O advogado de defesa, percebendo a abertura crucial, ergueu-se com determinação renovada.

— Excelência, a culpa manifestada neste caso particular demonstra-se injusta em sua natureza. Dante carrega fardos de culpabilidade que legitimamente não lhe pertencem. Significativa parcela de seu sofrimento deriva de expectativas externamente impostas, que ele internalizou sem questionamento crítico. Ele assumiu para si responsabilidades que transcendiam seu escopo de influência. Necessita compreender fundamentalmente que nem todos os eventos adversos ocorridos resultaram diretamente de suas ações ou omissões.

Dante arregalou os olhos, sentindo o impacto daquela revelação.

— Nem tudo foi... minha culpa?

O Terapeuta assentiu com movimento deliberado.

— Você sistematicamente se responsabiliza pelo fracasso matrimonial, pelas decisões aparentemente equivocadas, pela insuficiência de atenção dedicada a seu filho, por ter nutrido expectativas excessivas em relação a outros. Entretanto, examine criticamente: quantas dessas culpas são legítimas? Quantas representam meramente projeções inconscientes, idealizações subsequentemente frustradas? Quantas apenas refletem a natureza impessoal da existência manifestando-se conforme suas próprias leis?

Dante sentiu um nó opressivo finalmente desfazer-se em seu peito, como se cordas invisíveis que o constrangiam há décadas subitamente se rompessem.

Ergueu-se com determinação renovada e caminhou deliberadamente até a versão jovem de si mesmo. Olhou diretamente nos olhos daquele menino desorientado e pronunciou palavras que esperou toda uma vida para ouvir:

— Eu te perdoo completamente. Você realizou o melhor que podia com os recursos limitados de que dispunha.

O jovem sorriu, um sorriso de libertação autêntica. As correntes metafísicas fragmentaram-se sozinhas, evaporando no ar como névoa sob o sol nascente.

O juiz golpeou o martelo pela última vez, o som reverberando com finalidade absoluta.

— Veredicto final: Dante Valente está livre.

O tribunal ancestral começou a desmoronar ao redor dele, suas estruturas aparentemente sólidas dissolvendo-se aos poucos em luz transcendental.

Quando Dante enfim reabriu os olhos, encontrava-se em outra casa do vasto tabuleiro existencial. Mas, desta vez, havia se libertado definitivamente das correntes invisíveis da culpa autoimposta.

Inspirou fundo, sentindo o ar preenchendo seus pulmões com uma qualidade diferente. Pela primeira vez em décadas, percebeu a possibilidade concreta de prosseguir em sua jornada com leveza autêntica. Uma sensação de paz que lhe fez adormecer.

A Casa do Ponto Cego e o labirinto das doenças psicossomáticas

Dante despertou em um ambiente que desafiava qualquer lógica conhecida no tabuleiro até então. Não havia superfícies planas ou caminhos lineares. Encontrava-se cercado por uma estrutura labiríntica composta inteiramente de espelhos distorcidos, cada superfície refletora projetando uma versão diferente dele mesmo: algumas exageradamente alongadas e robustas, outras curvadas e fragilizadas, algumas com contornos tão indefinidos que pareciam dissolver-se na própria luz.

Os espelhos não refletiam apenas suas múltiplas versões, mas também manifestavam camas hospitalares e figuras inquietantes: algumas com aventais clínicos e máscaras cirúrgicas, outras com os olhos vendados, como se a cegueira fosse uma condição compartilhada. O teto acima dele apresentava-se como um firmamento de vidro fraturado, fragmentado em milhares de estilhaços que pareciam refletir não apenas sua imagem física, mas a própria fragmentação de sua consciência.

Ao dar um passo hesitante, sentiu o chão ceder sob seu peso, como se pisasse sobre uma superfície de areia movediça. O Terapeuta materializou-se silenciosamente atrás dele, seu semblante emanando uma gravidade serena.

— Seja bem-vindo à Casa do Ponto Cego — anunciou o Terapeuta, sua voz ecoando de modo peculiar naquele espaço impossível. — Neste domínio, tudo aquilo que você não consegue perceber sobre sua própria existência, mas que governa imperceptivelmente suas escolhas, manifesta-se em forma tangível.

Dante examinou o ambiente com crescente inquietação, procurando instintivamente uma rota de fuga daquele lugar perturbador. O labirinto, entretanto, parecia estender-se infinitamente em todas as direções.

— O que preciso fazer para encontrar a saída deste lugar? — perguntou, sua voz denunciando o medo que tentava ocultar, mesclado com uma sutil impaciência.

O Terapeuta sorriu levemente, como se aquela pergunta fosse não apenas esperada, mas necessária para o processo.

— Você precisa enxergar de verdade — respondeu com deliberada simplicidade. — Conseguirá transpor este limiar apenas quando descobrir aquilo que permanece oculto para sua percepção consciente, mas que tem comandado silenciosamente suas decisões, seus medos e até mesmo as manifestações físicas de enfermidade em seu corpo.

Dante franziu o cenho, processando aquela informação desconcertante.

— Está sugerindo que este lugar tem alguma relação com minhas condições de saúde?

O Terapeuta respondeu com um aceno afirmativo.

— Muitas doenças não surgem arbitrariamente do vazio — explicou. — Constituem respostas biológicas a conflitos internos não processados. Seu organismo físico reage àquilo que sua mente e seu campo emocional não conseguem processar conscientemente. Primeiro, ocorre um choque emocional significativo, o conflito ativo, que o mantém perpetuamente em estado de alerta, gerando estresse crônico, ansiedade e tensão persistente. Posteriormente, quando finalmente abandona a luta interna e resolve o problema emocional em nível mental, entrando na fase pós-conflitual, é quando os sintomas físicos emergem à superfície. A doença, Dante, paradoxalmente representa o próprio mecanismo de cura em ação.

Dante permaneceu em silêncio contemplativo, absorvendo aquela perspectiva transformadora.

— Então, o que você está dizendo é que... minhas condições físicas são, na verdade, manifestações do modo como meu corpo tenta processar aquilo que minha mente conscientemente evita enfrentar?

— Exatamente. E seu ponto cego primordial está aqui, neste labirinto, governando em silêncio todo esse processo.

O Terapeuta fez um gesto sutil com a mão e, instantaneamente, um dos espelhos à frente de Dante iluminou-se com uma luminescência azulada. Ele aproximou-se com cautela e testemunhou uma cena formando-se no interior da superfície reflexiva. Era uma memória perfeitamente preservada: o momento em que se encontrava sentado no consultório médico, recebendo o diagnóstico de hipotireoidismo. Sentiu de novo aquela sensação peculiar de impotência, de perda de soberania sobre seu próprio corpo físico.

— Seu organismo está respondendo ao seu próprio conflito interno não resolvido, Dante — continuou o Terapeuta. — Você sempre cultivou a necessidade de controlar todos os aspectos de sua existência. Sempre acreditou essencialmente que precisava manter-se no comando absoluto, que falhar não era uma opção aceitável, que ser admirado constituía uma necessidade vital. O que testemunhamos aqui é um conflito profundo de impotência e autoavaliação negativa, em que você internamente sente que não consegue acompanhar o ritmo natural da vida, que não está à altura dos desafios e conquistas da maneira que considera adequada. É o medo visceral de perder oportunidades ou de não agir no momento preciso.

O Terapeuta fez uma pausa significativa antes de prosseguir:

— Mas e se eu lhe revelasse que seu verdadeiro ponto cego é precisamente o medo da vulnerabilidade? O pavor de se entregar ao fluxo natural da existência, de admitir sua fragilidade humana fundamental?

Dante fechou os olhos momentaneamente. Recordou-se com clareza do período em que começou a experimentar exaustão extrema, a depleção progressiva de sua energia vital. Agora, a compreensão se cristalizava. Seu corpo físico estava enviando sinais para que diminuísse o ritmo, mas sua mente obstinada se recusava a ouvir. Ele havia interpretado sua exaustão como uma deficiência problemática, mas e se fosse, na verdade, um sinal de sabedoria interna? E se representasse um caminho para sua libertação?

Outro espelho iluminou-se subitamente. Dante voltou-se e presenciou a cena vívida de um de seus episódios de síncope vasovagal. Os desmaios que ocorriam quando exposto a gatilhos específicos: calor intenso, tensão emocional elevada, ambientes lotados e experiências dolorosas. Os momentos em que perdia completamente o controle sobre seu próprio corpo. A vulnerabilidade absoluta que seu sistema nervoso interpretava como ameaça existencial extrema.

As crises de síncope manifestavam-se quando Dante se encontrava em situações em que sentia não haver saída possível, quando era forçado a ceder perante algo maior que seu controle — fosse um compromisso inescapável, uma expectativa externa, uma ameaça física como dor ou calor extremo, um ambiente saturado de pessoas, ou mesmo o julgamento percebido dos outros. Essas reações estavam intrinsecamente ligadas ao seu padrão arraigado de buscar aprovação, temer rejeição e carregar culpa desnecessária.

— O corpo possui uma sabedoria ancestral — observou o Terapeuta. — Ele encontra formas engenhosas de fazer você perceber aquilo que sua mente conscientemente evita confrontar. O que você ainda não compreendeu plenamente, Dante, é que essa necessidade compulsiva de controle e urgência emerge de um medo inconsciente da perda; não apenas de oportunidades concretas, mas de algo muito mais fundamental: relevância, reconhecimento e, no núcleo mais profundo, a perda do amor.

Dante inspirou profundamente, sentindo as conexões formarem-se em sua consciência.

— Se meu ponto cego fundamental é esse desejo obsessivo de controle, como posso transcendê-lo?

O Terapeuta sorriu com gentileza.

— O primeiro passo essencial é aceitar que não precisa, e fundamentalmente não pode, controlar todos os aspectos da existência. O segundo passo é libertar-se da culpa desnecessária que você carrega como um fardo invisível. Toda manifestação psicossomática possui uma raiz emocional profunda. E a culpa, Dante, representa uma das forças emocionais mais corrosivas que existem.

Nesse momento preciso, outro espelho iluminou-se no labirinto. Dante viu-se caminhando com dificuldade notável. Era sua artrose no quadril. O desgaste progressivo entre a cabeça do fêmur e a cavidade acetabular.

O Terapeuta retomou sua explicação:

— Os desgastes articulares estão intimamente ligados a conflitos internos relacionados à direção e às decisões fundamentais na vida. A artrose frequentemente representa: uma dificuldade significativa de tomar decisões essenciais; um conflito profundo de movimento: o desejo de seguir determinado caminho, simultaneamente à sensação de estar imobilizado por forças internas; e uma insegurança fundamental para dar o próximo passo decisivo.

O Terapeuta fez uma pausa significativa antes de continuar:

— Dante, isso se conecta diretamente a experiências cujo medo paralisante de errar na decisão entre dois caminhos está presente por longos períodos. Sua indecisão prolongada entre caminhos igualmente dolorosos fez que seu corpo físico começasse a resistir literalmente ao movimento, tanto metafórica quanto fisicamente. O resultado manifestou-se não apenas no eventual abandono por parte de algo ou alguém, mas também nesta condição específica que afeta precisamente a região do corpo associada ao progresso e à direção.

No labirinto de espelhos, cada superfície refletora não apenas mostrava imagens, mas projetava sensações físicas reais sobre Dante. À medida que observava cada reflexo, sentia a condição manifestar-se em tempo real, como se seu corpo estivesse revivendo a experiência naquele exato momento.

O espelho da tireoide

Dante contemplou sua própria imagem correndo desesperadamente atrás de algo perpetuamente inalcançável. Um relógio colossal marcava segundos que aceleravam de maneira inexorável, enquanto sentia seu peito comprimir-se. O Terapeuta surgiu ao seu lado e questionou:

— Por que essa pressa constante, Dante? O que você teme perder irreparavelmente? O que aconteceria de catastrófico se você apenas aceitasse o ritmo natural da vida?

Dante tentou articular uma resposta, mas sua voz desapareceu de modo inexplicável. Sentiu sua garganta contrair-se dolorosamente — como se seu próprio corpo o impedisse fisicamente de falar.

O espelho da síncope

O cenário transformou-se abruptamente. Dante viu-se diante de uma multidão expectante. Todos os olhares convergiam sobre ele, aguardando que pronunciasse algo significativo. A pressão tornou-se insuportável, e ele começou a experimentar uma vertigem crescente. As vozes ao redor tornaram-se gradualmente inaudíveis, seus joelhos cederam por completo e ele sentiu seu corpo desmoronar. Tudo submergiu na escuridão completa.

Quando recuperou a consciência, encontrava-se nos braços do Terapeuta.

— Você percebe o padrão, Dante? Seu sistema nervoso literalmente desliga suas funções porque você se força persistentemente a ser alguém que não precisa ser. Você não precisa provar com frequência seu valor.

Dante, com lágrimas acumulando-se nos olhos, murmurou quase inaudivelmente:

— Mas se eu não corresponder às expectativas externas, quem realmente sou?

O espelho da artrose

Agora, Dante encontrava-se imobilizado no epicentro do labirinto. Uma estrada bifurcava-se diante dele. Um caminho conduzia de volta ao seu casamento. O outro, a um futuro indeterminado. Tentou mover-se, mas sentiu suas pernas tornarem-se inexplicavelmente pesadas, rígidas como metal oxidado. Cada passo causava dor excruciante. Sua indecisão prolongada culminou na partida definitiva de sua esposa.

Em um dos espelhos circundantes, Dante observou-se paralisado, com um pé ancorado no passado e outro projetado para o futuro, completamente incapaz de avançar em qualquer direção.

O Terapeuta materializou-se ao seu lado e perguntou com deliberada simplicidade:

— Dante, por que você não caminha?

Ele respondeu, a voz carregada de confusão:

— Porque não sei qual direção tomar.

O Terapeuta estalou os dedos e, instantaneamente, Dante vislumbrou dois caminhos distintos se formando: um conduzia à sua esposa e à restauração de seu casamento; o outro, à liberdade incerta e à reinvenção completa.

Quando tentou dar um único passo, sentiu uma dor lancinante percorrer sua perna. Caiu de joelhos, agarrando a coxa em agonia.

O Terapeuta agachou-se ao seu lado.

— Você experimenta essa dor porque presume que deve necessariamente escolher o caminho "correto". Porém, o verdadeiro peso não reside na escolha em si. O fardo real está na sua crença fundamental de que qualquer caminho que escolha inevitavelmente constituirá um erro.

Dante observou sua própria perna e compreendeu subitamente que aquela dor sempre estivera presente, mas ele a ignorara de modo sistemático.

— Então, o verdadeiro problema não é a escolha em si, mas o medo de que eu não seja suficiente para sustentá-la?

O Terapeuta sorriu com genuína aprovação.

— Exato. Você sistematicamente desvalorizou sua própria essência. Mas e se, ao invés de buscar obsessivamente o caminho teoricamente perfeito, você apenas começasse a caminhar com autenticidade?

Dante hesitou por um momento, mas ao tentar erguer-se percebeu que a intensidade da dor havia diminuído de modo significativo. Ainda sentia o peso da decisão, mas agora compreendia que o caminho não se manifestava previamente ao primeiro passo — ele se construía organicamente ao longo da própria jornada.

— Você está começando a verdadeiramente enxergar — observou o Terapeuta.

Dante avançou um passo e percebeu que, à medida que progredia, os espelhos circundantes tornavam-se aos poucos mais nítidos, refletindo sua imagem com crescente clareza. Compreendeu que era muito mais que um simples reflexo distorcido de suas crenças limitantes. Sua essência transcendia incomparavelmente essas limitações autoinfligidas.

Dirigiu um olhar ao Terapeuta e, pela primeira vez, sentiu um peso ancestral dissolver-se no centro de seu ser.

— Estou preparado para prosseguir.

— Não. Ainda não está pronto de verdade. — A voz do Terapeuta, agora mais incisiva, reverberou como um eco multiplicado nos diversos reflexos que ainda circundavam Dante.

Com expressão de surpresa genuína, Dante buscava compreender aquela afirmação desconcertante.

O Terapeuta, percebendo sua confusão, prosseguiu:

— Você acredita ter tomado uma decisão consciente, mas ainda existem processos inconscientes mais profundos e sutis que interferem fundamentalmente na percepção que você mantém no nível consciente. Agora que aparentemente tomou uma decisão, você precisa compreender como curar essa dinâmica no substrato inconsciente.

A expressão facial de Dante por si só constituía um pedido silencioso para que o Terapeuta continuasse sua explicação.

— A autodesvalorização raramente se manifesta como uma crença consciente simplista do tipo "não sou suficientemente bom". Ela muitas vezes se expressa através de formas mais subliminares e sofisticadas, como: a compulsão por justificar suas decisões constantemente ("Será que escolhi adequadamente? Deveria ter seguido o outro caminho?"); o medo persistente de estar sacrificando algo essencial ("Se permaneço, ou se sigo, estarei traindo minha própria essência?"); o receio do desgaste emocional inerente ao processo ("Não possuo energia suficiente para lidar com essa situação").

"Neste contexto, a autodesvalorização não reside na dúvida sobre sua capacidade de permanecer ou partir. Manifesta-se no questionamento interno sobre se você merece fundamentalmente viver em paz com essa decisão, qualquer que seja ela. Em outras palavras, você pode ter tomado a decisão tecnicamente correta, mas será que se permite autenticamente vivê-la sem culpa ou cobrança interna? Se não conceder a si mesmo essa permissão, então a autodesvalorização se camufla na percepção inconsciente de que não merece verdadeiramente a paz interior."

Dante permanecia perplexo, mas seu semblante aos poucos revelava sinais de compreensão emergente.

O Terapeuta prosseguiu:

— O medo do arrependimento frequentemente se conecta à autodesvalorização de maneira indireta e profunda: se eu me arrepender futuramente, serei capaz de processar essa experiência? Se eu fizer a escolha aparentemente errada, isso confirmará minha incompetência fundamental? Se eu experimentar sofrimento, será porque mereço intrinsecamente sofrer por não ter feito a escolha teoricamente perfeita?

"Neste processo, a psique busca desesperadamente controle absoluto, tentando prever qual decisão específica acarretará menor sofrimento. Mas a verdade fundamental é que qualquer caminho escolhido inevitavelmente conterá desafios e aprendizados. A paz autêntica não emerge da escolha em si, mas da capacidade de aceitá-la plenamente e vivê-la com integridade.

"Se o medo do arrependimento se manifesta com intensidade desproporcional, isso frequentemente indica que, em um nível profundo, existe a crença não examinada de que você não confia fundamentalmente em si mesmo para lidar com o que o futuro reserva. E isso, em sua essência, constitui uma forma inconsciente particularmente insidiosa de autodesvalorização.

"Agora que você aparentemente tomou uma decisão, o verdadeiro processo de cura não envolve mais questionar a decisão em si, mas permitir-se vivê-la sem resistência interna.

"Em vez de se perguntar várias vezes se tomou a decisão correta, questione-se: o que posso fazer concretamente para transformar essa escolha na melhor possível para minha evolução? Como posso contribuir ativamente para que essa relação me proporcione autêntica felicidade, em vez de meramente aguardar passivamente para ver se funcionará?

"Esta mudança de perspectiva o retira da posição passiva de quem apenas 'espera para verificar se fez a escolha correta' e o coloca na posição ativa de quem transforma deliberadamente sua escolha na correta através de suas ações.

"Frequentemente, o que de fato nos impede de experimentar paz interior não é a decisão em si, mas os padrões internos que persistentemente nos fazem acreditar que estamos perdendo algo valioso, quando na realidade estamos construindo algo significativo."

Não era necessário expertise em análise de expressões não verbais para perceber que Dante encontrava-se em estado de profunda compreensão transformadora. Mas o Terapeuta ainda não havia concluído sua intervenção.

— Nenhuma decisão humana é absolutamente imune a potenciais arrependimentos futuros. A verdadeira maturidade emocional não consiste em tomar a decisão teoricamente perfeita, mas em reconhecer que qualquer decisão pode ser ajustada e recalibrada ao longo do tempo.

"Você já tomou sua decisão. Agora, viva plenamente essa escolha sem a compulsão de tentar provar com frequência que foi a melhor possível. A paz autêntica emerge quando aceitamos que sempre possuímos a capacidade de transformar nossa realidade, independentemente da escolha específica realizada.

"Nunca se esqueça: trabalhar consistentemente na qualidade da conexão dentro de um relacionamento pode proporcionar a segurança interior para você sentir que está precisamente onde necessita estar.

"E quando se encontrar em estado de incerteza, quando não conseguir discernir claramente a direção que deve seguir, quando a indecisão paralisar seu progresso: decida deliberadamente decidir e coloque na mente, com sentimento, que esta é a melhor decisão a ser tomada, independentemente das circunstâncias advindas dela, as quais serão sempre acreditadas como uma realidade para sua evolução! Permanecer indefinidamente paralisado na intersecção de caminhos inevitavelmente faz que seu corpo físico também se imobilize. Portanto, decida que concederá a si mesmo um período apropriado para fazer o que deve ser feito de sua parte, para posteriormente, com perspectiva ampliada, obter maior clareza decisional. Jamais devemos esperar que os outros se transformem sem que primeiro nos submetamos a nossa própria metamorfose interior."

Agora Dante encontrava-se diante de uma ampulheta colossal, em que cada grão de areia que descia representava metaforicamente cada momento precioso que ele desperdiçava em questionamentos circulares, em vez de simplesmente viver de modo autêntico sua experiência.

O Terapeuta então pronunciou:

— Dante, você está aprisionado neste tempo que jamais retornará. Você nutre um medo persistente de perder algo valioso, mas já refletiu seriamente sobre o que está deixando de conquistar precisamente por causa desse medo?

Dante contemplou seu próprio reflexo em uma superfície aquosa espelhada, na qual sua face se fragmentava entre duas possibilidades existenciais: o caminho da dúvida perpétua e o caminho da entrega consciente.

O Terapeuta fixou seu olhar diretamente nos olhos de Dante e declarou:

— Para transcender esta casa do tabuleiro e prosseguir em sua jornada, você não precisa realizar mais uma escolha, mas sim aprender a caminhar sem a compulsão de olhar constantemente para trás.

Dante assentiu em silêncio, a compreensão finalmente cristalizada.

Com esse reconhecimento interno, o labirinto começou a se dissolver ao seu redor, abrindo caminho para a próxima casa do tabuleiro existencial. Ele começou a experimentar certa apreensão diante de todo esse conhecimento recém-adquirido. Seu temor fundamentava-se na observação histórica de que alguns buscadores de sabedoria profunda eventualmente sucumbiam a perturbações mentais. Mas compreendia que não possuía escolha neste momento. Era imperativo prosseguir para a próxima casa do jogo transcendental.

O dilema do intelecto e da alma

Dante, ainda um pouco atordoado com todas as últimas descobertas, adentrou um recinto desconhecido que, paradoxalmente, lhe transmitia uma sensação bastante familiar de serenidade e acolhimento. O ar estava impregnado pelo aroma suave de sândalo entrelaçado com notas de madeira envelhecida. A luz dourada emanada por um abajur estrategicamente posicionado projetava sombras alongadas sobre o carpete de tom profundamente escuro. O Terapeuta, instalado de modo confortável em uma poltrona de couro marrom patinado pelo tempo, fez um gesto deliberadamente convidativo para que Dante se acomodasse na cadeira oposta.

— Você aparenta um cansaço profundo neste momento — observou o Terapeuta, inclinando-se ligeiramente para a frente, seus olhos perscrutando Dante com uma calma impenetrável que parecia alcançar camadas além da superfície.

Dante permitiu-se um riso seco, quase inaudível.

— A atividade mental exaure recursos muito mais do que que qualquer esforço físico.

O Terapeuta ergueu uma sobrancelha em um gesto sutil, mas significativo.

— Isso depende da perspectiva. Em determinadas circunstâncias, o pensamento excessivo representa um dispêndio inútil de energia contra aquilo que somente pode ser adequadamente apreendido através da experiência direta do sentir.

Dante passou as mãos pelos cabelos em um gesto involuntário de hesitação.

— Mas não é precisamente o pensamento analítico que proporciona nossa proteção essencial? A racionalidade constitui minha fortaleza fundamental. Busco refúgio nela para evitar ser completamente subjugado por emoções que aparentam ser irracionais.

— E, contudo, aqui está você — rebateu o Terapeuta com precisão cirúrgica. — Buscando respostas para questões que seu intelecto, apesar de toda a sua sofisticação, ainda não conseguiu resolver de forma autônoma.

O silêncio que se estabeleceu entre eles adquiriu uma densidade quase palpável, como uma neblina etérea pairando no espaço entre suas articulações verbais.

— Tenho amplo conhecimento de filosofia, psicologia e até mesmo teologia — Dante finalmente confessou. — Compreendo intelectualmente os mecanismos fundamentais da mente e da psique humana. Reconheço os perigos inerentes ao perfeccionismo, ao isolamento intelectual, à hiperintelectualização como mecanismo defensivo. Sei conscientemente que o pensamento compulsivo pode atuar como um veneno sutil para a alma. Mas esse conhecimento teórico não me impede de experimentar o sentir. — Sua voz carregava o peso de uma frustração longamente contida.

O Terapeuta sorriu levemente, um gesto que comunicava compreensão profunda mais que qualquer senso de vitória dialética.

— Conhecer de modo conceitual é fundamentalmente diferente de integrar de maneira experiencial. Você aprende o conceito abstrato, mas sua estrutura mental ainda resiste a senti-lo corporalmente. Você se permite interromper o fluxo incessante de pensamentos, sentir a solidez do chão sob seus pés, vivenciar plenamente a experiência direta sem a compulsão de traduzi-la de imediato em estruturas conceituais?

Dante desviou deliberadamente o olhar, direcionando sua atenção para as estantes repletas de volumes antigos posicionadas estrategicamente atrás do Terapeuta.

— E se eu me permitir sentir plenamente, e isso me consumir de modo irrevogável?

— É esse o temor fundamental que o habita? — O Terapeuta cruzou as mãos sobre o colo em um gesto de atenção concentrada. — Que a experiência emocional direta constitua um abismo sem possibilidade de retorno?

— Talvez — admitiu Dante, sua voz reduzida quase a um sussurro. — Já testemunhei pessoas de extraordinária capacidade intelectual, impecavelmente preparadas, que buscaram refúgio na filosofia, na fé, no autoconhecimento e, no entanto, sucumbiram de modo inexplicável à depressão profunda, ao pânico avassalador, à ansiedade paralisante. Líderes espirituais, pensadores brilhantes... Se o conhecimento acumulado não proporcionou sua salvação, o que poderia oferecer qualquer esperança genuína?

O Terapeuta inclinou-se ainda mais para a frente, sua voz adquirindo uma tonalidade mais grave e ressonante.

— O conhecimento representa meramente uma ferramenta, não um escudo impenetrável. Possui a capacidade de iluminar o caminho, mas pode simultaneamente aprisionar quando utilizado como estratégia para evitar a experiência direta da vida em sua plenitude. Essas pessoas, assim como você próprio, foram condicionadas para decifrar intelectualmente o mundo, mas nem sempre para habitá-lo de modo autêntico.

Dante paralisou-se em um estado que combinava êxtase intelectual e profunda anuência interna.

— Então, qual seria a verdadeira saída deste dilema?

O Terapeuta permitiu-se um sorriso quase imperceptível.

— Em vez de buscar obsessivamente respostas definitivas, experimente a possibilidade de sustentar as perguntas essenciais. Em vez de mobilizar recursos para proteger-se da experiência direta da vida, permita-se estar plenamente presente nela. Sinta antes de analisar. Conceda a si mesmo a permissão para experimentar momentos onde o controle absoluto da mente analítica não seja a prioridade dominante. É precisamente nesse ponto que a verdadeira busca existencial tem seu início autêntico.

Dante mergulhou em um silêncio contemplativo. Pela primeira vez em um período que parecia abranger eternidades sentiu que não necessitava formular imediatamente uma resposta ou contra-argumento.

A máscara e a essência

O tabuleiro transcendental revelava agora sua casa final na fase terapêutica: uma grandiosa celebração de máscaras. Entretanto, não se tratava de uma festividade convencional. Havia uma qualidade profundamente inquietante permeando a atmosfera. As máscaras manifestavam uma vitalidade própria, pulsando como se abrigassem fragmentos genuínos de almas em seu interior. O salão apresentava dimensões monumentais, sustentado por colunas ornamentadas que se projetavam verticalmente até um teto que se dissolvia na escuridão infinita. Lustres magníficos de ouro puro flutuavam sem qualquer sustentação visível, iluminando semblantes que transcendiam a mera representação facial — eram manifestações arquetípicas, padrões fundamentais da psique humana.

Dante observava o ambiente com crescente perplexidade, tentando apreender seu significado essencial. Cada convidado daquela reunião surreal exibia uma corporalidade e postura que revelavam muito além de uma simples indumentária. Alguns apresentavam estruturas físicas esguias e comportamentos retraídos, como se o universo constituísse um ambiente excessivamente hostil para sua sensibilidade. Outros emanavam uma qualidade expansiva, magnética, irradiando uma aura de controle e influência. Alguns se movimentavam com uma leveza quase infantil, claramente em busca de atenção e validação, enquanto outros carregavam no olhar uma melancolia insondável que parecia transcender qualquer causa identificável.

Gradualmente, a compreensão do significado daquela última casa cristalizou-se em sua consciência. Ali estavam materializados todos os traços fundamentais que compunham uma personalidade humana em sua totalidade. A epigenética manifestada em corporalidades, gestualidades, expressões do olhar. Ali estava ele próprio, Dante, em todas as suas múltiplas versões potenciais.

O Terapeuta manifestou-se ao seu lado, trajando um manto escuro que ostentava um símbolo gravado: um espelho que refletia uma única palavra reveladora: ambiente. Com um movimento preciso de seus dedos, fez materializar-se um relógio monumental no epicentro do salão, iniciando uma contagem regressiva inexorável.

— Seja bem-vindo à lição culminante, Dante — pronunciou, com um sorriso enigmático que sugeria camadas de significado além das palavras. — Esta representa sua oportunidade decisiva de transformação. Encontra-se verdadeiramente preparado para executar a dança cósmica com suas próprias sombras interiores?

Dante examinou o ambiente circundante com atenção renovada. As máscaras agora pareciam observá-lo com intencionalidade consciente. Algumas o convidavam com gestos sedutores. Outras sussurravam advertências impregnadas de medo ancestral. Outras ainda pareciam deliberadamente ignorar sua presença.

— Qual é a natureza precisa da tarefa que me aguarda?— questionou Dante, a voz carregando uma hesitação sutil.

— Você necessita reconhecer e integrar cada uma dessas manifestações arquetípicas que residem em seu interior. Compreender fundamentalmente que sua identidade não é uma construção monolítica. Você é essencialmente múltiplo, uma sinfonia de aspectos diversos. Precisa aprender a dançar em harmonia com a melodia da existência, respondendo aos estímulos ambientais que o moldaram desde os primórdios de sua infância. Deve aprender a utilizar conscientemente cada uma dessas forças a seu favor.

"Mas permaneça vigilante: o ambiente exerce uma influência primordial. Se não desenvolver adaptabilidade, será inevitavelmente consumido. É necessário que conheça cada recurso disponível em seus diferentes aspectos para confrontar os desafios específicos que cada um carrega. Sua estrutura mental esculpiu sua corporalidade e seus padrões comportamentais baseando-se nas percepções que formou em cada circunstância significativa de sua infância. Neste domínio, as regras fundamentais não se baseiam na genética ou hereditariedade, mas na epigenética, em que o ambiente exerce uma influência imperativa, conduzindo seu sistema nervoso a modelar sua estrutura física e sua configuração de personalidade."

Dante inspirou profundamente, centrando sua atenção. O primeiro personagem mascarado aproximou-se com movimentos deliberadamente contidos. O Esquizoide. Alto, de constituição excepcionalmente magra, olhos que comunicavam distanciamento existencial, voz marcada por uma frieza e desconexão características. Era possível identificar claramente um elevado grau de introversão combinado com neuroticismo pronunciado.

— A metáfora da caverna moldou fundamentalmente sua constituição, Dante — destacou o Terapeuta. — Desde os primórdios de sua formação, você internalizou o hábito de habitar predominantemente sua própria estrutura mental. Construiu um elaborado universo interior como mecanismo defensivo contra o terror primordial da rejeição. O próprio ventre materno não constituiu um ambiente de acolhimento integral. Aquele representou o primeiro ambiente com o qual estabeleceu interação significativa. Pode optar por evadir-se novamente ou aprender a utilizar construtivamente sua visão profunda, sua criatividade excepcional e sua capacidade imaginativa para confrontar o medo arraigado da rejeição. Qual caminho escolhe deliberadamente?

Dante sentiu a verdade primordial naquelas palavras ressoar em seu ser. Ele sempre buscara refúgio nas profundezas de sua própria mente. Entretanto, compreendia que a realidade externa exigia uma forma diferente de engajamento. Assentiu em silêncio, e a figura esquizoide dissolveu-se em volutas de fumaça etérea.

A próxima máscara apresentou-se com um abraço caracterizado por calorosa efusividade. O Oral. Olhos que comunicavam uma súplica existencial, postura corporal que manifestava carência fundamental, um sorriso que transparecia o desejo desesperado de aceitação e visibilidade. Os traços fisionômicos arredondados constituíam manifestações visíveis do anseio por significância e preenchimento de um vazio primordial.

— Você assimilou o padrão de buscar preenchimento em múltiplas dimensões: alimentação, conquistas materiais, vínculos relacionais. O vácuo deixado pelo abandono primordial ainda projeta sua sombra sobre sua existência, Dante. A insuficiência de atenção genuína, substituída meramente pelo suprimento nutricional por parte de sua progenitora, esculpiu impressões indeléveis no tecido de seu ser. Represento sua fome existencial. Permitirá que o consuma integralmente ou desenvolverá a capacidade de nutrir-se a partir de seus próprios recursos internos? Utilize seu dom natural para estabelecer conexões autênticas e comunicação significativa para adquirir revitalização energética e preencher este vazio fundamental.

Dante experimentou uma contração emocional na região da garganta. Era inegável que havia tentado preencher seus vazios existenciais através de inúmeras estratégias. Contudo, e se a verdadeira nutrição fluísse de dentro para fora, ao invés do movimento contrário? Fechou momentaneamente os olhos e integrou aquela lição transformadora. A figura Oral dissolveu-se em partículas luminosas.

A terceira máscara manifestou-se com uma postura que comunicava poder e autoridade. O Psicopata. Ombros abertos em uma configuração dominante, estrutura corporal em forma triangular invertida, olhar analítico e persuasivo complementado por um sorriso que transparecia controle absoluto.

— Você experimenta prazer na posição de comando, Dante. O poder exerce sobre você uma sedução irresistível. A capacidade de exercer influência proporciona uma sensação de segurança. Entretanto, qual é sua verdadeira motivação: liderança autêntica ou dominação? Busca proteção contra manipulação externa ou deseja manipular? Ou talvez uma combinação de ambas as motivações? Posso manifestar-me como seu aliado estratégico ou como substância venenosa para seu desenvolvimento. Qual caminho você seleciona conscientemente?

O Terapeuta, percebendo a intensidade da reflexão interna de Dante, interveio:

— Dante, você já desenvolveu consciência sobre a intensidade com que tenta exercer controle sobre todas as variáveis de sua existência?

— Acredito que sim... Mas qual seria a alternativa viável? Se eu abandonar o esforço de antecipar desenvolvimentos futuros, evitar equívocos potenciais, minimizar riscos calculáveis, quem assumirá essa responsabilidade em meu lugar? — A voz de Dante começava a manifestar sinais sutis de agitação nervosa.

O Terapeuta gesticulou suavemente, solicitando que restaurasse sua calma interior, e prosseguiu:

— Ninguém assumirá esse papel. E é precisamente essa realidade que fundamenta seu aprisionamento mental atual. O verdadeiro problema não reside no desejo legítimo de que a existência apresente uma qualidade de perfeição, mas na ilusão de que tal estado seja alcançável através de esforço consciente.

— Então a conclusão é essa? Aceitar passivamente o caos inerente e abandonar qualquer tentativa de ordenação da realidade?

O Terapeuta respondeu com prontidão:

— Não exatamente. Não se trata de abdicar por completo de toda responsabilidade, mas de selecionar de modo criterioso quais confrontos genuinamente merecem seu investimento energético. Porque, em sua essência mais profunda, o que verdadeiramente consome seus recursos vitais são aqueles aspectos sobre os quais você jamais exerceu ou exercerá controle efetivo.

— Então necessito cessar a resistência contra elementos que transcendem minha capacidade de transformação?

— Precisamente. Imagine o alívio profundo que experimentaria ao interromper o conflito perpétuo contra o inevitável. Ao aceitar que determinados aspectos da realidade simplesmente são como são, sem necessidade de justificação ou alteração. Seu nível de estresse, assim como sua ansiedade crônica, se reduziria a patamares quase milagrosos quando implementasse essa mudança fundamental de perspectiva. — O Terapeuta articulava cada palavra com uma cadência deliberadamente tranquilizadora.

— A teoria parece exequível quando apresentada dessa forma, mas como implementá-la pragmaticamente na experiência cotidiana?

O Terapeuta aproximou-se de Dante com um gesto que comunicava profundo afeto e declarou:

— Primeiramente, desenvolva a capacidade de reconhecer quando está tentando exercer controle sobre elementos fundamentalmente incontroláveis. Depois, questione-se: o desgaste psíquico justifica-se no contexto específico? Por fim, escolha conscientemente. A existência constitui-se essencialmente de escolhas deliberadas. Você não pode controlar a totalidade dos fatores externos, mas pode determinar de forma consciente onde investir seus recursos vitais.

— Então... necessito desenvolver a capacidade de soltar o controle?

— Sim. E cultivar confiança na sabedoria inerente da vida que, mesmo em meio ao aparente caos, segue um curso inteligente.

Dante experimentava um estado de perplexidade diante das múltiplas máscaras que o descreviam com precisão perturbadora. Era inegável sua predileção pelo controle. Contudo, reconhecia a necessidade de aprender a utilizar esse dom natural para inspirar autenticamente, não para manipular. Assentiu silenciosamente, e o aspecto psicopata recuou para as sombras.

O quarto personagem aproximou-se com movimentos que comunicavam dificuldade. O Masoquista. Corporalidade densa, formas predominantemente quadradas, olhar carregado de um fardo invisível, mas palpável.

— Você carrega responsabilidades que transcendem legitimamente seu escopo pessoal. Experimenta sofrimento motivado pelo temor de desapontar expectativas externas. Submete-se a sacrifícios desnecessários para evitar que outros experimentem desconforto. Porém, reflita genuinamente: seu sofrimento possui verdadeira nobreza, Dante? Ou representa apenas uma estratégia sofisticada para evitar o confronto com sua liberdade fundamental? O temor da humilhação que esculpiu sua estrutura pode ser transcendido através de sua extraordinária capacidade de planejamento estratégico e força interior para enfrentar adversidades.

Utilize seu elevado grau de abertura para assimilar novos conhecimentos e explorar trajetórias inéditas em sua existência.

O coração de Dante contraiu-se dolorosamente. Sempre se percebera como responsável primordial pelo bem-estar alheio. Mas quem zelava por seu próprio equilíbrio interior? Reconheceu a necessidade de desenvolver autocuidado autêntico. A figura do Masoquista dissolveu-se gradualmente no ar.

A última máscara manifestou-se com uma postura que comunicava orgulho e integridade. O Rígido. O Consciencioso. Peito expandido em posição de autoafirmação, formato esteticamente bem acabado, olhar intensamente focado, perfeccionismo manifesto em cada gesto minuciosamente calculado.

— Você busca reconhecimento externo de maneira incessante. Sempre cultivou essa necessidade. Deseja profundamente ser objeto de admiração, ocupar posições de excelência, recusa categoricamente a possibilidade de fracasso, nutre aversão visceral à correção externa. Mas reflita profundamente: sua existência se orienta para a experiência genuína do ser amado ou apenas para comprovar seu valor intrínseco? Quando finalmente compreenderá que sua dignidade fundamental não requer validação de fontes externas? Qual seria a utilidade genuína de acumular troféus ostensivos e medalhas honoríficas se não houver desenvolvimento de empatia autêntica, compaixão genuína, amor incondicional?

Dante sentiu o impacto daquela verdade fundamental. A necessidade compulsiva de visibilidade, de reconhecimento externo, o conduzira a conquistas significativas, mas simultaneamente a experiências de profundo sofrimento. Reconheceu a necessidade de encontrar validação primeiro em seu próprio centro. A figura rígida recuou de modo respeitoso.

O salão estremeceu perceptivelmente.

O relógio monumental no centro agora marcava os segundos finais da contagem regressiva. O Terapeuta sorriu de maneira enigmática.

— Congratulações, Dante. Você confrontou e aceitou corajosamente suas máscaras fundamentais. Resta apenas um elemento crucial.

— Qual seria? — questionou Dante, ainda recuperando o fôlego após aquela experiência transformadora.

O Terapeuta removeu sua própria máscara com um gesto deliberadamente lento. De modo surpreendente, não havia um rosto convencional sob ela. Apenas um reflexo perfeito da própria imagem de Dante.

— Você necessita escolher conscientemente quem se tornará quando esta máscara final for removida.

Dante apreendeu o significado profundo daquela revelação. Compreendeu que não estava limitado a um único traço, uma máscara específica, um papel predeterminado. Ele era a totalidade daquelas manifestações. Entretanto, cabia exclusivamente a ele determinar qual aspecto manifestaria em cada momento específico. O ambiente poderia exercer influência predominante, mas ele conservava a capacidade de escolher conscientemente como responder a estímulos externos. Não se tratava mais de uma reação automática e inconsciente, mas de uma resposta deliberada e plenamente consciente.

— Dante... — o Terapeuta retomou com uma tonalidade vocal significativamente mais amorosa. — Permita-me compartilhar uma mensagem, compreensão final antes de nos despedirmos.

O semblante de Dante comunicava receptividade absoluta às palavras que viriam.

— A experiência da dor está inevitavelmente presente no evento factual. A emoção existe como realidade inescapável. O fato simplesmente é o que é em sua natureza essencial. Deve ser experimentado como fenômeno momentâneo e adaptável. O sofrimento, entretanto, representa uma escolha. O sofrimento constitui a somatização prolongada da dor imediata. Representa uma construção psicológica elaborada por nossa mente para nos manter artificialmente em um estado emocional que já não corresponde à realidade presente. É fundamental compreender que nada na existência deve perdurar indefinidamente. Nada mantém continuidade absoluta. Nenhum aspecto da vida manifesta linearidade perfeita. Tudo está sujeito a transformação constante. Nem as experiências adversas, nem as manifestações de bem-estar perduram eternamente.

O relógio monumental cessou sua contagem regressiva. A celebração de máscaras dissolveu-se gradualmente. O tabuleiro transcendental desapareceu por completo.

Dante encontrou-se novamente na realidade fundamental. Mais uma vez, algo havia se transformado irreversivelmente em seu ser.

Enfim compreendia a verdade essencial. A existência não consistia na busca por uma identidade fixa e imutável. Tratava-se da capacidade de manifestar-se autenticamente conforme as necessidades de cada momento específico, aprender a utilizar conscientemente os recursos inerentes a cada um de seus aspectos, desenvolver autoconhecimento profundo, aceitar e integrar aprendizados de sua constituição atual e do processo que o moldou, sem jamais perder a conexão com a essência fundamental que transcende qualquer traço de personalidade. A pergunta crucial permanecia: qual seria essa essência primordial subjacente a todas as manifestações de sua personalidade? Qual seria a verdade fundamental de seu ser? De alguma forma misteriosa, o jogo transcendental indicava que ainda não era o momento adequado para a revelação completa da verdade última. Não nesta fase específica de desenvolvimento da mente.

O Terapeuta formulou uma última questão, simultaneamente oferecendo a resposta fundamental para Dante:

— Dante, quando genuinamente não existe experiência de escassez? A escassez deixa de existir quando você desenvolve consciência plena de que necessita transitar fluentemente entre as identidades que sua adaptação ao mundo externo requer, sempre mantendo profundo respeito por seus traços fundamentais e sua essência primordial em seu universo interior.

A tristeza e seus caminhos

O ambiente enquanto salas de terapia havia se transformado ao longo das sessões. O que antes parecia um espaço clínico, embora acolhedor, agora se apresentava a Dante como um refúgio, um santuário onde as máscaras podiam ser abandonadas sem julgamento. A luz que entrava pelas janelas amplas de um recinto em que Dante agora se via criava padrões delicados no piso de madeira, enquanto o silêncio entre frases se tornava tão eloquente quanto as palavras pronunciadas.

Naquele momento, algo parecia diferente em Dante. Seus ombros estavam mais caídos que o habitual, seus olhos mais opacos, como se uma névoa interior tivesse diminuído seu brilho natural. Permanecia em silêncio por vários minutos após se acomodar na poltrona de couro desgastado que se moldava ao seu corpo como um velho amigo.

O Terapeuta observava atentamente, respeitando aquele silêncio carregado de significado. Quando finalmente falou, sua voz mantinha aquele tom equilibrado entre proximidade e respeito profissional:

— Você parece estar carregando algo pesado agora, Dante.

Dante ergueu os olhos lentamente, como se o simples movimento exigisse um esforço considerável.

— Tenho me sentido... vazio — disse ele, escolhendo as palavras com cuidado. — Não consigo lembrar quando foi a última vez que senti verdadeira alegria em algo. As cores parecem mais opacas, os sabores menos intensos. É como se eu estivesse vendo o mundo através de um vidro embaçado.

O Terapeuta assentiu, um gesto que comunicava não apenas compreensão, mas também acolhimento.

— Continue, se puder.

Dante respirou fundo, seus dedos tamborilando suavemente no braço da poltrona.

— Às vezes me pergunto se tenho depressão — confessou, a voz baixando quase para um sussurro. — Outras vezes, penso que estou apenas sendo... dramático. Que todos se sentem assim e simplesmente seguem em frente. — Ele fez uma pausa, procurando as palavras certas. — Como saber a diferença entre estar deprimido e estar apenas... triste? Melancólico?

O Terapeuta ajustou sua postura; não para criar distância, mas para engajar-se mais profundamente com a pergunta.

— É uma distinção importante — respondeu ele. — E frequentemente mal compreendida, até mesmo pelos melhores profissionais. — Seus olhos encontraram os de Dante com uma gentileza firme. — Você poderia me contar um pouco mais sobre como essa tristeza se manifestava no seu dia a dia?

Dante desviou o olhar para a janela, observando uma folha solitária que dançava ao vento antes de se desprender de um galho.

— Consigo funcionar. Levanto, trabalho, interajo... mas tudo parece exigir um esforço maior que o normal. É como... — ele buscou a analogia — como caminhar com água pela cintura. Você avança, mas cada passo requer uma energia desproporcional.

Fez uma pausa, refletindo.

— O estranho é que não sinto esse vazio o tempo todo. Há momentos em que algo me toca profundamente — um pôr do sol, uma música, até uma conversa significativa. Sinto quase... uma dolorosa beleza nesses instantes. Mas então, o momento passa, e volto a esse estado de... anestesia emocional.

O Terapeuta ouviu atentamente, sem interromper, permitindo que Dante navegasse através de suas próprias percepções.

— E o mais perturbador — continuou Dante — é que parte de mim nem quer sentir-se melhor. É como se essa melancolia tivesse se tornado... familiar. Confortável, de um modo estranho. Tenho medo de que, se a perder, perderei também uma parte essencial de mim mesmo.

O Terapeuta assentiu novamente, seus olhos refletindo um entendimento que transcendia a teoria clínica.

— O que você descreveu toca em algo profundamente humano, Dante — começou ele. — Existe uma tendência contemporânea de patologizar qualquer emoção difícil. Estamos tristes? Deve ser depressão. Preocupados? Transtorno de ansiedade. Distraídos? TDAH. — Ele fez um gesto abrangente com as mãos. — É como se tivéssemos perdido o vocabulário para o espectro completo da experiência humana.

Dante inclinou-se ligeiramente para a frente, intrigado pela direção da conversa.

— Muitas pessoas que estão processando perdas, lutos não elaborados, têm um medo comum — continuou o Terapeuta. — Dizem: "Não posso deixar a tristeza entrar. Porque se eu abrir essa porta, não sei onde vai parar. Vou afundar e nunca mais emergir. Vou cair em depressão".

Ele se ajustou na cadeira, seu rosto assumindo uma expressão ainda mais focada.

— Mas será? Será que a tristeza não pode ser vivida como uma experiência que tem seu curso natural, após o qual vem a alegria?

Dante considerou a pergunta.

— É exatamente esse meu medo — admitiu. — De que, se eu me entregar completamente a essa tristeza, ela se tornará um abismo sem fundo.

— Nossa cultura tem uma aversão à tristeza — respondeu o Terapeuta. — Veja o que acontece quando alguém se recolhe, fica quieto ou manifesta melancolia. A reação imediata é de suspeita: "Está deprimindo", dizem. Como se a reflexão, o recolhimento, o luto fossem patológicos em si mesmos.

Ele fez uma pausa significativa.

— Mas psiquiatras, psicanalistas e outros profissionais da saúde mental têm insistido há muito tempo que tristeza não é depressão. A depressão não é tristeza. Isso já está estabelecido no campo.

Dante franziu a testa, tentando processar a distinção.

— Qual é a diferença, então?

O Terapeuta inclinou-se ligeiramente para a frente, seu rosto iluminado por uma convicção que vinha claramente tanto de conhecimento teórico quanto de experiência clínica.

— A tristeza é uma resposta emocional a uma perda ou desapontamento específico. Tem uma causa identificável, um objeto. Ela flui, transforma-se, eventualmente se resolve, mesmo que deixe marcas. A depressão, por outro lado, é um estado persistente que afeta não apenas o humor, mas a cognição, o comportamento, até mesmo o corpo. Ela não flui naturalmente; ela estagna, paralisa.

Ele fez um movimento circular com as mãos, como se desenhasse um ciclo.

— O que tenho observado em minha prática, e o que muitos colegas têm confirmado, é algo quase paradoxal: a tristeza realmente vivida, experimentada em toda a sua profundidade, é terapêutica para a depressão. É protetiva.

Dante inclinou a cabeça, intrigado por esta perspectiva que contradizia tanto do que havia absorvido culturalmente.

— Como assim?

— Quando permitimos que a tristeza concernente a uma experiência real seja plenamente sentida, ela se torna um antídoto — explicou o Terapeuta. — É exatamente o oposto do que as pessoas geralmente fazem diante de alguém que parece deprimido.

Ele assumiu uma expressão quase cômica de falso entusiasmo.

— "Anime-se! Pense positivo! O copo está meio cheio, não meio vazio!" — satirizou gentilmente, para logo depois retornar à seriedade. — Não faça isso. Você apenas irritará quem está sofrendo.

Dante não pôde conter um sorriso irônico.

— É verdade. Sempre detestei quando me diziam para "olhar o lado bom". Como se fosse uma escolha simples que eu estava me recusando a fazer por teimosia.

— Exatamente — concordou o Terapeuta. — A pessoa que está realmente deprimida frequentemente sente aversão por celebrações forçadas, como o Carnaval. "Todo mundo está alegre e eu não. Vocês me dão inveja. Não consigo sentir isso e acho todos vocês uns tolos." E sabe de uma coisa? Ela tem certa razão.

Ele se levantou brevemente, aproximou-se da estante de livros e tocou a lombada de um volume antigo antes de retornar à sua cadeira.

— Há uma longa tradição filosófica que considera a melancolia não como uma doença, mas como um estado afetivo que permite uma visão mais profunda da realidade. É o afeto dos filósofos, dos pensadores, de quem quer olhar para o real sem ilusões consoladoras.

Dante sentiu algo ressoar profundamente com essas palavras.

— Os antigos romanos tinham uma prática chamada *premeditatio malorum* — continuou o Terapeuta. — Era um exercício de contemplação, uma meditação sobre as adversidades possíveis, sobre a morte, sobre a perda. Não para induzir desespero, mas como parte do cuidado de si, para cultivar uma relação mais verdadeira com a existência.

— Meditar sobre o mal? — perguntou Dante, surpreso.

— Não no sentido moral, mas no sentido dos infortúnios, das dificuldades inevitáveis da vida. Era simplesmente meditar, olhar de frente para aquilo que você teme, em vez de evitá-lo.

O Terapeuta fez um gesto abrangente.

— Pense em quantas pessoas hoje evitam olhar para o que temem. "Chegou o extrato do banco? Não, não quero ver." "O resultado do exame está pronto? Deixe lá, vejo depois." Evitamos a verdade, especialmente quando suspeitamos que ela pode ser dolorosa.

Dante assentiu lentamente, reconhecendo-se nesse comportamento.

— Então... estar triste, melancólico, não significa necessariamente que estou doente?

— A tristeza é parte integral da experiência humana completa — afirmou o Terapeuta. — Não é um defeito a ser corrigido, mas uma dimensão a ser integrada. O problema não é a tristeza em si, mas nossa relação com ela.

Ele fez uma pausa, como se escolhesse cuidadosamente as próximas palavras.

— Deixe-me perguntar algo diferente, Dante. Quando você se sente assim, mais sombrio, mais introspectivo... há algo que essa melancolia lhe permite ver ou compreender que talvez não fosse acessível em um estado mais eufórico?

A pergunta pegou Dante de surpresa. Ele nunca havia considerado que sua tristeza pudesse ter uma função, um valor próprio.

— Bem... — começou, explorando a ideia enquanto falava. — Acho que me torno mais sensível à dor dos outros. Mais... compassivo. Menos julgador. — Ele fez uma pausa, percebendo algo. — E talvez mais honesto comigo mesmo. Menos inclinado a aceitar soluções superficiais ou consolos fáceis.

O Terapeuta sorriu, um sorriso que comunicava reconhecimento genuíno.

— Vê? Essa é uma perspectiva radicalmente diferente. Em vez de ver sua melancolia como um defeito a ser eliminado, você pode começar a reconhecê-la como uma faceta valiosa de sua experiência, que traz suas próprias dádivas, sua própria sabedoria.

Dante sentiu algo se mover dentro dele — não uma resolução completa de sua melancolia, mas uma mudança na relação com ela. Era como se um espaço tivesse se aberto, permitindo que a tristeza existisse sem dominá-lo completamente.

— Isso não significa — continuou o Terapeuta — que devamos romantizar o sofrimento ou ignorar sinais de uma depressão clínica genuína. Se a tristeza se torna crônica, se impede o funcionamento básico por semanas a fio, se vem acompanhada de pensamentos suicidas persistentes... isso exige atenção médica especializada.

Ele inclinou-se para a frente, seus olhos encontrando os de Dante com intensidade compassiva.

— Mas pelo que você descreveu, Dante, parece que está experimentando uma tristeza profunda, uma melancolia que, embora desconfortável, ainda permite movimento, ainda contém lampejos de beleza e significado. Isso soa mais como uma travessia necessária do que como uma patologia.

Dante respirou profundamente, sentindo o peso em seu peito um pouco mais leve; não porque a tristeza tivesse desaparecido, mas porque havia encontrado um contexto mais amplo para ela, um sentido que transcendia o diagnóstico.

— Como posso... trabalhar com essa tristeza, então? — perguntou. — Em vez de apenas tentar escapar dela?

O Terapeuta assentiu, reconhecendo a profundidade da pergunta.

— Primeiro, permita-se senti-la completamente, sem julgamento — respondeu. — Observe onde ela se manifesta no corpo. Que sensações físicas a acompanham? Que pensamentos surgem com ela? Não para amplificá-la ou dramatizá-la, mas para realmente conhecê-la.

Ele fez um gesto abrangente.

— Segundo, questione-a gentilmente. O que esta tristeza está tentando lhe dizer? Que perdas ela lamenta? Que valores ela honra? Que aspectos de sua vida ela está convidando você a reavaliar?

Dante assentiu, absorvendo as palavras como terra seca absorvia chuva.

— E talvez o mais importante — concluiu o Terapeuta — lembre que a tristeza não é um estado permanente, mesmo quando parece interminável. Como todas as experiências humanas, ela tem seu ciclo. Ao permitir que flua através de você, em vez de reprimi-la ou tentar fixá-la, você honra sua jornada natural.

Ele sorriu — um sorriso que continha tanto sabedoria quanto esperança.

— Os antigos sabiam que a escuridão e a luz são parte do mesmo ciclo. Que após o inverno da alma, a primavera retorna, não por nossa exigência, mas por um ritmo mais profundo que sustenta toda a vida.

Dante sentiu uma estranha paz se instalar — não a alegria que tanto havia buscado, mas algo talvez mais valioso: um senso de integração, de aceitação de toda a amplitude de sua experiência humana.

Quando finalmente voltou a falar, sua voz estava mais firme, mais ancorada.

— Acho que sempre resisti à minha melancolia porque temia que me tornasse como meu pai — confessou. — Ele viveu a vida inteira em uma espécie de desencanto permanente. Nunca pareceu realmente feliz com nada.

O Terapeuta assentiu, reconhecendo a importância dessa associação.

— Existe uma diferença fundamental entre a melancolia como um estado que experimentamos e atravessamos, e a melancolia como uma identidade fixa à qual nos agarramos — observou. — Talvez seu medo não seja da tristeza em si, mas de ficar aprisionado nela, como percebeu em seu pai.

Dante considerou essa perspectiva, sentindo sua precisão.

— Sim... é exatamente isso.

— Lembre-se, Dante — disse o Terapeuta, sua voz agora mais suave. — A essência da saúde psicológica não é a ausência de emoções difíceis, mas a capacidade de fluir através delas, de integrá-las em uma experiência mais ampla de ser humano.

Ele fez um gesto que abarcava a sala, mas que parecia se estender muito além dela.

— Tanto a luz quanto a sombra são necessárias para a visão completa. Quando permitimos que ambas existam, descobrimos que somos mais vastos, mais completos do que jamais imaginamos.

O Terapeuta ajustou sua postura, inclinando-se ligeiramente para a frente, como se estivesse prestes a compartilhar uma verdade particularmente valiosa.

— Há algo mais sobre a tristeza que raramente é reconhecido em nossa cultura — disse ele, sua voz assumindo uma qualidade mais contemplativa. — O que a tristeza traz consigo, e que me parece ser um valor da mais alta dignidade para nossa época, para nosso tempo, é a aceitação.

Dante franziu levemente a testa, intrigado por esta perspectiva inesperada.

— Aceitação? — repetiu, testando a palavra. — Mas geralmente associamos tristeza à perda, não à aceitação.

— É precisamente aí que reside o mal-entendido — respondeu o Terapeuta. — Quando estamos tristes, não estamos apenas perdendo algo; estamos ativamente fazendo algo profundamente significativo: estamos aceitando as coisas como elas são, nós como somos, o mundo como ele é. Estamos dizendo: "É assim".

Ele fez um gesto que parecia abarcar uma realidade mais ampla.

— Nesse estado, habitamos uma espécie de presente profundo, de presente denso, que nos conecta com o que se sucedeu, com o passado. É um momento de autenticidade rara.

Dante considerou essas palavras por um momento, sentindo-as ressoar com algo que sempre intuíra, mas nunca havia articulado.

— No entanto — continuou o Terapeuta —, nossa época atual detesta aquele que se aceita. Observamos isso em toda parte.

— Por quê? — perguntou Dante, genuinamente curioso.

— Porque há décadas vem sendo incutido em nós que só merece admiração e respeito quem é excepcional, quem demonstra talentos incríveis, quem exibe potência máxima em tudo o que faz. — O Terapeuta falava agora com uma intensidade controlada, como se identificasse uma patologia cultural que o preocupava profundamente. — Se você está em sua zona de conforto, está "datado", ultrapassado. Sabe qual é considerado o estado desejável hoje?

Dante balançou a cabeça, aguardando a resposta.

— O estado de insuficiência permanente — respondeu o Terapeuta. — A mensagem subliminar constante é: não aceite quem você é ou o que você é. Não aceite este estado de coisas. Por quê? Porque o único desejo considerado legítimo é aquele movido pela sensação crônica de insuficiência.

O Terapeuta se recostou brevemente, como se permitindo que essas palavras assentassem.

— A ausência das chamadas "paixões tristes" — continuou ele — cria uma civilização dividida entre aqueles que são "superpessoas" e os demais, que supostamente não são ninguém. Aqueles que não estão no palco, que não estão realizando feitos extraordinários ou maravilhosos, são considerados irrelevantes.

Dante sentiu um reconhecimento doloroso dessas palavras, percebendo quanto dessa mentalidade havia internalizado ao longo dos anos.

— Quem decidiu que apenas uma vida excepcional tem dignidade? — perguntou o Terapeuta, sua voz agora mais enfática. — É profundamente importante podermos viver e valorizar a comunalidade, a experiência humana compartilhada, porque isso reduz ambições narcísicas desmesuradas que, posteriormente, manifestam-se como diversas formas de sofrimento psíquico.

Ele inclinou-se para a frente novamente, seus olhos encontrando os de Dante com intensidade compassiva.

— Talvez sua melancolia, Dante, não seja um defeito, mas uma sabedoria. Uma recusa instintiva em participar dessa corrida insana por distinção constante. Um reconhecimento de que há dignidade profunda na aceitação, na autenticidade, no simples estar presente com o que é, sem a pressão perpétua de ser excepcional a cada momento.

Dante sentiu algo se desenrolar dentro dele, uma tensão que havia carregado por tanto tempo que já nem a reconhecia como tensão, apenas como seu estado normal de ser.

— Então... — começou ele, articulando lentamente a compreensão que emergia — talvez minha tristeza não seja fraqueza. Talvez seja uma forma de sabedoria, uma recusa em comprar a ilusão de que só vale a pena estar vivo se estiver constantemente superando a si mesmo e aos outros.

— Exatamente — confirmou o Terapeuta, com um sorriso de aprovação genuína. — A tristeza, quando integrada conscientemente, pode ser uma forma de resistência à tirania da positividade tóxica, à ditadura da autossuperação perpétua que domina nossa cultura. Ela cria um espaço de autenticidade onde podemos, finalmente, respirar.

À medida que a sessão chegava ao fim, Dante percebeu que a tristeza ainda estava lá — seria ingênuo esperar que desaparecesse após uma única conversa. Mas sua relação com ela havia mudado. O que antes parecia um adversário a ser combatido agora se revelava como um possível aliado na jornada para uma vida mais autêntica e plena.

Ao se despedir do Terapeuta, Dante carregava consigo não uma resposta definitiva, mas algo talvez mais valioso: um novo modo de questionar, um novo caminho a explorar. E na suave melancolia que ainda pulsava em seu peito, começava a vislumbrar não apenas dor, mas também profundidade; não apenas ausência, mas também possibilidade.

A fase mental do jogo havia alcançado sua conclusão.

o filósofo: o tempo e a busca de sentido

o anfiteatro do tempo eterno

O ambiente da nova casa desdobrou-se majestosamente diante dos olhos de Dante. Encontrou-se no centro de um anfiteatro grego a céu aberto, onde colunas ancestrais, desgastadas pela passagem de éons, erguiam-se solenemente ao redor de uma arena circular de mármore polido até o brilho. O firmamento acima apresentava um fenômeno impossível: um crepúsculo eterno, onde sol e lua coexistiam no mesmo espaço celeste, representando visualmente a simultaneidade transcendental do tempo. No epicentro da arena, um relógio de areia monumental escoava lentamente, mas seus grãos moviam-se de maneira não linear, ocasionalmente acelerando de modo abrupto, em outros momentos permanecendo congelados em suspensão, desafiando as leis fundamentais da física.

A fase filosófica do jogo transcendental havia finalmente iniciado.

No ponto mais elevado de uma escadaria imponente de mármore antigo, sentado com dignidade natural em uma poltrona esculpida na própria pedra e adornada com inscrições em línguas primordiais, encontrava-se o Filósofo — uma figura de olhar sereno e penetrante, trajando um manto de tonalidade tão profundamente escura que parecia absorver a própria luz. Ele observava atentamente enquanto Dante aproximava-se do centro do anfiteatro, seus ombros visivelmente comprimidos por um peso metafísico invisível.

— Seja bem-vindo a este domínio, Dante Valente — pronunciou o Filósofo, sua voz ressoando com a autoridade de milênios de reflexão humana. — Alguma vez contemplou profundamente a quantidade real de tempo que possui à sua disposição? O tempo não constitui meramente um fluxo contínuo e uniformemente mensurável, como sugerem as engrenagens mecânicas de um relógio convencional. Existem duas manifestações fundamentais: Cronos, a dimensão cronológica e linear, e Kairós, a dimensão experiencial e significativa. Em qual dessas dimensões temporais você tem verdadeiramente habitado?

Dante dirigiu seu olhar para o relógio de areia colossal e percebeu com assombro que seus grãos não eram compostos de substância mineral comum — representavam pequenas memórias cristalizadas de sua própria existência. Vislumbrou fragmentos de sua infância, momentos decisivos de escolha, experiências de sofrimento e conquistas significativas. Algumas dessas memórias escoavam com velocidade vertiginosa, enquanto outras permaneciam aparentemente suspensas, presas entre dimensões temporais.

— Eu... — Dante hesitou, buscando as palavras precisas. — Sempre mantive uma relação adversarial com o tempo, tentando superá-lo, dominá-lo. Dediquei-me obsessivamente a controlar cada aspecto minucioso de minha existência, planejando meticulosamente cada detalhe, mas jamais experimentei genuína satisfação nesse processo. Habitei predominantemente a dimensão de Cronos, com sua linearidade implacável. Mas quanto a Kairós? Como posso acessar essa outra dimensão temporal?

O Filósofo ergueu-se com um movimento deliberadamente lento e começou a percorrer o anfiteatro com passos meditativos, deslizando a mão pelas colunas ancestrais, como se estivesse absorvendo a sabedoria acumulada que residia naquelas estruturas.

— Kairós representa a dimensão temporal da presença plena — explicou, sua voz assumindo uma qualidade quase musical. — Manifesta-se quando você abandona definitivamente a ilusão persistente de que um momento futuro hipotético irá preencher o vazio que o momento presente aparentemente não consegue satisfazer. Kairós constitui a dimensão temporal onde reside a verdadeira potência do viver autêntico. Você cultivou a crença fundamental de que a felicidade genuína está necessariamente vinculada ao planejamento meticuloso e às realizações externas, mas permita-me questionar: quantas vezes você alcançou aquilo que tanto almejava, apenas para experimentar, logo em seguida, um vazio existencial ainda mais profundo?

Dante mergulhou em reflexão contemplativa. Rememorou suas numerosas conquistas, aqueles momentos em que enfim alcançou objetivos perseguidos por muito tempo, apenas para imediatamente sentir a compulsão de estabelecer novas metas, em um ciclo aparentemente interminável de insatisfação. Recordou-se de forma vívida das palavras transformadoras do Terapeuta sobre seus padrões de dependência emocional e sua busca incessante por significância externa. Talvez sua mais profunda busca sempre tivesse sido fundamentalmente pelo reconhecimento e validação externos, e não pela experiência direta do momento presente em sua plenitude.

— Isso significa que estabelecer planejamentos, definir objetivos, buscar realizações concretas... todos esses processos são essencialmente equivocados? — questionou Dante, genuinamente perplexo.

Um sorriso sutil manifestou-se no semblante do Filósofo.

— De forma alguma, Dante. O que se faz necessário é um equilíbrio fundamental. O ser humano contemporâneo busca o futuro de modo compulsivo, perpetuamente sacrificando o presente no altar de um amanhã idealizado que nunca chega de fato. Entretanto, também não pode habitar exclusivamente a dimensão do agora, desprovido de qualquer direcionamento intencional. O segredo reside precisamente na integração harmoniosa dessas duas dimensões temporais. Você necessita descobrir propósito autêntico em sua jornada existencial, mas sem postergar indefinidamente sua experiência de plenitude para um futuro inerentemente incerto.

Com um gesto eloquente, apontou para o firmamento, e Dante testemunhou o surgimento gradual de duas constelações distintas. Uma delas se movimentava com a precisão mecânica dos ponteiros de um relógio — rigidamente linear, inflexível, implacável em sua progressão. A outra executava uma dança cósmica no espaço infinito, formando padrões inesperados e harmoniosos, abundante em nuances e beleza transcendental.

— Todo ser humano necessita de um "eu projetivo", que concebe visões e estabelece planos para o futuro, mas também de um "eu experiencial", que habita plenamente o momento presente. A felicidade autêntica pode ser encontrada em ambas essas dimensões, quando adequadamente integradas. Aqueles que se aprisionam em apenas uma dessas polaridades inevitavelmente experimentam profunda infelicidade. O indivíduo que apenas projeta e sonha, sem jamais apreciar genuinamente o presente, encontra-se perpetuamente perseguindo o vento, uma busca fútil. Aquele que habita apenas o momento imediato, desprovido de qualquer propósito transcendental, perde-se inevitavelmente na inércia existencial.

Dante submergiu em profunda contemplação. Durante toda a sua trajetória existencial, havia perseguido obsessivamente o amanhã, como se a felicidade genuína estivesse perpetuamente localizada um passo além de seu alcance atual. Mas e se, na realidade mais fundamental, a felicidade autêntica não constituísse uma linha de chegada predeterminada, mas sim uma qualidade inerente ao próprio modo de caminhar pela existência?

Sua mente retornou inevitavelmente à esposa, aos medos que o consumiam, à deterioração progressiva de seu casamento. Talvez tivesse dedicado tempo excessivo esperando de modo passivo por uma transformação espontânea nela. Mas e se o catalisador essencial para qualquer mudança significativa residisse primordialmente nele mesmo? E se, ao invés de meramente planejar e projetar um futuro hipotético melhor, ele começasse a manifestar transformações concretas em seu comportamento atual?

Subitamente, o relógio de areia monumental interrompeu seu fluxo aparentemente infinito.

O Filósofo aproximou-se e tocou levemente o ombro de Dante em um gesto carregado de significado.

— Você ainda nutre o desejo de controlar obsessivamente o tempo, Dante? Ou encontra-se preparado para experimentá-lo em sua plenitude?

Dante fez parecer que ainda estava em dúvida, mas exalou profundamente, dirigindo seu olhar para o céu crepuscular eterno. Pela primeira vez em sua existência, começava a não sentir a urgência compulsiva de avançar de forma precipitada. Algo fundamental em seu âmago começou a ceder, uma leveza inesperada preenchendo seu peito.

Ele finalmente apreendeu a verdade essencial e iniciou sua caminhada pelo ambiente que gradualmente mergulhava em penumbra, quando de repente...

A queda e a nova casa: o Vale das Vozes Esquecidas

Dante caiu.

A sensação não correspondeu exatamente a uma descida física abrupta, mas a uma transição através da própria substância do tempo, como se a força gravitacional estivesse repentinamente desvinculada das leis físicas que ele conhecia. O vazio se estendia infinitamente ao seu redor, envolvendo-o em um silêncio absoluto, como se estivesse sendo gradualmente absorvido por uma dimensão primordial onde nenhuma palavra ainda havia sido pronunciada. O frio que o envolvia manifestava uma qualidade incomum — não propriamente gélido, mas uma ausência fundamental de qualquer forma reconhecível de calor.

Então, o impacto.

Contudo, não experimentou uma colisão física. Sentiu-se flutuar por um momento entre dimensões, e então percebeu que se encontrava de pé, sua integridade física completamente preservada, sobre uma superfície que se assemelhava a vidro vulcânico polido até a perfeição. O horizonte se estendia indefinidamente em todas as direções, mas havia algo peculiar permeando aquele ambiente: um eco distante de vozes sussurrantes, entrelaçando-se em padrões complexos, ocasionalmente desaparecendo apenas para ressurgir, como se fossem memórias lutando desesperadamente contra o esquecimento inexorável.

Foi nesse momento que o Filósofo materializou-se em silêncio ao seu lado.

— Seja bem-vindo ao Vale das Vozes Esquecidas — pronunciou, sua voz agora emanando não de um ponto específico, mas aparentemente de todas as direções ao mesmo tempo. — Este é o domínio onde todas as ideias nunca manifestadas, todas as decisões deliberadamente evitadas, todas as vidas potenciais que poderiam ter florescido, sussurram eternamente para aqueles que ainda não desenvolveram a capacidade de ouvi-las de verdade.

Dante examinou o ambiente circundante, tentando localizar a origem daqueles murmúrios etéreos. Um calafrio percorreu sua espinha. A sensação era de estar completamente cercado por manifestações fantasmagóricas de suas próprias possibilidades não realizadas.

— Qual é a natureza dessas vozes? — questionou, sua voz denunciando uma hesitação profunda.

O Filósofo olhou para Dante enigmaticamente.

— Representam suas possibilidades não manifestadas. Seus incontáveis "e se". Todas as versões potenciais de você que jamais chegaram a se materializar. Neste domínio, não existe temporalidade linear, apenas possibilidades eternas ecoando perpetuamente. Alguns seres humanos denominam essa experiência de arrependimento existencial. Outros reconhecem nela uma sabedoria reprimida aguardando expressão.

Dante esforçava-se para compreender plenamente. Refletiu sobre as inúmeras escolhas que havia realizado ao longo de sua existência, sobre as portas que deliberadamente fechara, sobre os caminhos que de modo consciente decidira não percorrer. Seria concebível que todas essas possibilidades ainda existissem de alguma forma, em alguma dimensão paralela à realidade manifesta?

O Filósofo avançou um passo e indicou uma estrutura que se delineava à frente deles. Não constituía uma edificação convencional. Parecia inteiramente composta por antigos pergaminhos, flutuando uns sobre os outros em um padrão aparentemente aleatório mas significativo, formando muros translúcidos constituídos literalmente por palavras que jamais foram efetivamente pronunciadas.

— A Casa do Sentido Perdido — identificou o Filósofo. — Neste recinto, você encontrará o que denominamos "fundamento primordial de seu desenvolvimento". O sentido existencial que você buscou com persistência, deliberadamente ignorou ou, em essência, temeu.

Dante hesitou de modo perceptível.

— E se eu adentrar esse espaço e não encontrar absolutamente nada? — Sua voz emergiu claramente mais hesitante do que teria desejado.

O Filósofo fixou seu olhar em Dante, seus olhos refletindo o vórtice infinito de possibilidades que os circundava.

— Esse constitui o temor mais profundo de todos, não é mesmo? O medo devastador de que, em última análise, não exista nada de substancial. Mas permita-me propor uma questão alternativa: e se efetivamente houver algo? E se tudo aquilo que você sempre necessitou fundamentalmente já estivesse aqui, aguardando com paciência que você desenvolvesse a coragem necessária para abrir de fato seus olhos interiores?

Dante inspirou fundo. A brisa etérea que percorria o Vale das Vozes Esquecidas carregava murmúrios que estranhamente pareciam constituir seus próprios pensamentos não articulados, seus diálogos internos mais íntimos, suas dúvidas essenciais.

Ele deu um passo decisivo à frente.

E adentrou aquele espaço que parecia mágico.

Dentro da Casa do Sentido Perdido

O interior revelou-se imenso, transcendendo qualquer conceito humano de escala. Contudo, não constituía um espaço físico convencional. O teto parecia expandir-se e contrair-se em sincronicidade perfeita com sua respiração, como se a própria estrutura respondesse organicamente à sua presença. As paredes não apresentavam qualquer fixidez — eram compostas inteiramente por imagens fragmentadas de sua própria existência, girando como estilhaços independentes de um espelho cósmico fraturado. Testemunhou sua infância em fragmentos vivificados. Contemplou momentos de sofrimento intenso. Observou as decisões cruciais que havia tomado, aquelas que deliberadamente evitara, as que profundamente temera enfrentar. Mas, acima de tudo, vislumbrou aquelas possibilidades cuja existência jamais sequer suspeitara.

No centro exato daquele espaço, uma cadeira solitária aguardava. Sobre ela, repousavam um pergaminho antigo e uma pena de aparência impossível, como se tivesse sido extraída das asas de uma criatura mitológica.

O Filósofo pronunciou:

— Você pode optar por continuar eternamente escutando as vozes espectrais do passado ou pode assumir a responsabilidade de escrever sua própria sentença existencial. Pode carregar seus incontáveis "e se" como fardos eternos, ou pode decidir conscientemente que, a partir deste momento decisivo, seu sentido fundamental não constituirá um arrependimento perpétuo pelo que não viveu, mas uma construção deliberada e consciente do que ainda pode manifestar.

Dante hesitou brevemente. Então, aproximou-se decisivamente da cadeira.

Tomou a pena etérea entre os dedos.

E começou a escrever seu próprio destino.

O Vale das Vozes Esquecidas gradualmente submergiu em um silêncio profundo e, enquanto Dante continuava a escrever, sua cadeira começou a levitar suavemente.

A Casa do Propósito

Dante interrompeu sua escrita enquanto a cadeira atravessava uma névoa de densidade extraordinária, carregada com o peso metafísico do silêncio que o envolvia por completo. De repente, a cadeira pousou com surpreendente suavidade e ele percebeu que a superfície sob seus pés não apresentava a solidez esperada — parecia constituída de um material fundamentalmente etéreo, que se moldava organicamente sem oferecer qualquer resistência. Vislumbrou, a curta distância, uma estrutura arquitetônica imponente, sustentada por colunas esculpidas em forma de espirais ascendentes, como se fossem literalmente compostas de vento solidificado em substância material.

O Filósofo, aparentemente já aguardando sua chegada, caminhava com passos meditativos ao seu lado, mãos serenamente cruzadas às costas, contemplando a estrutura extraordinária.

— Você alcançou a Casa do Propósito, Dante Valente. Neste domínio sagrado, determina-se inexoravelmente quem prossegue em sua jornada e quem permanece eternamente aprisionado no vácuo da ausência fundamental de sentido.

Dante examinou com atenção o ambiente circundante. Não havia portas convencionais, apenas um arco majestoso permanentemente aberto, como se a entrada estivesse sempre acessível, mas raramente era de fato atravessada pelos buscadores.

— E quanto àqueles que permanecem prisioneiros? — questionou Dante, percebendo uma densidade incomum em sua própria voz.

O Filósofo exalou profundamente.

— São aqueles que jamais descobriram um propósito autêntico para prosseguir. Ou, mais tragicamente, aqueles que tiveram todas as razões possíveis diante de si, mas não conseguiram reconhecê-las como tais.

Dante atravessou decididamente o portal.

No interior da Casa, a temporalidade parecia completamente suspensa. No centro exato do salão monumental, erguia-se um pedestal de pedra antiga. Sobre ele, repousava um pergaminho de aparência inconcebível, adornado com inscrições gravadas em ouro puro, ainda reluzentes apesar da evidente antiguidade do documento. Ao redor, sombras moviam-se em padrões imprevisíveis, como memórias que nunca chegaram a consolidar-se plenamente na realidade manifesta.

O Filósofo aproximou-se reverentemente do pergaminho e deslizou as pontas dos dedos sobre sua superfície com delicadeza extraordinária.

— Aqui está documentado o que denominamos "o dilema fundamental da existência". Seres humanos que materialmente nada possuíam, mas que encontraram força interior inexplicável para persistir e prevalecer. Outros que dispunham de todas as vantagens concebíveis e, ainda assim, sucumbiram inexplicavelmente. Você compreende o paradoxo subjacente?

Dante gesticulou em sinal negativo com a cabeça e, após breve hesitação, articulou sua compreensão emergente.

— Porque a mera ausência de sofrimento físico não é suficiente para uma vida significativa, não é verdade? A simples inexistência de dor não implica necessariamente a presença de sentido existencial.

O Filósofo sorriu, genuinamente satisfeito com aquela resposta magnífica. Dante parecia estar aprendendo com profundidade as lições do jogo até aquele momento.

— Precisamente. Você pode experimentar todos os prazeres concebíveis e todas as comodidades que o mundo oferece e, ainda assim, sentir um vazio existencial que cresce inexorável e gradualmente consome sua essência. E o primeiro sintoma revelador desse vácuo interior é o fenômeno da coisificação. Quando você deixa de perceber o outro como um ser humano autêntico, quando reduz toda a realidade a meras funcionalidades, quando até mesmo sua própria existência se transforma em um objeto desprovido de propósito transcendental, você adentra um estado perigosamente limítrofe. As pessoas são reduzidas a meras utilidades, relacionamentos degeneram em contratos desprovidos de qualquer autenticidade, e o tempo se converte em algo meramente a ser consumido, não genuinamente vivido.

Dante percorreu o pergaminho com o olhar, que agora parecia reagir organicamente à sua presença. Palavras começaram a manifestar-se aos poucos, como se a própria Casa estivesse aguardando pacientemente que ele atingisse o estado de preparação necessário para absorver sua mensagem.

— Se você possui um propósito genuinamente sólido para existir, pode transcender qualquer adversidade concebível. Mas na ausência de propósito autêntico até a existência aparentemente mais perfeita torna-se insuportável.

O Filósofo prosseguiu sua exposição:

— Você considera que aqueles materialmente mais abastados, aqueles que desfrutam de maior liberdade aparente, aqueles que dispõem de todas as opções concebíveis são necessariamente os que experimentam felicidade autêntica? O que fundamentalmente impede alguém que aparenta ter tudo de, ainda assim, escolher deliberadamente o nada?

Dante franziu o cenho em profunda reflexão.

— A ausência fundamental de um propósito. Quando absolutamente tudo está disponível sem esforço, a ausência de direcionamento existencial torna-se um fardo insuportável. Quando não existe uma âncora existencial, qualquer turbulência interna, por mais insignificante que pareça, pode submergir completamente o navio da consciência.

O Filósofo assentiu com aprovação evidente a mais uma resposta de um Dante muito mais sábio que o do início do jogo.

— Exatamente. O que de fato diferencia aquele que sobrevive e persiste daquele que desiste e sucumbe não são seus recursos externos, mas aquilo que internamente o sustenta e impulsiona. E esse "algo" fundamental não pode ser imposto externamente. Deve ser descoberto no interior, vivenciado plenamente, nutrido de modo contínuo.

O Filósofo prosseguiu então, sua voz adquirindo uma profundidade quase reverencial, como se estivesse prestes a revelar um conhecimento primordial guardado pelos antigos:

— Observe atentamente, Dante, que a grande maioria das almas que percorrem esta existência comete um erro fundamental em sua busca por propósito. Elas orientam-se obsessivamente para algo que transcenda suas próprias limitações individuais, o que não constitui um equívoco completo, mas representa uma compreensão profundamente incompleta do caminho. A questão que formulam compulsivamente centra-se no que deveriam fazer na perseguição de um propósito, quando, na verdade, a indagação essencial deveria contemplar quem necessitam fundamentalmente tornar-se, aprofundando o entendimento de quem na verdade seriam, qual sua personalidade, suas dores e seus recursos. Este processo de autoconhecimento é fundamental para primeiro entender sua personalidade, quem você precisa ser de fato e, então, com base nisso, buscar um propósito do que você precisa fazer.

Ele fez uma pausa significativa, permitindo que suas palavras penetrassem as camadas mais profundas da consciência de Dante.

— O caminho autêntico, portanto, não se inicia com ações externas, mas com uma transformação interior fundamental. Devemos primeiro nos tornar conscientemente aquilo que nossa natureza essencial exige que sejamos, para somente então buscarmos aquilo que genuinamente nos cabe fazer no mundo. O ser precede o fazer, a essência antecede a manifestação.

O ambiente começou a sofrer uma transformação sutil. As sombras circundantes gradualmente dissolveram-se, como se as dúvidas de Dante estivessem sendo absorvidas pela própria estrutura da Casa. O pergaminho, antes estático, deslizou espontaneamente para mais próximo dele.

O Filósofo recuou um passo, criando espaço metafórico.

— Agora, a questão final pertence exclusivamente a você, Dante Valente. O que ainda necessita fundamentalmente ser realizado por você e por absolutamente ninguém mais? O que constitui algo tão essencialmente seu que, sem sua manifestação, sua existência perderia de maneira irremediável uma dimensão fundamental?

Dante sentiu o peso daquela pergunta essencial.

O pergaminho diante dele parecia aguardar pacientemente.

Ele inspirou profundamente, centrando seu ser. E começou a escrever seu destino.

O peso das comparações

Após alguns minutos, Dante mergulhou em um sono profundo e despertou subitamente em um ambiente todo transformado. O cenário ao seu redor reconfigurou-se mais uma vez. Encontrou-se no interior de um vasto salão circular, inteiramente cercado por paredes compostas de superfícies espelhadas. Contudo, aqueles espelhos possuíam uma qualidade extraordinária e perturbadora — não refletiam meramente sua imagem atual, mas manifestavam versões alternativas de Dante em múltiplas possibilidades existenciais. Algumas significativamente mais jovens, outras visivelmente envelhecidas. Algumas trajando vestimentas suntuosas de refinada elegância, outras cobertas por roupas simples, visivelmente desgastadas pelo uso. Alguns desses reflexos conduziam automóveis de luxo extraordinário, enquanto outros caminhavam descalços por estradas empoeiradas. E, no epicentro daquela galeria de possibilidades, o Filósofo o aguardava com paciência, observando-o com um olhar de serenidade.

— O que você efetivamente vislumbra, Dante? — inquiriu o Filósofo, com um gesto deliberadamente amplo em direção às múltiplas versões refletidas de sua existência.

Dante hesitou perceptivelmente. O que exatamente contemplava naquele espetáculo de possibilidades? Manifestações de sucesso e fracasso. Demonstrações de poder absoluto e escassez extrema. Conquistas monumentais e perdas devastadoras.

— Observo diferentes versões potenciais de minha própria existência — respondeu por fim, ainda incerto quanto ao propósito fundamental daquele ambiente singular.

O Filósofo assentiu com um movimento quase imperceptível.

— E em qual dessas manifestações você experimenta genuína satisfação existencial?

Dante analisou os reflexos com atenção renovada. Alguns despertavam nele inegável orgulho, outros provocavam desconforto visceral. E foi precisamente nesse instante que a compreensão cristalizou-se em sua consciência.

— Em nenhuma delas — admitiu, sua voz carregando um tom sutil de pesar autêntico.

O Filósofo permitiu-se um sorriso compreensivo.

— Aristóteles, em sua sabedoria ancestral, postulava que a felicidade autêntica não constitui um estado passivo a ser alcançado, mas uma atividade a ser permanentemente exercida. Você não se torna verdadeiramente feliz ao atingir determinada meta externa, mas ao viver em harmonia com sua natureza essencial e ao desenvolver plenamente seu potencial intrínseco. Observe com atenção. — Ele indicou com um gesto eloquente os espelhos circundantes. — A mente humana com frequência se transforma em uma prisão autoimaginada de comparações incessantes. Você encontra-se perpetuamente medindo seu valor, questionando-se obsessivamente se outros indivíduos manifestam maior elegância, conduzem veículos superiores, experienciam vidas mais plenas. E se essa métrica externa tornar-se sua referência fundamental, Dante, jamais experimentará autêntico descanso interior.

Dante sentiu um peso opressivo manifestar-se em seu peito. Quantas vezes havia direcionado seu olhar para realidades externas, em vez de contemplar sua própria verdade interior?

— Mas então... como libertar-se efetivamente dessa prisão? Como transcender o aprisionamento pela comparação perpétua?

O Filósofo aproximou-se deliberadamente de um dos espelhos e deslizou a mão sobre sua superfície reflexiva, como se estivesse dissolvendo a própria imagem manifestada.

— Ao compreender fundamentalmente que não existe um "outro" externo a ser superado, apenas versões de si mesmo a serem integradas e transcendidas. Marco Aurélio, um dos mais significativos imperadores-filósofos da história, escreveu em suas meditações: "A qualidade de sua existência depende fundamentalmente da qualidade de seus pensamentos". Se você persistir em avaliar sua vida exclusivamente através de padrões externos impostos, ela jamais será sua. Mas se optar por medi-la através daquilo que genuinamente cria, através do que conscientemente constrói, então possuirá algo que nenhuma força externa poderá subtrair de sua essência.

Dante examinou mais uma vez o ambiente circundante. Aos poucos, os espelhos começaram a desenvolver fissuras e a desmoronar sistematicamente, revelando um céu infinitamente vasto e completamente aberto além de seus limites anteriores.

— E se eu fracassar nessa empreitada? — questionou com genuína preocupação.

O Filósofo dirigiu-lhe um olhar carregado de seriedade.

— Então você terá adquirido conhecimento inestimável. Pois aquele que jamais experimenta o fracasso jamais ousou verdadeiramente criar.

Dante fechou os olhos por um momento em contemplação profunda. Ao reabri-los, o salão de superfícies espelhadas havia desaparecido. Encontrava-se de novo no tabuleiro transcendental do jogo existencial.

A compreensão cristalina emergiu: ele não necessitava superar ou derrotar ninguém além de si mesmo. Precisava simplesmente continuar sua jornada com autenticidade. E essa percepção lhe proporcionava uma paz interior profunda, um desapego fundamental em relação às coisas transitórias, e uma disposição significativamente maior para contemplar os outros com genuíno carisma e a si mesmo com compaixão transformadora.

O Jardim das Correspondências

A luz matinal desdobrava-se através da névoa quando o tabuleiro transportou Dante para um jardim suspenso entre pilares de mármore polido. Acima, o céu exibia simultaneamente estrelas e sol; abaixo, um intrincado mosaico representava padrões que se repetiam, diminuindo até o infinitamente pequeno e expandindo-se até o imensurável. Ao centro do jardim, uma fonte circular emanava água que parecia fluir ao mesmo tempo para cima e para baixo, desafiando as leis convencionais da física.

O Filósofo aguardava Dante junto a uma mesa de pedra onde repousavam sete objetos distintos: um espelho, uma escala com pesos perfeitamente equilibrados, um cristal vibrante, dois ímãs dispostos em polaridade oposta, um relógio de água em movimento perpétuo, uma semente germinando e uma chama que ardia sem consumir seu combustível.

— Aproxime-se — convidou o Filósofo, sua voz ressoando como se viesse simultaneamente de dentro e de fora. — Percebe este jardim peculiar? Nada aqui existe por acaso.

Dante observou o ambiente, notando como cada elemento parecia conectado por uma teia invisível de relações.

— O que é este lugar? — perguntou, caminhando cautelosamente pelo desenho geométrico do piso.

— Um local onde os véus entre as dimensões são mais tênues — respondeu o Filósofo, tocando levemente o espelho. — Observe como o reflexo não mostra apenas sua imagem externa, mas fragmentos de seus pensamentos. Isso ocorre porque, na verdade, não existe separação real entre o que você pensa e o que você vive.

O espelho captou o olhar surpreso de Dante, mas também refletiu suas dúvidas não verbalizadas.

— Existe uma verdade antiga — continuou o Filósofo — que sugere que o universo inteiro é essencialmente mental. Não apenas no sentido filosófico abstrato, mas de maneira prática e transformadora. Quando você altera sua percepção, muda sua experiência da realidade.

Dante franziu o cenho, cético.

— Isso parece... idealista demais.

O Filósofo sorriu.

— Pense no seguinte: duas pessoas vivem o mesmo evento, digamos, uma tempestade que destrói parte de suas casas. Uma vê desgraça e injustiça; a outra, oportunidade de reconstruir algo melhor. O evento é idêntico, mas as realidades experimentadas são radicalmente diferentes. Não foi a mente que criou essas realidades distintas?

Ele pegou o cristal, que emitia uma suave vibração.

— Todo o seu ser — pensamentos, emoções, corpo — opera em frequências específicas. Quando você está dominado pelo medo, sua energia vibra em um padrão. Quando experimenta compaixão, em outro completamente distinto. Não é mera poesia, mas a natureza fundamental da existência: nada está realmente parado; tudo se move, tudo vibra.

Dante observou o cristal mudando sutilmente de cor enquanto o Filósofo falava.

— Mas e quanto às circunstâncias reais que enfrentamos? Doenças, perdas, desastres?

— Observe isto — respondeu o Filósofo, indicando a fonte paradoxal. — A água flui simultaneamente para cima e para baixo, dentro e fora. O microcosmo reflete o macrocosmo. Seu mundo interior e exterior são espelhos um do outro. Quando suas relações externas são conflituosas, que batalhas internas estão sendo projetadas?

Dante lembrou-se de seu casamento fracassado, de seus padrões repetitivos.

— Então... meus relacionamentos refletem meu estado interior?

— Os antigos diziam: "Como acima, assim abaixo; como dentro, assim fora". Quando você transforma seu mundo interior, o exterior inevitavelmente responde em ressonância.

O Filósofo pegou os dois ímãs, aproximando-os até que resistissem um ao outro.

— Observe como os opostos são idênticos em natureza, apenas diferentes em grau. Amor e ódio: ambos são paixões intensas, apenas polarizadas diferentemente. O mesmo com coragem e medo, generosidade e egoísmo. Dominar essa compreensão permite transmutar uma energia em outra.

Dante ponderou, lembrando-se de momentos em que sentira simultaneamente atração e repulsa, amor e ressentimento.

— A sabedoria não está em eliminar um polo — continuou o Filósofo — mas em navegar conscientemente no espectro entre eles. Os grandes sábios não são desprovidos de sombras; apenas aprenderam a integrá-las à luz.

Aproximando-se do relógio de água, o Filósofo observou seu fluxo constante.

— Tudo na existência segue ritmos: dia e noite, estações, ciclos lunares, batimentos cardíacos. Sua vida também. Momentos de expansão são seguidos por contração; períodos de abundância precedem escassez; exaltação eventualmente cede à introspecção.

— Como suportar os ciclos difíceis, então? — perguntou Dante, recordando-se de seus momentos de desespero.

— Reconhecendo sua inevitabilidade e temporalidade. Quando você compreende que cada maré baixa será seguida por uma alta, encontra serenidade mesmo nos vales mais profundos. A sabedoria está em não se identificar completamente com nenhuma fase do ciclo.

Dante sentiu uma verdade ressoando dentro dele. Quantas vezes havia se perdido na ilusão de que um estado emocional duraria para sempre?

O Filósofo então dirigiu a atenção para a semente germinando.

— Toda causa gera seu efeito correspondente; todo efeito tem sua causa precisa. Não existem coincidências, apenas leis que ainda não compreendemos plenamente. O acaso é apenas a medida de nossa ignorância sobre as causas subjacentes.

— Isso significa que não temos livre-arbítrio? — questionou Dante.

— Ao contrário. Significa que somos coautores da realidade. Dentro dessa teia de causas e efeitos, existe um ponto onde você pode exercer escolha consciente — ser causa, não apenas efeito. A semente não escolhe o solo onde cai, mas determina como responderá a ele.

Por fim, o Filósofo aproximou-se da chama que ardia sem consumir.

— Observe como essa chama sustenta-se através do equilíbrio perfeito entre princípios ativos e receptivos. Na criação de qualquer coisa — seja uma ideia, uma obra de arte ou uma vida — há sempre um momento inicial de inspiração ativa, seguido por um período receptivo de gestação e desenvolvimento.

— Como os princípios masculino e feminino? — perguntou Dante.

— Precisamente, embora transcenda amplamente o gênero físico. São polaridades complementares necessárias em toda criação. Nada surge apenas pela força, nem apenas pela receptividade. É preciso equilibrar ambos.

O Filósofo reuniu os sete objetos em círculo perfeito.

— Essas são verdades antigas, Dante, presentes em todas as tradições de sabedoria genuína. Não são meros conceitos abstratos, mas princípios operativos que regem a existência. Quando você os compreende, não apenas os pensa, mas vive em harmonia com eles, sua realidade se transforma.

O jardim começou a brilhar intensamente, como se cada átomo respondesse à frequência daquela verdade.

— A pergunta é: você continuará sendo moléculas inconscientes da água ou tornar-se-á o oceano que compreende sua natureza?

Dante contemplou os sete objetos, sentindo cada princípio ressoar dentro dele como uma memória antiga finalmente despertada. Algo se abria em sua mente — não como informação nova, mas como reconhecimento de algo que sempre soube, mas havia esquecido.

— Estou pronto para lembrar — disse finalmente.

O Filósofo assentiu, satisfeito. O jardim inteiro pulsou em resposta, como se celebrasse aquela decisão. Entretanto, o Filósofo ainda percebia certa angústia se formar em Dante.

— O que lhe aflige, Dante?

Dante, com a cabeça baixa, verbalizou seu mal-estar.

— Parece-me que quanto mais inteligência, conhecimento, trazemos também uma maior tristeza e sofrimento, não?

O Filósofo deixou escapar um leve sorriso.

— Sim. Quem aumenta o conhecimento multiplica a dor. Pois percebemos que muito do que nos ensinaram parece ser mentira. Que os contos de felicidade eram apenas uma tentativa desesperada de dar forma a um caos que não tem explicação. Porém, a ignorância não somente nos protege, mas também nos aprisiona. Já o saber liberta, porém ao custo de nos despir das ilusões que mantinham nossa esperança de pé. O conhecimento nos arranca o véu dos olhos, mas não necessariamente nos oferece um horizonte. Ele apenas mostra o abismo e diz "agora é com você". É por isso que muitos preferem fechar os olhos, fingir que não dói, que a vida tem um manual, que tudo se encaixa. No entanto, a verdade é que quem pensa demais sente demais. E quem sente demais sofre com o que não pode mudar, mas entende que a ignorância não é a melhor alternativa, pois não permite a evolução do ser.

Dante, enfim, havia compreendido esta etapa do jogo e sentiu uma paz de entendimento.

E com isso o tabuleiro avançou para sua próxima revelação.

A Casa do Poço sem Fundo

Quando Dante avançou decisivamente sobre o tabuleiro, experimentou um solavanco repentino e violento. O chão desintegrou-se completamente sob seus pés e ele iniciou uma queda vertiginosa. Contudo, contra todas as expectativas físicas, não houve impacto final. Ele simplesmente continuou sua descida através de uma escuridão absoluta e silenciosa, sem qualquer término visível.

Então, como se emergisse abruptamente de um sonho profundo, aterrissou com surpreendente suavidade sobre uma plataforma circular constituída de pedra ancestral, suspensa no meio de um vazio insondável.

O Filósofo já o aguardava, em posição ereta, à beira de um poço de dimensões colossais. O orifício apresentava uma negritude absoluta e uma profundidade aparentemente infinita, tornando impossível vislumbrar onde poderia terminar.

— Alguma vez você verdadeiramente contemplou as profundezas de seu próprio ser, Dante? — indagou o Filósofo, mantendo seu olhar fixo na vastidão do poço.

Dante aproximou-se com cautela, experimentando um calafrio involuntário percorrendo sua espinha. Ao direcionar seu olhar para as profundezas, testemunhou algo profundamente perturbador: o poço não manifestava apenas escuridão total. Ele revelava cenas vívidas. Imagens cristalinas de sua própria trajetória existencial, momentos que havia deliberadamente suprimido de sua consciência, escolhas que jamais quisera confrontar de forma direta. Cada fragmento de memória parecia surgir espontaneamente do vazio primordial, dissolvendo-se quase imediatamente em seguida, como se o próprio poço possuísse uma consciência autônoma.

— Qual é a natureza dessa manifestação? — questionou, sua voz revelando hesitação genuína.

— Este é o poço metafísico do não articulado, do não resolvido, do não confrontado — respondeu o Filósofo com deliberada precisão. — Cada ser humano carrega um semelhante nas profundezas de sua consciência. A questão fundamental é: você possui a coragem necessária para empreender a descida?

Dante sentiu o medo primordial instalar-se em seu âmago. Algumas imagens exerciam sobre ele uma atração inexplicável, enquanto outras despertavam terror visceral. Contemplou versões fragmentadas de si mesmo hesitando diante de decisões cruciais, palavras significativas que jamais pronunciara, oportunidades transformadoras que permitira escapar, sofrimentos profundos que tentara sistematicamente enterrar no esquecimento.

— E se eu optar por não descer? — questionou com voz hesitante.

O Filósofo cruzou os braços em um gesto decidido.

— Então persistirá habitando perpetuamente a superfície de seu próprio ser. Como a imensa maioria dos seres humanos.

Dante desviou o olhar, incapaz de sustentar a intensidade daquelas palavras.

— Mas quais são as consequências de empreender essa descida? O que efetivamente existe nas profundezas finais?

O Filósofo finalmente dirigiu seu olhar para ele. Seus olhos emanavam uma intensidade quase insuportável, como se pudessem penetrar as camadas mais densas da alma.

— Possivelmente nada. Possivelmente tudo. O conceito de "fundo" é fundamentalmente ilusório, Dante. O que existe é aquilo que você necessita descobrir.

O silêncio expandiu-se entre eles. Dante sentiu a brisa gélida emanando das profundezas do poço, como se alguma presença consciente ali o convocasse irresistivelmente.

— Você já empreendeu essa descida? — questionou diretamente ao Filósofo.

O homem permitiu-se uma gargalhada profunda e reveladora.

— Todos os que habitam de verdade a existência em sua plenitude inevitavelmente descem, mais cedo ou mais tarde.

Dante fechou os olhos e inspirou profundamente, centrando seu ser. O medo que experimentava era inegavelmente intenso. Contudo, havia algo ainda mais poderoso pulsando nas profundezas de sua consciência: a necessidade primordial de conhecimento autêntico.

E então, sem qualquer hesitação adicional, ele saltou deliberadamente.

O vento cortava sua pele como lâminas invisíveis durante a descida vertiginosa. Contudo, não havia força gravitacional convencional. Ele não experimentava uma queda no sentido físico tradicional, mas uma espécie de sucção metafísica, como se estivesse sendo completamente absorvido pela própria essência do desconhecido. Ao seu redor, formas distorcidas emergiam e dissipavam-se como fumaça em padrões imprevisíveis. Eram fragmentos de memória, aspectos fragmentados de seu próprio ser dispersos pela vastidão do vazio. Vozes ecoavam em múltiplas frequências, algumas estranhamente familiares, outras perturbadoramente longínquas. Algumas pronunciavam seu nome com urgência, outras sussurravam palavras que jamais havia conscientemente escutado, mas que, de alguma forma inexplicável, sabia que sempre estiveram presentes nas camadas mais profundas de seu ser.

Tentou estender a mão para estabelecer contato com um desses fragmentos de consciência, mas no momento exato em que executou esse movimento a cena dissolveu-se completamente, como grânulos de areia dispersados por um vento metafísico.

Então, abruptamente, todo movimento cessou.

Dante aterrissou em uma superfície indescritível, mas não experimentou qualquer impacto físico. Encontrou-se de pé, em um lugar que desafiava qualquer tentativa de descrição através de linguagem convencional. O chão não correspondia verdadeiramente a um chão no sentido tradicional, mas algo que proporcionava sustentação a seus pés. O horizonte simplesmente não existia como conceito, apenas uma infinitude sem forma definida, sem coloração específica, como se o próprio conceito fundamental de espaço houvesse sido transcendido ou suspendido.

À sua frente, o Filósofo já o aguardava pacientemente, como se estivesse presente naquele domínio desde o princípio primordial dos tempos. Contudo, agora, sua manifestação não parecia inteiramente humana em qualquer sentido convencional. Os contornos de sua forma oscilavam sutilmente, como se existisse em um estado intermediário entre matéria física e pensamento puro.

— Seja bem-vindo ao vazio primordial, Dante — pronunciou o Filósofo, sua voz manifestando uma profundidade transcendental jamais antes percebida.

Dante examinou o ambiente indescritível com crescente perplexidade.

— Qual é a natureza deste domínio?

— Este é o único lugar que verdadeiramente importa em sentido fundamental. Aqui não existem ilusões convencionais, não há distinção entre passado e futuro. Apenas a manifestação autêntica de seu ser quando tudo aquilo que normalmente o define desaparece por completo.

Dante contemplou a si mesmo e percebeu com assombro que suas vestimentas haviam sofrido uma transformação completa. Não trajava mais qualquer elemento que estabelecesse conexão referencial com o mundo de onde originalmente provinha. Manifestava-se apenas como um ser existencial naquele domínio, desprovido de qualquer identidade convencional, título ou status social.

— Se tudo efetivamente desaparece, o que fundamentalmente persiste? — questionou com genuína perplexidade.

O Filósofo caminhou com passos deliberadamente lentos ao seu redor.

— Essa constitui a questão fundamental que a vasta maioria dos seres humanos evita sistematicamente confrontar. As pessoas dedicam a totalidade de suas existências preenchendo compulsivamente o vazio interior com distrações transitórias, temores irracionais, ambições artificialmente incorporadas. Mas neste domínio particular, absolutamente nada disso mantém existência. Apenas você em sua essência fundamental.

Dante tentou articular uma resposta, mas descobriu-se momentaneamente destituído de palavras adequadas. A sensação paradoxal de simultaneamente não ser nada em sentido convencional e ser tudo em sentido transcendental manifestava-se com intensidade avassaladora.

Subitamente, algo extraordinário materializou-se diante dele.

Era uma porta. Uma estrutura absolutamente solitária manifestada no centro do nada absoluto, desprovida de paredes de sustentação ou qualquer suporte arquitetônico. Apenas a moldura de madeira de tonalidade intensamente escura e um brilho sutil que escapava pelas frestas diminutas.

— Ao atravessar esta passagem, você abandonará definitivamente este domínio — informou o Filósofo com voz serena.

Dante franziu a testa em evidente perplexidade.

— E qual é a natureza do que existe além desse limiar?

O Filósofo inclinou ligeiramente a cabeça em um gesto enigmático.

— Precisamente aquilo que você decidir de forma consciente transportar consigo.

O silêncio expandiu-se como uma névoa invisível mas tangível. Dante alternou seu olhar entre a porta misteriosa e a figura do Filósofo várias vezes.

— E se eu optar por não atravessar a passagem?

O Filósofo respondeu com uma tranquilidade imperturbável:

— Então você permanecerá indefinidamente neste estado liminar. Sem forma definida, sem destino determinado. Simplesmente... existindo em potencialidade pura.

Dante sentiu o peso daquela escolha fundamentalmente existencial. Compreendeu que se tratava de uma decisão que praticamente nenhum ser humano realizava conscientemente durante a existência cotidiana. A maioria deixava-se apenas se arrastar de modo passivo pela corrente dos acontecimentos mundanos.

Contudo, ali, diante daquela porta, finalmente compreendia a verdade essencial: a única realidade de fato existente era a decisão consciente.

Inspirou fundo, centrando todo o seu ser, e, sem qualquer hesitação adicional, girou com determinação a maçaneta.

A porta abriu-se silenciosamente.

E Dante avançou deliberadamente para além do limiar.

Ao atravessar a passagem transcendental, esperava logicamente encontrar um cenário todo transformado. Contudo, o que contemplou o surpreendeu.

Encontrou-se diante de uma encruzilhada metafísica. Quatro caminhos distintos estendiam-se diante dele, cada um aparentemente conduzindo a um destino específico. O firmamento acima manifestava uma coloração dourada crepuscular, como se estivesse eternamente suspenso no momento final de uma tarde sem conclusão. A brisa soprava com suavidade quase imperceptível, carregando fragmentos sussurrados de vozes distantes e inidentificáveis.

No centro preciso da encruzilhada, o Filósofo o aguardava, em posição ereta, junto a uma mesa de aparência rústica sobre a qual repousava um tabuleiro elaboradamente entalhado em madeira ancestral. Sobre a superfície do tabuleiro, pequenos símbolos representavam escolhas potenciais e possibilidades existenciais: uma moeda metálica, um pergaminho antigo, um cálice cerimonial e uma chave de configuração incomum.

Dante aproximou-se com passos deliberadamente lentos e meditativos.

— Para onde conduzem esses caminhos divergentes? — inquiriu com genuína curiosidade.

O Filósofo deslizou a mão sobre a superfície do tabuleiro entalhado, como se estivesse decifrando uma narrativa complexa inscrita em seus padrões.

— Cada um desses caminhos conduz a uma manifestação existencial bem distinta. Uma versão potencial de seu ser que você poderia efetivamente ter encarnado. Você pode optar por qualquer uma dessas trajetórias, mas antes de qualquer decisão, necessito que reflita profundamente sobre algo essencial.

Com um gesto deliberado, como se estivesse correndo uma cortina invisível, o Filósofo fez se manifestarem diante dos olhos de Dante cenas que se desdobravam como uma peça teatral metafísica. Contudo, não se tratava apenas de imagens projetadas, mas de experiências completas. Dante sentiu visceralmente cada uma delas como se fossem aspectos de sua própria consciência.

Primeiro, contemplou-se existindo em uma busca compulsiva e interminável por status social e acumulação material, trabalhando de modo obsessivo para adquirir possessões de que fundamentalmente não necessitava. A cena ressoava profundamente com um conceito que já havia encontrado.

— Onde nos submetemos a ocupações que desprezamos para adquirir objetos de que absolutamente não necessitamos, correto? Por qual motivação profunda?

Dante piscou reflexivamente e a cena transformou-se por completo. Agora, contemplava-se em posição sentada, mergulhado em reflexão profunda, quase em um estado de confissão existencial para si mesmo.

— Porque desconhecemos o que autenticamente valorizamos ou o que genuinamente necessitamos. Reconheço a veracidade absoluta dessa constatação.

O Filósofo o observava com atenção meticulosa.

— Você já experimentou visceralmente essa percepção, não é mesmo? A ilusão fundamental de que está vivendo de modo autêntico, quando, na realidade mais profunda, está meramente seguindo um roteiro que jamais participou conscientemente de sua elaboração.

Dante assentiu em silêncio. Aquela constatação manifestava-se com uma dolorosidade quase física em sua consciência.

Subsequentemente, outra cena manifestou-se diante dele. Contemplou-se em uma versão significativamente mais jovem, sentado de forma respeitosa ao lado de um educador filosófico que lhe comunicava:

— Tente identificar, durante o período noturno, antes de submergir no sono, o momento específico de seu dia em que experimentou autêntica felicidade existencial.

Dante observou sua manifestação juvenil dedicando-se intensamente àquela busca. Passava dias inteiros revivendo fragmentos de memória, tentando identificar com precisão o que de fato lhe proporcionava felicidade genuína.

Aquela cena foi aos poucos se dissipando, sendo substituída pela visão de outra versão potencial de seu ser. Rememorou o período que dedicava a eventos sociais, a celebrações, vivenciando um padrão rotineiro de gratificação superficial:

— Você experimentou autêntica felicidade durante a totalidade de seu dia? Eu, em minha juventude, participava regularmente de eventos, de *happy hours*, frequentava múltiplos ambientes sociais.

Então, uma revelação profundamente transformadora manifestou-se com a força de um choque existencial:

— Naquele momento específico, descobri que participava daquelas atividades meramente por convenção social. Jamais apreciei de modo genuíno o consumo de bebidas alcoólicas, não experimentava qualquer prazer autêntico naqueles ambientes, não identificava qualquer sentido significativo naquelas práticas. Participava daquelas atividades meramente para conformar-me às expectativas relacionadas à diversão juvenil que presumia ser obrigatória. Contudo, ao buscar identificar o momento em que experimentei felicidade mais autêntica, recordei-me do instante em que me dedicava ao desenho, à escrita, em lugares onde observava a natureza, enquanto escutava música clássica. Aquelas experiências eram absolutamente prazerosas, um estado de paz interior profunda, de conexão autêntica com a essência da natureza.

Dante experimentou uma constrição quase física em seu peito. Quantas vezes havia buscado compulsivamente a felicidade onde ela fundamentalmente não poderia ser encontrada? Quantas vezes havia subordinado sua existência às expectativas externas, em detrimento de sua verdade interior?

O Filósofo posicionou sua mão sobre o tabuleiro entalhado e dirigiu seu olhar diretamente para a consciência de Dante.

— O que você de fato contemplou, Dante?

Dante inspirou profundamente, centrando seu ser.

— Contemplei a ilusão fundamental da felicidade superficial... e vislumbrei simultaneamente a verdade essencial.

O Filósofo assentiu com aprovação tranquila.

— Então agora emerge a questão verdadeiramente fundamental: qual trajetória você seleciona em plena consciência?

Dante contemplou os quatro caminhos que se estendiam diante dele. Cada um representava uma versão potencial de seu ser, uma escolha existencial possível. Contudo, desta vez específica, algo transformador havia ocorrido nas profundezas de sua consciência. Ele não desejava mais simplesmente seguir trajetórias delineadas por expectativas externas. Desejava autenticamente criar sua própria manifestação única. E, sem qualquer hesitação perceptível, avançou com firmeza — não em direção a qualquer dos caminhos visíveis, mas no espaço aparentemente vazio que existia entre eles.

O tabuleiro entalhado emitiu um fulgor.

O jogo existencial avançou para sua próxima etapa transformadora.

O tabuleiro do pensador crítico

O ambiente circundante de Dante sofreu mais uma transformação metafísica completa. Encontrou-se subitamente no interior de uma biblioteca de proporções monumentais, cujo teto abobadado parecia alcançar alturas quase celestiais. As prateleiras que se estendiam em todas as direções aparentavam ser verdadeiramente infinitas, repletas de volumes ancestrais e manuscritos cuidadosamente preservados que haviam resistido à erosão implacável dos séculos. No epicentro daquele templo de conhecimento, erguia-se uma mesa longitudinal entalhada em madeira de aparência rústica, sobre cuja superfície repousava um tabuleiro que lembrava vagamente o xadrez tradicional, mas com uma diferença fundamental: suas peças não representavam entidades militares convencionais, mas eram esculpidas com extraordinária precisão em mármore de escuridão absoluta e marfim imaculado, personificando conceitos filosóficos fundamentais: a "Tolerância", a "Generosidade", a "Convicção" e o "Medo".

Diante dele, ocupando uma cadeira revestida de couro evidentemente envelhecido pelo uso de séculos, encontrava-se o Filósofo. Seu olhar emanava uma tranquilidade transcendental, mas sua presença irradiava uma seriedade que ultrapassava qualquer questionamento. Ele movimentou deliberadamente uma peça sobre o tabuleiro enigmático antes de elevar seu olhar penetrante para encontrar o de Dante.

— Você desenvolveu a percepção, Dante, de que a maioria esmagadora dos seres humanos não participa deste jogo existencial com o objetivo fundamental de alcançar vitória autêntica, mas meramente para evitar a experiência da derrota? — O Filósofo inclinou-se sutilmente para a frente, o reflexo ondulante das chamas que ardiam nas lareiras circundantes dançando em seus olhos perspicazes como conhecimento vivo.

Dante franziu o cenho em reflexão, observando meticulosamente as peças misteriosas.

— Qual é o significado específico dessa observação?

— A maioria dos seres experencia temor visceral de perder suas convicções fundamentais, muito mais intensamente do que nutre desejo autêntico de descobrir a verdade essencial. — O Filósofo movimentou outra peça com deliberação calculada, deslizando a representação tridimensional da "Tolerância" através da superfície do tabuleiro. — Pensadores verdadeiramente críticos não são somente aqueles que questionam superficialmente, mas aquezzles que aceitam fundamentalmente que suas verdades aparentemente mais sólidas podem revelar-se completamente equivocadas.

Dante absorveu aquelas palavras com atenção intensificada, apoiando meditativamente uma de suas mãos no queixo, sentindo o peso existencial daquela constatação penetrar em sua consciência. Havia enfrentado inúmeros desafios durante sua progressão pelo jogo, mas este possuía uma qualidade particularmente sutil, como uma armadilha meticulosamente elaborada para capturar não o corpo, mas a própria mente.

— Mas como um indivíduo pode simultaneamente cultivar convicção autêntica e manter disposição genuína para abandoná-la quando necessário?

O Filósofo permitiu-se um sorriso de compreensão profunda.

— Generosidade intelectual. A capacidade fundamentalmente rara de libertar-se voluntariamente de algo que se considerava inquestionável até aquele momento. — Ele girou com delicadeza uma das peças brancas entre os dedos. — O pensador autenticamente crítico jamais desenvolve apego patológico à certeza. Ele manifesta-se como um viajante perpétuo, nunca como colonizador obstinado de seu próprio território mental. Ele escuta genuinamente, pondera meticulosamente e, quando as evidências assim o exigem, modifica sua posição sem resistência egoica.

Dante direcionou mais uma vez seu olhar para o tabuleiro enigmático. Identificou sua própria peça representativa hesitando existencialmente entre as posições "Convicção" e "Abertura". Algo nas profundezas de sua consciência manifestava resistência instintiva, como se o ato de abandonar uma certeza previamente estabelecida constituísse necessariamente uma demonstração de fraqueza.

— Mas se mantenho perpétua disposição para transformação, como posso de fato determinar aquilo em que autenticamente acredito?

O Filósofo emitiu uma risada suave, carregada de compreensão compassiva.

— Você nunca alcança certeza absoluta. Contudo, existe um critério fundamental: quando sua crença particular não o impede de escutar genuinamente a perspectiva alheia, você ainda manifesta a essência do pensador autêntico. Quando sua crença efetivamente silencia qualquer possibilidade de dúvida, você transformou-se irremediavelmente em um dogmático.

Dante rememorou debates significativos ao longo de sua trajetória existencial, momentos específicos em que havia se fechado completamente por manifestações de orgulho injustificado ou medo irracional. Vislumbrou-se em reflexos espectrais do passado, agarrando-se desesperadamente a ideias cristalizadas como um náufrago se agarra a destroços flutuantes.

O Filósofo então estendeu sua mão em um gesto deliberadamente lento sobre a superfície do tabuleiro.

— Se genuinamente deseja progressão no jogo existencial, Dante, necessita executar um movimento decisivo. Você direcionará sua peça representativa guiado fundamentalmente pela convicção inflexível ou pela generosidade intelectual?

Dante hesitou perceptivelmente. As peças pareciam aguardar sua decisão com uma paciência quase consciente. E, precisamente naquele momento de suspensão temporal, ele compreendeu com clareza cristalina que aquele não constituía meramente um jogo abstrato.

Era a própria manifestação da existência autêntica.

A Casa da Forja

Dante, havendo assimilado profundamente a lição fundamental da generosidade intelectual, da escuta genuína e da humildade existencial, movimentou deliberadamente sua peça representativa para a próxima posição no tabuleiro, cultivando de modo consciente um sentimento significativamente menos defensivo, caracterizado por maior aceitação da perspectiva alheia, não se limitando apenas à validação de suas convicções pessoais. Além dessa transformação interior, experimentou com intensidade o impacto metafísico daquela nova configuração. Aquela jogada específica estava prestes a revelar-lhe uma verdade importante: os seres humanos empreendiam ações em suas existências movidos por intenções genuinamente positivas e, ainda assim, a vida persistia em oferecer ensinamentos aparentemente severos, levando-os a desenvolver a percepção de que, apesar dos esforços conscientes de aprimoramento, a existência aparentemente continuava manifestando injustiça. No entanto, uma verdade ainda mais profunda começou a emergir: a vida jamais manifestava genuína injustiça, mas se revelava como uma educadora meticulosa, perpetuamente empenhada em promover a progressão evolutiva.

Nesta nova configuração do jogo, a superfície sob os pés de Dante começou a emanar calor perceptível, e ele compreendeu que não se encontrava mais no tabuleiro convencionalmente reconhecível. Diante dele, um portão colossal forjado em ferro abriu-se lentamente com um rangido ancestral, revelando um ambiente atmosfericamente opressivo: um vasto salão subterrâneo, iluminado apenas pelo fulgor alaranjado da lava que escorria através de fendas estrategicamente distribuídas nas paredes rochosas. O ar circundante vibrava visivelmente sob o efeito do calor intenso.

No centro exato daquele salão imponente, erguia-se uma forja de proporções monumentais. Chamas de coloração simultaneamente azul e dourada elevavam-se de um braseiro incandescente, e ao lado daquele ponto focal, um ferreiro trabalhava com precisão meticulosa sobre uma bigorna ancestral, martelando ritmicamente uma lâmina que irradiava incandescência. Contudo, aquele não era um simples artesão metalúrgico — era o próprio Filósofo, agora trajando um avental protetor confeccionado em couro evidentemente escurecido pela passagem de eras.

Dante aproximou-se com cautela, percebendo a intensificação progressiva do calor à medida que diminuía a distância que o separava da bigorna central.

— Qual é a natureza deste domínio? — questionou, instintivamente protegendo o rosto com o antebraço.

O Filósofo olhou enigmaticamente, sem interromper seu trabalho meticuloso. O martelo continuava descendo em ritmo precisamente calculado, moldando o metal incandescente como se estivesse simultaneamente moldando a própria substância do destino.

— Seja bem-vindo à Casa da Forja, Dante. Neste domínio específico ocorre o processo de lapidação daquilo que ainda não alcançou sua forma definitiva.

O Filósofo executou um gesto eloquente e, subitamente, Dante desenvolveu a percepção de que, em todo o ambiente circundante, existiam centenas de espadas e armaduras em diversos estágios de elaboração, nenhuma delas completamente finalizada. Algumas exibiam rachaduras estruturais visíveis, outras manifestavam tortuosidades evidentes, algumas ainda mantinham incandescência, aguardando o processo fundamental de resfriamento controlado.

— O que estas peças específicas simbolizam? — questionou Dante, genuinamente intrigado pela visão.

O Filósofo ergueu a lâmina incandescente que martelava metodicamente e a direcionou em um gesto indicativo.

— Cada uma destas espadas representa uma trajetória existencial específica. Um caminho de vida. Algumas foram adequadamente modeladas, outras não demonstraram capacidade de resistir ao calor transformador e consequentemente fraturaram-se.

Ele submergiu a lâmina em um recipiente contendo água e um som agudo característico reverberou através da totalidade do salão.

— Você consegue apreender o significado essencial, Dante? Absolutamente nada é autenticamente forjado sem experimentar resistência correspondente. O metal necessita ser aquecido até seu limite máximo de tolerância, depois martelado metodicamente e, por fim, temperado com precisão. Processo idêntico ocorre em sua própria existência.

Dante franziu o cenho em profunda reflexão. As palavras do Filósofo reverberaram nas profundezas de sua consciência, estabelecendo conexão com uma percepção que gradualmente emergia à superfície da mente de Dante:

— A natureza fundamental não manifesta preocupação prioritária com minha experiência de diversão. Sua preocupação essencial direciona-se para meu crescimento autêntico.

— Então... — Dante iniciou sua articulação, examinando atentamente o ambiente circundante — todas as dificuldades que experimentei ao longo de minha existência, todas as manifestações de sofrimento... não constituíam punições arbitrárias, mas processos deliberados de forjamento?

O Filósofo assentiu com um movimento deliberadamente lento.

— Precisamente. Contudo, essa transformação só se manifesta efetivamente quando você aceita com consciência o processo em sua totalidade. Muitos seres, ao experimentarem a intensidade do calor transformador da forja existencial, simplesmente desistem. Rebelam-se compulsivamente contra as forças que os moldam. Outros manifestam resistência excessiva e, como consequência, fraturam-se de modo irreparável. Entretanto, aqueles que desenvolvem compreensão autêntica sobre o propósito fundamental do fogo transformador... esses transformam-se em manifestações que transcendem qualquer possibilidade imaginativa prévia.

Dante experimentou um arrepio involuntário, apesar do calor ambiental intenso.

— E se eu me recusar a submeter-me ao processo do fogo transformador? E se eu deliberadamente optar por evitar a experiência da dor?

O Filósofo permitiu-se uma risada baixa mas significativa, simultaneamente empurrando uma peça bruta de ferro para a superfície da bigorna.

— Então você permanecerá perpetuamente em seu estado atual. Sem forma definida, sem capacidade de corte, sem propósito autêntico.

Dante mergulhou em contemplação profunda.

A forja não constituía uma punição arbitrária. Representava um convite transformador.

Sua mente revisitou as palavras que havia previamente absorvido:

— Quando desenvolvemos compreensão de que os fenômenos existenciais manifestam propósito subjacente, experimentamos significativa suavização na capacidade de suportar até mesmo os momentos caracterizados por desagradabilidade intensa.

Dirigiu o olhar reflexivamente para suas próprias mãos. Quantos processos de forjamento existencial já havia atravessado sem desenvolver percepção consciente? Por quantos desafios já havia lutado sem compreender que, em sua essência mais profunda, tratava-se da própria vida tentando meticulosamente lapidar seu ser?

O Filósofo então ergueu uma espada completamente forjada e a estendeu deliberadamente em direção a Dante.

— Aceite.

Dante hesitou um pouco, mas acabou segurando a espada. Experimentou sua substancial densidade, mas também sua firmeza impressionante.

— Qual ação específica devo executar com este instrumento?

O Filósofo manifestou mais um sorriso carregado de significado.

— Exatamente o mesmo que você deve executar com a própria existência. Segurá-la com reverência autêntica e prosseguir deliberadamente.

A superfície sob os pés de Dante estremeceu de modo perceptível. O calor ambiental começou gradualmente a dissipar-se. A forja monumental dissolvia-se progressivamente ao seu redor.

Ele fechou brevemente os olhos em contemplação final.

Quando os reabriu, encontrava-se de novo no tabuleiro.

E agora havia desenvolvido plena consciência de que constituía uma peça meticulosamente forjada pelo fogo transformador da existência.

O jogo, aos moldes da forja, havia mais uma vez avançado para sua próxima fase evolutiva.

O espelho da essência

A escuridão circundante dissolvia-se gradualmente, revelando uma câmara de arquitetura antiga e elaborados ornamentos. Aqui jazia a próxima etapa do jogo enigmático. O ambiente respirava densidade, impregnado por um incenso de notas amadeiradas que parecia emanar das próprias paredes, como se o espaço houvesse absorvido a sabedoria acumulada através dos séculos. No centro preciso da sala, um espelho com moldura de bronze, marcado pela passagem dos milênios, refletia uma luminosidade peculiar — algo situado entre as fronteiras do passado e do presente.

O Filósofo aguardava, observando Dante com olhar que atravessava camadas.

— Seja bem-vindo ao limiar daquilo que mais teme — pronunciou o Filósofo, sua voz ecoando pelas paredes ancestrais.

Dante aproximou-se cautelosamente do espelho. De início percebeu apenas sua imagem convencional, mas conforme seus olhos adaptavam-se, uma transformação sutil ocorria. O espelho demonstrava uma reação à sua presença, exibindo variações dele mesmo: um menino inseguro buscando aprovação, um adulto perseguindo validação constante, um líder que, apesar do respeito conquistado, carregava uma sensação persistente de incompletude.

— Contemple o espelho da essência — explicou o Filósofo. — Este artefato não devolve a imagem que acredita ser, mas revela suas sombras interiores, medos silenciosos e verdades que insiste em negar.

Dante observava com atenção, e o que vislumbrava provocava profundo desconforto. O reflexo alternava entre sua necessidade crônica de reconhecimento, sua batalha contra o vazio existencial e um anseio insaciável por validar sua existência através da percepção alheia.

— Aristóteles afirmava que a verdadeira felicidade reside na atividade virtuosa. Mas considere: e se sua busca pela felicidade sempre esteve alicerçada nas expectativas externas, não na autenticidade de seu ser?

Dante percebeu que mais uma vez este assunto da busca por significância no externo vinha à tona.

O espelho iniciou uma exibição de cenas de sua vida: episódios onde se sacrificara pelo aplauso alheio, momentos em que optara por manter relacionamentos motivado não pelo amor genuíno, mas pelo pavor da solidão. As imagens atingiam-no como golpes físicos, inescapáveis.

— A obsessão pela perfeição constitui uma prisão invisível — prosseguiu o Filósofo. — Você ergueu sua identidade sobre pilares de aceitação externa, mas o amor autêntico, tanto por si quanto pelos outros, jamais nasce da atuação. Ele emerge da aceitação plena da imperfeição inerente.

Dante desviou o olhar do espelho, tentando escapar daquela confrontação, mas o Filósofo interpôs-se habilmente entre ele e a possível fuga.

— Nietzsche nos advertia: "Torna-te quem tu és". Este processo, contudo, exige que encare a verdade sem disfarces.

— E se o que encontrar me desagradar? — murmurou Dante.

— Então terá identificado seu maior obstáculo. Mas também descobrirá a chave para sua libertação definitiva.

Dante inspirou profundamente. O espelho agora apresentava algo inédito: não apenas o homem que era, mas aquele que poderia tornar-se. Alguém libertado da necessidade de aprovação universal, capaz de, ao aceitar-se plenamente, amar com autenticidade.

O Filósofo recuou um passo, deixando Dante sozinho diante de seu reflexo multifacetado.

— A questão crucial permanece: você está preparado para enxergar-se com absoluta clareza?

O espelho emitiu um último fulgor intenso, prestes a revelar aquilo que Dante jamais ousara confrontar.

A ilusão da culpa e a verdade da responsabilidade

Dante permaneceu diante do espelho, ainda absorvendo as verdades que haviam sido expostas. Algo começou a mudar na superfície do vidro. A imagem já não oscilava entre passado e presente. Agora, refletia um campo aberto, sem limites, onde figuras surgiam e desapareciam como lembranças flutuantes.

O Filósofo aproximou-se novamente.

— A verdade já começou a se revelar, mas há mais um véu a ser levantado. Quero que olhe com atenção. O que você vê agora?

Dante franziu a testa. Ele viu seu pai, sua mãe, sua esposa, amigos, colegas de trabalho, cada um carregando um peso, e em alguns momentos, jogando esse peso sobre ele. Cenas passadas voltavam — momentos em que se sentira injustiçado, culpado, obrigado a carregar dores que nem sempre eram suas.

— Eu vejo... eu vejo culpa.

O Filósofo assentiu, cruzando os braços.

— Sabemos que tratou um pouco sobre a culpa na etapa interior do jogo, mas aqui quero aprofundar, primeiro fazendo você refletir, Dante: culpa ou responsabilidade?

Dante não respondeu de imediato. O Filósofo deu um passo adiante.

— A culpa é uma ilusão. Uma moeda que circula entre os homens para controlar, restringir, manipular e, às vezes, até justificar sua própria estagnação. Já a responsabilidade, essa sim, é real. Porque está no presente, porque nos dá autonomia. Mas perceba que a culpa está sempre no passado. E o que está no passado não pode ser mudado. Então, para que ela serve? Para punir? Para nos fazer carregar um peso que nos limita? Ou para que nos privemos de viver, de nos libertar?

Dante respirou fundo. As imagens no espelho mudaram novamente. Agora, ele se via aceitando culpas impostas por outros. Uma criança recebendo a bronca que não merecia. Um adolescente se sentindo insuficiente. Um homem justificando a infelicidade da esposa como se fosse um fardo que lhe coubesse carregar sozinho.

— Eu... aceitei todas essas culpas.

— Porque em algum nível, você precisava delas.

O Filósofo, após ter dito isto, virou-se, dando uma volta pelo salão, como se estivesse organizando o próprio pensamento.

— Na filosofia, muito se fala sobre a ilusão do livre-arbítrio. Sartre diria que somos condenados a ser livres, pois a cada escolha eliminamos outras possibilidades. E, com isso, o peso das consequências pode ser avassalador. Mas o que você ainda não percebeu é que não existe culpa onde existe escolha consciente. Só existe responsabilidade. Você é responsável por suas ações, mas não pela reação emocional dos outros a elas.

Dante arregalou os olhos. O espelho começou a girar, mostrando rostos de pessoas que, ao longo da vida, o haviam culpado por suas próprias frustrações. Mas agora algo mudava. Ele via o jogo por trás disso. O que antes parecia um peso inevitável agora se revelava como um mecanismo. Um jogo de troca emocional, de dependência, de controle.

— Então quer dizer que... eu deixei que me usassem?

O Filósofo sorriu.

— Exato. Às vezes por vitimismo, às vezes por culpa, às vezes por medo da rejeição. Outras, por simples necessidade de validação. O mundo está cheio de pessoas que projetam suas dores e frustrações nos outros para não lidarem com suas próprias sombras. E a culpa é uma ferramenta perfeita para isso. Mas a questão é: até quando você vai carregar pesos que não lhe pertencem?

O espelho agora refletia apenas Dante. Nenhuma outra imagem. Nenhuma acusação.

— Eu... não sei.

O Filósofo colocou a mão sobre seu ombro.

— O primeiro passo é entender que o passado é apenas um fato. O que muda são as sensações que escolhemos manter em relação a ele. Você não precisa mais dessas culpas para se definir. Você pode simplesmente... deixar ir.

Dante engoliu seco. Algo dentro dele parecia se despedaçar, mas ao mesmo tempo uma leveza começava a surgir.

O Filósofo se afastou.

— A felicidade não está em buscar algo fora, em tentar remendar erros passados ou carregar pesos alheios. A felicidade está em entender que você é o único responsável por seu estado de espírito. Nada mais. Você poderá ver isto com maior profundidade quando este jogo avançar.

O espelho começou a se apagar, como se tivesse cumprido sua função.

Dante sentiu que algo nele também havia se dissolvido.

E pela primeira vez, em muito tempo, respirou sem sentir o peso do mundo sobre os ombros.

A alquimia da libertação

O ar no salão parecia mais leve agora. Dante percebeu que sua respiração havia mudado — mais profunda, mais livre. Como se um nó invisível tivesse sido desfeito em seu peito.

O Filósofo observou essa transformação sutil com um olhar conhecedor.

— Você sente, não é? A diferença entre carregar o mundo e simplesmente habitar nele.

Dante assentiu, incapaz de traduzir em palavras a sensação de leveza que o invadia. O espelho, embora apagado, começou a emanar um brilho suave, quase imperceptível.

— A maioria dos homens vive presa a correntes que eles mesmos forjaram — continuou o Filósofo, aproximando-se novamente do espelho. — Correntes feitas de culpas passadas, de expectativas alheias, de medos não confrontados. E é curioso, Dante, como nos acostumamos tanto a essas correntes que, quando alguém sugere que podemos nos libertar delas, reagimos com desconfiança, até com hostilidade.

Com um gesto deliberado, o Filósofo tocou a superfície do espelho. O vidro ondulou como água, revelando novas imagens — desta vez, não do passado de Dante, mas de possíveis futuros.

— Observe.

Na superfície fluida, Dante viu a si mesmo em diversas situações. Em uma, ele confrontava gentilmente um colega de trabalho que tentava responsabilizá-lo por um erro compartilhado. Em outra, ele permanecia sereno diante da frustração de sua esposa, oferecendo compreensão sem absorver a culpa pelo seu descontentamento. Em uma terceira, ele perdoava a si mesmo por uma decisão passada que não tivera o resultado esperado.

— O que vê não são previsões — explicou o Filósofo. — São possibilidades. Caminhos que se abrem quando você se liberta da ilusão da culpa e abraça a verdade da responsabilidade.

Dante observou as imagens com fascínio. Em cada uma delas, ele parecia diferente — não em aparência, mas em presença. Mais centrado. Mais autêntico.

— Foucault nos mostrou como o poder opera não apenas através de instituições, mas através de discursos que moldam nossa percepção da realidade — disse o Filósofo, circundando o espelho. — A culpa é um desses discursos, Dante. Um mecanismo de controle tão eficaz que raramente o questionamos.

O Filósofo fez uma pausa, deixando que suas palavras fossem absorvidas.

— Pense nos religiosos que usam a culpa para controlar comportamentos. Nos políticos que a usam para manipular massas. Nos publicitários que a exploram para vender produtos. E, mais sutilmente, nas relações pessoais em que a culpa se torna moeda de troca emocional.

O espelho mostrou brevemente flashes dessas dinâmicas — confessionários, discursos inflamados, comerciais emocionais e, finalmente, discussões familiares tensas nas quais olhares acusatórios diziam mais que palavras.

— O verdadeiro poder está em perceber o jogo — continuou o Filósofo. — E então decidir conscientemente se quer continuar a jogá-lo.

Dante sentiu um frio na espinha. As implicações eram enormes, revolucionárias.

— Se eu parar de aceitar essas culpas... se eu parar de usá-las contra outros... como as pessoas reagirão?

O Filósofo sorriu, um sorriso que misturava compreensão e um certo divertimento.

— Ah, Dante. Essa é a verdadeira prova. Algumas se sentirão ameaçadas. Outras, confusas. Muitas tentarão restabelecer o antigo padrão com ainda mais força. Porque a culpa, entende, é uma forma de controle. E ninguém gosta de perder controle.

O espelho começou a mostrar cenas de resistência — pessoas aumentando o tom de voz, intensificando acusações, até mesmo se afastando quando suas tentativas de manipulação não funcionavam mais.

— Mas algumas... — O Filósofo fez uma pausa significativa. — Algumas encontrarão inspiração na sua libertação. Verão em você um reflexo do que elas mesmas podem se tornar.

As imagens finais mostravam relacionamentos transformados — mais honestos, mais diretos, mais autênticos.

— Essa é a verdadeira alquimia — disse o Filósofo, com um brilho renovado no olhar. — Transformar o chumbo da culpa no ouro da responsabilidade consciente. Não é um processo instantâneo. É um trabalho de uma vida. Mas cada momento em que escolhe a responsabilidade sobre a culpa, você se torna um pouco mais livre.

O espelho começou a diminuir sua luminosidade, como se encerrasse este capítulo da jornada.

— Leve consigo esta verdade, Dante — disse o Filósofo, sua voz agora mais suave. — A culpa olha para trás, a responsabilidade olha para a frente. A culpa paralisa, a responsabilidade mobiliza. A culpa condena, a responsabilidade transforma.

Uma porta se materializou na parede oposta do salão, emanando uma luz suave que convidava à próxima etapa da jornada.

— O jogo continua — disse o Filósofo, indicando a porta com um gesto elegante. — E você agora joga com novas regras. Suas regras.

Dante olhou uma última vez para o espelho, agora completamente inerte. Sentiu uma convicção crescendo dentro de si — não uma convicção arrogante ou defensiva, mas uma certeza serena de que algo fundamental havia mudado.

Com passos firmes, ele se dirigiu à porta. Antes de atravessá-la, virou-se para o Filósofo.

— Obrigado — disse simplesmente.

O Filósofo inclinou a cabeça em um gesto de reconhecimento.

— Agradeça a si mesmo, Dante. Eu apenas mostrei o caminho. Você escolheu percorrê-lo.

E com essas palavras ressoando em sua mente, Dante atravessou a porta, adentrando o próximo nível do jogo — e de sua própria consciência.

A Casa das Portas Infinitas

O tabuleiro estremeceu sob os pés de Dante. Não houve queda, não houve vertigem — apenas uma sutil transição, como se a realidade tivesse sido reescrita em torno dele. O espaço ao redor se expandiu e se transformou, revelando um corredor que se estendia além dos limites da visão, desafiando as leis da física e da compreensão.

Dante piscou, tentando absorver a magnitude do que via. Inúmeras portas ladeavam o corredor — um caleidoscópio arquitetônico de possibilidades. Algumas eram majestosas, com batentes de carvalho antigo e adornos de ouro e marfim que refletiam uma luz cuja origem ele não conseguia determinar. Outras eram simples, quase austeras em sua modéstia — pequenas entradas que lembravam cabanas remotas, tão desprovidas de pretensão quanto repletas de mistério.

Entre as portas, o ar vibrava com um sussurro quase musical, como se cada entrada respirasse, contando histórias através de uma linguagem além das palavras. Era o som das possibilidades, o murmúrio das vidas não vividas.

No centro deste infinito corredor, como se tivesse sempre estado ali e sempre fosse permanecer, o Filósofo aguardava. Sentado em uma cadeira de balanço de madeira escura que parecia flutuar alguns centímetros acima do chão, ele observava Dante com um olhar que mesclava compaixão e curiosidade. Um sorriso sereno brincava em seus lábios, como se encontrasse prazer genuíno no despertar da compreensão alheia.

— Bem-vindo à Casa das Portas Infinitas, Dante. — Sua voz ressoou, tanto no espaço quanto dentro da mente de Dante, clara como cristal e profunda como o oceano.

Dante girou lentamente, absorvendo a impossível geometria do lugar.

— O que são todas essas portas? — perguntou, sentindo a inadequação das palavras diante da magnitude do que testemunhava.

O Filósofo fez um gesto amplo e elegante, abraçando a vastidão do corredor com um único movimento.

— Cada uma delas representa uma escolha que você poderia ter feito, mas não fez.

A revelação atingiu Dante como uma golpe física. Ele aproximou-se hesitante da primeira porta à sua direita — uma estrutura de madeira escura com entalhes que pareciam contar uma história em linguagem esquecida. Ao tocá-la, um choque elétrico de reconhecimento percorreu seus dedos, subiu por seu braço e explodiu em sua mente em um caleidoscópio de imagens.

Viu-se mais jovem, embarcando em um avião para uma cidade distante onde nunca estivera. Viu-se trabalhando em um escritório com vista para um oceano que nunca contemplara. Viu-se beijando uma mulher cujo rosto nunca conhecera, compartilhando uma intimidade que jamais experimentara. Viu uma vida inteira se desenrolar — uma vida que poderia ter sido sua, mas não era.

O vislumbre durou apenas um segundo, talvez menos, mas sentiu-se como uma eternidade comprimida em um instante. Quando a visão se dissipou, Dante recuou, atordoado pela intensidade da experiência.

— Isso é real? — perguntou, voltando-se para o Filósofo, sua voz trêmula com uma emoção que não conseguia nomear.

O Filósofo inclinou levemente a cabeça, os olhos brilhando com algo que poderia ser compaixão ou talvez divertimento.

— Real o suficiente para a sua mente desejar explorar — respondeu, sua voz medida. — Mas é uma ilusão, Dante. Você vive apenas uma vida.

As palavras pairaram no ar como névoa, envolvendo Dante em uma clareza que era simultaneamente libertadora e devastadora.

— Então por que tantas pessoas perdem tempo imaginando as vidas que não tiveram? — questionou, sentindo o peso da descoberta em cada sílaba.

O Filósofo estendeu a mão e uma pequena ampulheta materializou-se em seus dedos. A areia dentro era prateada, quase luminosa, e parecia fluir de maneira impossível — ao mesmo tempo para cima e para baixo, desafiando a gravidade e a lógica.

— Porque a mente humana tem uma característica curiosa: ela acredita que poderia prever o que aconteceria se tivesse escolhido de outra forma. — O Filósofo observou a areia em movimento hipnótico. — Mas isso é uma armadilha. Você vê, Dante, quando escolhe uma porta, todas as outras se fecham para sempre. E o maior erro que alguém pode cometer — fez uma pausa, seus olhos penetrando os de Dante — é ficar parado nesse corredor, acreditando que pode abrir todas elas.

Dante deixou o olhar vagar pelo corredor infinito. As portas estendiam-se até onde a vista alcançava, cada uma prometendo mundos, vidas, experiências. E ainda assim, surpreendentemente, sentiu-se repelido por elas, como se intuísse o perigo que representavam.

— Então a verdadeira liberdade não está em poder escolher tudo... mas em aceitar a escolha que foi feita?

Um sorriso de genuína aprovação iluminou o rosto do Filósofo.

— Você está cada vez mais perspicaz! — Ele se levantou da cadeira, que desapareceu silenciosamente atrás dele. — Sim.

Como dizia Kierkegaard: a angústia é a vertigem da liberdade. O homem livre teme sua própria liberdade porque sabe que, ao escolher um caminho, deve abandonar todos os outros. Mas aqui está o paradoxo: é somente ao aceitar essa limitação que você realmente vive.

Dante recuou um passo, sentindo o peso daquela verdade em seus ombros. À medida que recuava, as portas pareciam se multiplicar e se expandir ao infinito, como um reflexo distorcido em uma casa de espelhos. Cada uma delas cintilava com promessas não cumpridas, chamando-o com sedutores sussurros.

Mas algo estava mudando dentro dele. Onde antes poderia ter sentido fascínio ou arrependimento, agora sentia apenas uma clareza crescente, como se um peso ancestral se dissolve em sua consciência.

Uma lembrança emergiu das profundezas de sua mente, palavras ouvidas em outra fase do jogo: *Se eu escolho fazer algo, é porque estou assumindo que isso será ótimo. Mas e se isso não importasse? Se eu não precisasse prever nada? Então a vida realmente se tornaria mais leve.*

Respirou fundo, sentindo o ar preenchê-lo com uma determinação que não conhecia antes.

— Se eu passar o tempo todo olhando para as portas que não abri, nunca vou viver de verdade, não é?

O sorriso do Filósofo se ampliou, iluminando seu rosto com uma aprovação quase paternal.

— Exatamente. O arrependimento não é racional, Dante. Ele é um truque da mente, uma ilusão que tenta convencê-lo de que você poderia ter escolhido melhor. — Sua voz ganhou uma cadência hipnótica. — Mas a verdade é que você nunca saberá. Você só pode viver a vida que escolheu.

Dante contemplou as portas uma última vez. Elas ainda estavam lá, infindáveis em sua diversidade e promessa. Mas agora pareciam distantes, como sombras de outro universo, fantasmas de realidades que nunca seriam suas — e não precisavam ser.

Voltou-se para o corredor à sua frente. Para além do labirinto de possibilidades, existia apenas um caminho a seguir: o caminho da aceitação, da presença, da vida como ela realmente era, não como poderia ter sido.

Sem hesitação, deu um passo adiante. O ato, simples em sua execução mas profundo em seu significado, parecia carregar o peso de uma decisão universal. Era um passo além do arrependimento, além do "e se", além da tirania das possibilidades infinitas.

Enquanto avançava, uma suavidade indefinível o envolveu. Seus membros se tornaram leves, sua mente tranquila. Percebeu que estava sendo tomado por um sono profundo e irresistível — não o sono do esgotamento, mas o sono regenerador que separava os capítulos significativos da vida.

Entregou-se ao sono sem resistência, deitando-se no que parecia ser uma nuvem com o formato perfeito de um barco — uma embarcação onírica pronta para transportá-lo até o próximo nível de compreensão.

O corredor com suas infinitas portas desvaneceu-se como névoa sob o sol da manhã.

E o jogo, implacável em sua sabedoria e mistério, avançou.

A Casa da Névoa – o preço da lucidez

A consciência de Dante emergiu lentamente, como uma ilha revelando-se através de camadas dissipantes de neblina. Encontrou-se deitado em um barco de madeira desgastada, à deriva em um oceano sem fim. O mundo ao seu redor estava submerso em uma névoa pesada, translúcida como alabastro, que engolia qualquer noção de horizonte ou distância. Acima, o céu era indistinguível da água — ambos dissolviam-se na mesma opacidade etérea que parecia devorar a própria realidade.

Ergueu-se cautelosamente, sentindo o balanço suave do casco sob seus pés. O som das águas lambendo as laterais do barco era quase hipnótico — um sussurro constante que parecia ecoar no vazio circundante. Seus olhos esquadrinharam a embarcação rudimentar: um único remo de madeira desgastada repousava contra a borda, ao lado de uma bússola antiga cujo ponteiro girava erraticamente, dançando sem propósito como se a própria noção de norte tivesse sido abandonada neste limbo aquático.

A água abaixo era profunda e insondável, negra como obsidiana sob a superfície cintilante. Havia uma calma perturbadora naquele mar infinito, uma placidez que carregava um convite subliminar para a rendição. Seria tão fácil simplesmente se deitar de novo, permitir que o barco vagasse sem rumo, entregar-se à deriva eterna.

Um movimento na névoa interrompeu seus pensamentos. A princípio, apenas uma sombra mais densa, depois o contorno definido de outra embarcação emergindo do nada. Um vulto encapuzado remava com movimentos precisos e deliberados, aproximando-se como um espectro através do véu opaco que os separava.

Quando a distância entre os barcos diminuiu, Dante pôde distinguir a silhueta de um barqueiro envolto em vestes escuras e desgastadas. O rosto permanecia oculto sob um capuz pesado, mas uma voz emanou daquela figura — uma voz áspera como pedra erodida pelo tempo, profunda como o próprio mar que os sustentava.

— Você quis saber demais, entender demais — disse o barqueiro, cada palavra medida e pesada. — Viu ilusões e as desmontou. Mas ao arrancar o véu da ignorância, percebeu que o mundo não oferece chão firme. — A figura encapuzada fez uma pausa, o remo suspenso por um momento sobre a água opaca. — Agora, você flutua em um oceano sem margens. Pergunto-lhe: o que preferiria? A segurança da ilusão ou a liberdade da incerteza?

A pergunta pairou no ar como a própria névoa — densa, intangível, impossível de ignorar. Dante olhou ao redor, subitamente consciente da vastidão do seu isolamento. Se não remasse, permaneceria neste limbo indefinidamente. Se remasse, que direção deveria tomar quando todas pareciam igualmente incertas?

O barqueiro aproximou-se ainda mais, sua embarcação agora paralela à de Dante. A voz ressurgiu, agora mais próxima, quase confidente em seu tom:

— Schopenhauer diria que a lucidez é um fardo insuportável — continuou o barqueiro. — Mas há aqueles que encontram na verdade um novo rumo, ao invés de um vazio. — A figura inclinou-se ligeiramente para a frente. — Você tem duas escolhas: entregar-se à névoa, aceitar que não há direção certa e parar de buscar respostas. Viver sem rumo, apenas navegando sem destino. — Uma pausa calculada. — Ou escolher remar, mesmo sem saber para onde, confiando que o movimento em si traz sentido. Mesmo que nunca haja um porto final, o próprio remar já é uma decisão.

Dante sentiu o peso do remo em suas mãos. A madeira estava polida pelo uso, marcada por incontáveis jornadas anteriores. Suas mãos fecharam-se instintivamente ao redor daquele objeto que agora carregava o peso simbólico de sua escolha existencial.

— Se escolher ficar parado — advertiu o barqueiro, sua voz baixando para um sussurro que, de alguma forma, parecia mais audível que antes — a névoa ficará mais densa, consumindo sua visão, até que você se torne parte do nada. — A figura gesticulou com uma mão enrugada pelo tempo e pelo mar. — Se escolher remar, não terá certeza para onde vai, mas poderá sentir o vento, a resistência da água, a experiência do movimento.

Enquanto Dante pesava estas palavras, uma transformação sutil começou a ocorrer ao seu redor. A névoa, antes impenetrável, começou a se dissipar levemente, como se respondesse aos seus pensamentos. Não era uma clareza súbita, mas uma insinuação de que havia algo além, que a visibilidade poderia aumentar com cada movimento para a frente.

Foi então que o barqueiro, que até aquele momento mantivera o rosto oculto nas sombras do capuz, ergueu lentamente as mãos enrugadas. Dedos nodosos, marcados pela idade e pela sabedoria, agarraram a borda do tecido e o removeram com um gesto deliberado.

O rosto que emergiu não pertencia a um estranho. Sob o manto do barqueiro misterioso estava o Filósofo — o mesmo que o guiara através das etapas anteriores de sua jornada. Seu semblante exibia uma fadiga transcendental, como se carregasse o peso de inúmeras travessias semelhantes, mas seus olhos ardiam com uma certeza serena que desafiava o caos ao redor. Um sorriso sutil, quase imperceptível, insinuava-se nos cantos de sua boca.

— Você já consegue entender? — perguntou ele, sua voz penetrando a névoa com a precisão de uma lâmina afiada.

Dante hesitou, o remo ainda firme em suas mãos. Uma constelação de emoções conflitantes atravessou seu rosto — choque pela revelação, frustração pela aparente circularidade de seu caminho e, talvez, nas profundezas, um alívio por encontrar uma presença familiar neste limbo desorientador.

O Filósofo, percebendo esse turbilhão interno, inclinou-se ainda mais para a frente, o espaço entre os barcos agora reduzido a um abismo simbólico.

— Você sempre buscou respostas — disse ele, cada palavra cuidadosamente escolhida. — Sempre quis enxergar além da superfície. Mas há um preço para isso, Dante. — Seus olhos, antigos como o próprio mar, fixaram-se nos de Dante. — A lucidez é um fardo. Saber demais não liberta — pode aprisionar. Você percebe a fragilidade das certezas, a vaidade dos desejos, a repetição infinita dos erros humanos. Você sente o ruído onde muitos veem distração. Vê ilusão onde eles encontram felicidade. E isso... é solitário.

O barco oscilou suavemente sob Dante, como se o próprio mar reconhecesse o peso daquelas palavras. Ele sentiu uma ressonância profunda com essa verdade — como sua busca incessante por compreensão o havia gradualmente isolado daqueles que se contentavam com as narrativas confortáveis que sustentavam suas vidas. Como cada véu removido havia erigido uma barreira invisível entre ele e o mundo da simplicidade aceita.

— Schopenhauer estava certo em dizer que a ignorância oferece um alívio que a lucidez nunca permitirá — continuou o Filósofo, sua voz agora carregando o peso de uma experiência pessoal. — Porque quando você vê o mundo sem filtros, sem os véus do otimismo ingênuo, há uma angústia inevitável. Poucos suportam esse fardo.

Dante apertou o remo entre os dedos, sentindo a textura da madeira como uma âncora na realidade tangível enquanto seu interior se contorcia com o reconhecimento. Sua expressão deve ter revelado essa luta interna, pois o Filósofo inclinou-se ainda mais, reduzindo sua voz a uma intensidade quase palpável.

— Mas há um alívio, Dante.

Aquelas palavras fizeram Dante erguer os olhos, uma centelha de esperança acendendo-se em seu olhar exausto.

— Transformar essa dor em compreensão, em arte, em pensamento — disse o Filósofo, sua voz ganhando uma nova cadência. — Se o destino dos lúcidos é carregar o peso da verdade, ao menos podem torná-la mais suportável para os que ainda não a enxergaram. Você pode escolher se tornar um guia para aqueles que vagam na névoa. Pode decidir que, em vez de se lamentar pelo que vê, ajudará a construir algo a partir disso.

À medida que essas palavras reverberavam, uma transformação mais pronunciada começou a ocorrer ao redor deles. A névoa, que antes parecia uma prisão intransponível, começou a se dissipar em padrões circulares, como se respondesse a uma nova energia no ar. Pela primeira vez desde que despertara naquele lugar, Dante vislumbrou uma linha tênue no horizonte distante — não era terra firme nem salvação imediata, mas era um indício, uma sugestão de que havia algo além da opacidade infinita.

— Sim, saber demais pode trazer solidão — continuou o Filósofo, sua voz agora infundida com uma convicção tranquila. — Mas também traz um poder que poucos possuem: a habilidade de dar significado ao mundo. Você pode escolher se quer ser apenas um observador desse caos ou alguém que faz algo com isso.

Com um movimento deliberado, o Filósofo inclinou-se e recolheu um pequeno pedaço de madeira do fundo de seu barco — um fragmento polido pelo tempo e pelo mar. Com um gesto fluido, lançou-o na água entre eles. O objeto flutuou por um momento, balançando indeciso, antes de ser capturado por uma corrente invisível que lentamente o carregou para longe.

— O conhecimento pode ser uma maldição para quem só observa e lamenta — disse o Filósofo, seus olhos seguindo o trajeto do fragmento de madeira. — Mas para quem age... é uma dádiva. A lucidez pode ser um peso, mas também pode ser uma ferramenta poderosa para dar sentido à existência.

Seus olhos voltaram-se para Dante, penetrantes em sua intensidade, acolhedores em sua compreensão.

— Agora, Dante, você tem um remo. A pergunta é: para onde vai remar?

As palavras pairaram entre eles; não como um desafio, mas como um convite. A névoa continuava a recuar, revelando gradualmente mais do horizonte distante. E embora o oceano ainda parecesse vasto e sem marcações, já não era mais inteiramente opaco. Havia padrões na água, correntes invisíveis, direções possíveis.

Dante olhou para o remo em suas mãos, sentindo seu peso não mais como um fardo, mas como uma possibilidade. A madeira desgastada capturou um raio de luz que não existia momentos antes — um prenúncio de claridade emergindo do limbo cinzento.

A escolha permanecia sua, como sempre fora. Mas agora, quem sabe, ele poderia enxergar além da névoa; não para encontrar respostas definitivas, mas para criar significado no próprio ato de buscar, de mover-se, de remar contra a inércia do desespero.

E enquanto considerava sua próxima ação, a primeira brisa verdadeira desde seu despertar acariciou seu rosto — um sussurro de possibilidade na vastidão do desconhecido.

A Montanha da Existência – a nova casa de Dante

O barco raspou suavemente contra a margem pedregosa, um sussurro final da água antes do silêncio profundo que emanava da terra. A névoa, que por tanto tempo havia sido sua prisão e companheira, retraía-se como um véu sendo lentamente recolhido por mãos invisíveis. Diante de Dante, uma visão monumental tomava forma: uma montanha colossal que parecia desafiar a própria estrutura do céu, seus picos superiores perdidos em um abraço de nuvens densas e impenetráveis.

A base onde agora pisava era um terreno antigo — rochoso, árido, marcado por um padrão intrincado de trilhas e pegadas, algumas recentes, outras quase apagadas pelo tempo. Testemunhos silenciosos de todos aqueles que, antes dele, haviam chegado àquele limiar de decisão.

O barqueiro, agora sem o manto da incógnita, revelava-se completamente como o Filósofo que havia guiado Dante através dos labirintos da mente. Seu rosto, antes parcialmente oculto pelas sombras do capuz, agora brilhava com uma claridade quase sobrenatural. Seus olhos eram poços profundos de conhecimento, janelas para um ser que parecia ter testemunhado o nascimento e morte de civilizações inteiras.

— A jornada ainda não acabou, Dante — disse ele, sua voz agora clara como cristal de montanha, carregando tanto autoridade quanto compaixão. — Agora, é a subida.

Ele estendeu o braço em um gesto deliberado, indicando a montanha que se erguia diante deles, imponente e imperturbável em sua grandeza.

— Aqui, você enfrentará algo mais cruel do que monstros ou ilusões — continuou, cada palavra pesada com significado. — Aqui, você enfrentará a si mesmo.

Dante sentiu o peso daquelas palavras assentarem-se em seu peito. Franziu a testa, um misto de receio e curiosidade tensionando seus traços.

— A mim mesmo? — questionou, sua voz ligeiramente trêmula. — O que isso significa?

O Filósofo não respondeu imediatamente. Em vez disso, avançou alguns passos à frente, seus movimentos fluidos como água sobre pedra. Parou diante de uma formação rochosa antiga, cuja superfície estava marcada por símbolos esculpidos por mãos há muito desaparecidas — espirais, círculos concêntricos, figuras geométricas que pareciam conter códigos de um conhecimento esquecido. Ele acariciou os entalhes com a ponta dos dedos, como se pudesse ler suas mensagens através do toque.

— Subir a montanha não é apenas um ato físico — explicou, sem desviar os olhos dos símbolos. — É uma metáfora da existência. No começo, você sente empolgação, vê a paisagem e pensa: “eu posso fazer isso”. — Seu dedo traçou uma espiral ascendente na rocha. — Mas então vêm a exaustão, o frio, a solidão. Cada passo pesa mais. E é aí que muitos desistem.

Dante ergueu o olhar para o cume distante, um ponto quase mítico oculto pelas camadas de névoa que coroavam a montanha. Sentiu um aperto no estômago, aquela sensação familiar que surge no limiar entre o conhecido e o incerto. Inspirou profundamente o ar frio e rarefeito.

— E o que acontece com aqueles que desistem? — perguntou, sua voz carregando o peso de quem já considerou essa possibilidade.

O Filósofo girou lentamente, abandonando os símbolos ancestrais. Seus olhos, quando encontraram os de Dante, pareciam conter galáxias inteiras de conhecimento.

— Eles voltam para o vale, onde tudo é mais fácil — respondeu, cada palavra medida e precisa. — Mas o vale é um lugar de estagnação, de eterna repetição dos mesmos erros. Quem não sobe a montanha nunca se encontra.

Mais uma vez um calafrio percorreu a espinha de Dante; não apenas pelo vento frio que soprava das alturas, mas pela verdade cortante daquelas palavras. Seus olhos varreram o horizonte e, pela primeira vez, notou a vastidão que se estendia abaixo: um vale amplo onde figuras diminutas vagavam, aparentemente sem propósito definido.

Observou-as com curiosidade crescente. Algumas riam, outras caminhavam em pequenos grupos, compartilhando o que pareciam ser conversas agradáveis. Havia uma aparência de conforto e contentamento em seus movimentos. Mas quando focalizou melhor, percebeu algo perturbador nos olhos daqueles seres distantes: um vazio peculiar, como janelas para casas desabitadas. Uma ausência sutil de algo fundamental que ele não conseguia nomear.

— Saber demais é um fardo? — murmurou Dante, mais para si mesmo que para o Filósofo. — A lucidez destrói as ilusões que fazem os tolos felizes? — Sua voz ganhou força enquanto articulava o pensamento. — Só que quanto mais se sobe a montanha do conhecimento, mais se enxerga o que os outros ignoram. Mas isso pode ser uma maldição ou uma bênção?

Cerrou os punhos inconscientemente, como se tentasse agarrar respostas que permaneciam intangíveis.

— Então, por que subir? — questionou, agora encarando diretamente o filósofo. — Por que buscar o conhecimento se ele pode trazer dor?

Algo enigmático se formou nos lábios do Filósofo, seguido por um riso baixo que não continha escárnio, mas uma compreensão profunda.

— Porque no topo, Dante — respondeu ele, sua voz agora quase reverente —, há algo que ninguém vê da base. Há algo que só quem suporta a subida pode alcançar.

O silêncio que se seguiu foi denso, povoado apenas pelo suspiro constante do vento entre as rochas. Dante absorveu aquelas palavras, sentindo-as ressoar em algum lugar profundo de seu ser. Permaneceu imóvel, consciente do frio que agora cortava seu rosto com mais intensidade, como se a própria montanha testasse sua determinação.

Baixou os olhos para seus próprios pés e, com surpresa, percebeu que já não estava na margem onde o barco havia atracado. Sem perceber, havia avançado para o início da trilha. Seu corpo já havia tomado uma decisão que sua mente ainda contemplava.

O Filósofo, percebendo esse momento de realização, aproximou-se com passos suaves. Colocou a mão no ombro de Dante — um toque leve, mas que transmitia uma força ancestral.

— O conhecimento é um fardo, mas também é um escudo — disse ele, sua voz agora mais próxima, mais íntima. — Quando a subida ficar insuportável, quando suas pernas doerem e seu coração vacilar, lembre-se disto: aqueles que continuam não são os mais fortes, mas os que aceitam que a dor faz parte. Que o sofrimento não é um castigo, mas um mestre.

Com um movimento deliberado, retirou a mão do ombro de Dante e deu um passo para trás, criando um espaço que simbolizava a liberdade de escolha.

— E agora, Dante? — perguntou, seu olhar penetrante e desafiador. — Você sobe ou volta?

A pergunta pairou no ar, cristalina em sua simplicidade, abissal em suas implicações. Dante voltou-se uma última vez para contemplar o vale abaixo. As vozes distantes chegavam a ele como ecos fragmentados — risos, conversas, a cacofonia suave da existência despreocupada. A vida ali parecia simples, confortável, livre dos questionamentos que agora o consumiam.

Mas em seu coração, ele sabia a verdade. Havia visto demais, questionado demais, sentido demais para simplesmente retornar ao vale do esquecimento voluntário. A ignorância, que uma vez poderia ter sido um refúgio, agora seria uma prisão mais cruel que qualquer montanha.

Apertou os olhos contra o vento cortante. Inspirou profundamente, o ar frio expandindo seus pulmões, despertando cada célula de seu corpo para a realidade do momento presente. E então, com determinação renovada, deu o primeiro passo verdadeiro na trilha ascendente.

Não olhou para trás para ver se o Filósofo o seguia. Alguma parte dele sabia que esta parte da jornada era solitária — não por abandono, mas por necessidade. O caminho para o autoconhecimento não podia ser percorrido por procuração.

E assim Dante começou sua ascensão à Montanha da Existência, cada passo uma afirmação, cada dificuldade uma lição, o horizonte se expandindo imperceptivelmente a cada volta do caminho. À sua frente, o cume permanecia oculto nas nuvens — não uma negação de seu destino, mas um convite para continuar buscando, sempre mais alto, sempre mais profundo dentro de si mesmo.

A Montanha da Existência – o peso da vida

O caminho transformava-se sob seus pés, como se a própria montanha reagisse à sua determinação. O que começara como uma trilha definida agora se fragmentava em passagens traiçoeiras. Rochas antes estáveis tornavam-se escorregadias sob uma camada fina de gelo que cintilava com crueldade sedutora. O vento, que na base não passava de um sussurro, agora uivava com fúria crescente, como se tentasse arrancar Dante da face da montanha e devolvê-lo ao vale da ignorância.

O ar rarefeito queimava em seus pulmões. Cada inspiração era uma pequena batalha, cada expiração uma rendição momentânea. Os músculos, antes vigorosos, agora tremiam com o esforço acumulado. Dante podia sentir o peso da altitude em cada fibra de seu ser — não apenas o fardo físico, mas o peso quase tangível da consciência expandida que vinha com a ascensão.

O Filósofo escalava ao seu lado, mas de uma forma diferente — seus movimentos eram fluidos, precisos, como se conhecesse intimamente cada pedra, cada saliência daquele caminho ancestral. Não demonstrava cansaço, mas seu olhar permanecia atento a Dante, observando cada hesitação, cada sombra de dúvida que cruzava o semblante do jovem peregrino.

Em um trecho particularmente íngreme, Dante parou, encostando-se contra uma rocha protuberante. Seu peito arfava, buscando oxigênio que parecia cada vez mais rarefeito. Gotas de suor congelavam em sua testa antes mesmo de escorrerem.

Seus olhos, ardendo com o vento cortante, voltaram-se para o abismo abaixo. O vale agora era apenas uma memória distante, um mosaico de cores esmaecidas pela distância.

— Por que a vida é assim? — A pergunta escapou-lhe quase involuntariamente, carregada de uma exaustão que ultrapassava o físico. — Parece que, quanto mais avançamos, mais difícil tudo fica. — Sua voz tremia, não apenas pelo frio, mas pela vulnerabilidade da questão. — Será que algum dia encontraremos um lugar onde o sofrimento termina?

O Filósofo, que havia parado alguns passos acima, apoiou-se elegantemente em um afloramento rochoso. Os ventos que açoitavam Dante pareciam desviar-se dele, como se reconhecessem um igual. Ele inspirou profundamente, não como quem busca ar, mas como quem saboreia um momento de contemplação.

— Essa é uma das grandes ilusões, Dante — respondeu, sua voz estranhamente clara mesmo contra o rugido do vento. — Acreditamos que há um ponto em que a dor cessa, onde finalmente encontraremos paz, mas isso é um engano. — Seus olhos, quando encontraram os de Dante, continham uma compaixão infinita. — A verdadeira paz não está no fim da subida. Ela está na forma como subimos.

Dante franziu a testa, pequenos cristais de gelo desprendendo-se de suas sobrancelhas com o movimento. A ideia contradizia tudo o que havia aprendido, tudo o que o mundo havia lhe ensinado sobre recompensas e méritos.

— Então, a felicidade não está no topo da montanha? — A pergunta saiu carregada de desapontamento, quase de indignação infantil.

Uma risada baixa e compassiva escapou dos lábios do filósofo — não um som de escárnio, mas de compreensão profunda diante de uma verdade universal que todos, eventualmente, precisam enfrentar.

— O topo não é o que imaginamos — disse ele, apontando para as nuvens densas que ocultavam o cume. — O topo é um espelho. E o que ele refletir dependerá daquilo que carregamos dentro de nós.

Dante ergueu os olhos para o céu invisível acima. As nuvens, densas e impenetráveis, formavam uma barreira que tornava impossível vislumbrar qualquer conclusão, qualquer finalidade para sua jornada. Era como se a própria montanha se recusasse a revelar seu segredo final.

— Então... — começou ele, as palavras formando pequenas nuvens de vapor que se dissipavam rapidamente no ar gelado. — E aqueles que passam a vida inteira subindo, acumulando conquistas, riquezas, poder? — Havia uma nota de genuína incredulidade em sua voz. — Eles não encontram nada lá em cima?

O Filósofo estreitou os olhos, como se enxergasse além do horizonte visível. Quando falou novamente, sua voz carregava o peso de uma gravidade que não estivera presente antes:

— Você já ouviu falar de Ivan Ilitch?

Dante balançou a cabeça negativamente, pequenos cristais de gelo desprendendo-se de seu cabelo com o movimento.

Os olhos do Filósofo fixaram-se em um ponto distante, como se pudesse enxergar a história que estava prestes a contar.

— Ele era um homem que passou toda a vida acreditando que estava vivendo da forma correta — começou, cada palavra medida como os passos cautelosos de um alpinista experiente. — Fez tudo o que a sociedade dizia ser certo. Tinha uma carreira estável, bens, respeito dos outros. — O vento pareceu diminuir, como se a própria natureza quisesse ouvir a história. — Mas, ao final, quando a morte se aproximou, ele percebeu algo aterrador: nunca viveu de verdade. Tudo o que conquistou, tudo o que lutou para ter, era vazio. — A voz do Filósofo baixou para quase um sussurro. — As coisas que julgava importantes eram ilusões. O que realmente importava, ele nunca buscou.

Um arrepio que nada tinha a ver com o frio percorreu a espinha de Dante. A história parecia ecoar em um espaço vazio dentro dele, um reconhecimento ancestral do que também poderia ser seu destino.

— E o que realmente importa? — perguntou, sua voz quase suplicante.

O Filósofo virou-se para o horizonte, onde o sol, invisível da face leste da montanha onde estavam, começava a banhar os picos distantes com uma luz dourada etérea. Seu perfil recortado contra aquela luz parecia pertencer mais à montanha do que ao mundo dos homens.

— O amor, Dante — respondeu ele, sua voz agora carregando uma ternura que contrastava com a dureza do ambiente. — A verdade. A autenticidade. — Cada palavra soava como uma nota perfeita em uma sinfonia de sabedoria. — Ivan Ilitch percebeu, em seu leito de morte, que sempre fugiu dessas coisas. Vivia para parecer correto, para ser bem-visto, para seguir os padrões do mundo. Mas nunca viveu para si mesmo. Nunca se entregou ao que realmente importava. — O Filósofo virou-se, enfrentando Dante com o peso total de seu olhar. — No fim, viu que sua vida inteira foi uma mentira. E então morreu. Mas a morte para ele foi um alívio para as suas dores e para todo o engano que foi sua vida.

O silêncio que se seguiu foi absoluto, profundo, como se toda a montanha tivesse suspendido a respiração. Nem mesmo o vento ousava interromper a reverberação daquelas palavras. Dante sentiu-as assentarem sobre seus ombros como pedras invisíveis, um fardo que não o puxava para baixo, mas o mantinha firmemente ancorado à realidade daquela verdade.

— É por isso que subir a montanha é tão difícil? — perguntou finalmente, sua voz mais firme agora, como se o próprio ato de compreender lhe concedesse nova força.

O Filósofo assentiu lentamente, um movimento quase solene.

— Sim — confirmou. — Porque cada passo obriga você a deixar algo para trás. Cada metro de altitude tira um pouco das ilusões. — Seus olhos brilharam com uma intensidade que desafiava a opacidade das nuvens ao redor. — Quanto mais alto você sobe, menos distrações existem. E quando chegar ao topo... haverá apenas você e a verdade.

Dante engoliu seco, a garganta áspera com o ar frio. O vento voltou a rugir ao redor deles, como se testando sua recém-descoberta compreensão. A jornada à sua frente estava longe de terminar, e cada passo prometia ser mais árduo que o anterior. Porém, agora uma nova clareza habitava seu espírito — não uma resposta definitiva, mas uma compreensão mais profunda do propósito por trás do esforço.

Endireitou os ombros doloridos e ergueu o olhar para o caminho íngreme que se estendia acima. Algo havia mudado em sua expressão — não mais apenas determinação, mas aceitação. Aceitação do desafio, da dor, da verdade que aguardava.

E assim, Dante continuou subindo, cada passo uma escolha renovada, cada respiração dolorosa uma afirmação de vida. A montanha permanecia implacável em seus desafios, porém agora, de alguma forma, tornara-se também uma aliada em sua busca pela verdade essencial que aguardava além das nuvens.

O Filósofo observou-o por um momento, um sorriso quase imperceptível suavizando suas feições austeras. Então, com a graça fluida que parecia desafiar a própria gravidade, seguiu os passos de Dante montanha acima, seu silêncio mais eloquente que qualquer palavra de encorajamento.

E juntos, mestre e aprendiz, continuaram a ascensão, suas silhuetas diminuindo gradualmente contra a imensidão da montanha. Duas almas buscando não apenas o cume físico, mas aquela verdade essencial que só se revelava àqueles que têm a coragem de abandonar o conforto do vale e enfrentar o rigor da subida.

Entre crises e propósito

As horas de escalada haviam se transformado em uma meditação física. Cada passo de Dante tornara-se um exercício de vontade contra a gravidade que puxava seu corpo de volta ao conforto do vale. O ar, cristalino em sua pureza, tornava-se progressivamente mais escasso, como se a própria montanha exigisse que ele aprendesse a extrair sustento do vazio.

O horizonte acima havia mudado. O que antes era apenas uma promessa velada por nuvens densas agora se insinuava como uma possibilidade tangível — o cume, ainda distante, começava a definir seu contorno contra o céu azul-cobalto. A realidade física do objetivo tornava ainda mais agudo o conflito interior que se intensificava dentro de Dante.

Seus passos tornaram-se mais lentos, não apenas pelo cansaço acumulado em seus músculos, mas pelo peso invisível das questões que se agitavam em sua mente. O Filósofo mantinha-se ao seu lado, sua presença constante e silenciosa como a própria montanha. Seus olhos, atentos, observavam não apenas o caminho físico, mas as transformações sutis na expressão de seu companheiro de jornada.

Foi em uma pequena plataforma natural, onde o caminho brevemente se alargava antes de continuar sua ascensão implacável, que Dante finalmente interrompeu a marcha. Seu peito arfava com o esforço da altitude, mas havia algo mais em sua expressão — uma turbulência interior que não poderia mais ser contida.

— Estou me perguntando... — começou ele, as palavras escapando entre respirações medidas — por que continuamos subindo? — O vento carregou sua voz, conferindo-lhe uma qualidade quase etérea. — Sei que há algo no topo, uma conquista, talvez uma resposta. Mas, ao mesmo tempo, há uma inquietação em mim. — Seus olhos buscaram os do Filósofo, revelando uma vulnerabilidade rara. — E se quando chegarmos lá não houver nada? E se tudo isso for só uma ilusão, como tantas outras buscas humanas?

O Filósofo não respondeu imediatamente. Seus olhos, carregados de séculos de compreensão, estudaram Dante com uma intensidade que parecia penetrar além da pergunta superficial, alcançando a angústia existencial que a motivava.

— Essa inquietação é antiga, Dante — respondeu finalmente, sua voz calma contrastando com a agitação do vento ao redor. — Tolstói também a teve. Ele passou grande parte da vida em busca do reconhecimento, das riquezas, do status. — Uma pausa significativa, como se permitisse que o peso daquele nome e sua jornada fossem adequadamente absorvidos. — Mas, em determinado momento, perguntou-se: "Se tudo termina na morte, qual é o sentido de tudo isso?".

Algo se acendeu no olhar de Dante — uma centelha de reconhecimento, como se as palavras do Filósofo houvessem dado forma a um sentimento que ele mesmo não conseguia articular.

— E ele encontrou uma resposta? — A pergunta saiu quase como uma súplica, carregada com o peso de quem também busca um caminho através da mesma névoa existencial.

— Sim — confirmou o Filósofo, com um aceno deliberado —, mas não no topo da montanha. — Seus olhos percorreram brevemente o caminho que ainda se estendia acima deles, antes de retornar a Dante. — Ele percebeu que sua busca pelo significado estava errada desde o princípio. Como já dito a você nesta jornada, ele escreveu que a felicidade e o sentido não estão nas posses, no reconhecimento ou no ego, mas em viver o presente com energia e paixão. Ele encontrou sentido ao se conectar com as pessoas, ao ajudar os outros, ao viver com amor.

As palavras pairaram entre eles, quase visíveis na névoa formada por suas respirações no ar gélido. Dante desviou o olhar para o vale abaixo, agora apenas um mosaico distante de cores esmaecidas pela distância. A perspectiva daquele ponto era reveladora — o mundo que antes parecia tão vasto agora era apenas um fragmento na imensidão.

— Então tudo o que buscamos é um erro? — perguntou, sua voz carregando uma nota de desapontamento. — Devemos abandonar nossas ambições?

O Filósofo sorriu, um sorriso que combinava compreensão e compaixão em perfeito equilíbrio.

— Não é sobre abandonar, mas sobre compreender — esclareceu, cada palavra cuidadosamente escolhida. — Subir essa montanha, enfrentar dificuldades, sentir o prazer de cada conquista; tudo isso faz parte da vida. — Seus olhos iluminaram-se com uma intensidade que desafiava o frio ao redor. — Mas se você subir acreditando que só será feliz ao chegar lá em cima, perderá toda a jornada. E é na jornada que a vida acontece.

Dante absorveu aquelas palavras em silêncio. Havia uma verdade nelas que ressoava em algum lugar profundo de seu ser, mas também uma resistência — a persistência de velhos padrões de pensamento, arraigados como raízes em solo ancestral.

— Mas como viver o presente sem ser escravo do passado e do futuro? — questionou, a frustração tingindo sua voz. — Minha mente está sempre oscilando entre o que já foi e o que pode ser.

O Filósofo apoiou-se em seu cajado, observando por um momento uma águia solitária que planava nas correntes térmicas acima deles, livre e soberana em seu domínio celeste.

— A mente humana é assim, Dante — respondeu, com a paciência de quem compreendia profundamente a natureza do dilema. — Olhar para trás e aprender, olhar para a frente e planejar. Mas há um ponto em que ficamos presos a eles, e é aí que surge o sofrimento. — Sua voz ganhou um tom mais intenso, quase reverente. — Espinoza dizia que a verdadeira liberdade vem quando descobrimos o que nos dá potência de existir.

A expressão de Dante transformou-se em uma máscara de confusão genuína, suas sobrancelhas unindo-se em uma linha que revelava sua perplexidade.

— Potência de existir? — repetiu, a frase estranha em seus lábios.

— Sim — confirmou o Filósofo, seus olhos brilhando com a energia de uma verdade fundamental. — O que faz sua alma se expandir, seu coração acelerar e sua energia aumentar? O que você poderia fazer por horas sem se cansar? — Cada pergunta era lançada não como um desafio, mas como um convite à introspecção. — Isso, Dante, é sua potência de viver. E quando você age a partir desse lugar, não há angústia pelo passado, nem ansiedade pelo futuro. Há apenas o presente pleno, vibrante.

Dante baixou os olhos para suas próprias mãos — mãos que agora exibiam pequenos cortes e calos da escalada. Sentiu o vento gelado acariciar seu rosto, uma sensação ao mesmo tempo dolorosa e revigorante. Havia algo nas palavras do Filósofo que tocava uma verdade esquecida, uma sabedoria que ele talvez já tivesse experimentado em raros momentos de clareza.

— Mas como saber qual é essa potência? — perguntou, sua voz agora mais suave, quase vulnerável. — E se nunca a encontrarmos?

O Filósofo sorriu, um sorriso que parecia iluminar todo o seu ser. Seu olhar vagou pela vasta paisagem diante deles — os picos nevados ao longe, os vales profundos, o céu infinito que começava a se tingir com os primeiros tons do crepúsculo.

— Ela já está em você, Dante — respondeu, com uma certeza tranquila. — Você já a sentiu em momentos da sua vida. Talvez tenha sido ajudando alguém, talvez tenha sido criando algo, ou simplesmente sentindo um momento de total presença. — Sua voz baixou para quase um sussurro, como se compartilhasse um segredo ancestral. — O problema é que nos distraímos com o que a sociedade diz que devemos buscar — status, sucesso, acumulação — e esquecemos daquilo que realmente nos faz sentir vivos.

Dante ergueu os olhos para o cume distante, agora banhado por uma luz dourada que prenunciava o pôr do sol. A visão era magnífica, quase sobrenatural em sua beleza. Mas pela primeira vez desde o início da escalada, ele se perguntou se aquele ponto culminante era realmente o objetivo de toda a jornada.

— Então o topo da montanha não é o objetivo? — A pergunta escapou-lhe quase como uma revelação pessoal.

O Filósofo seguiu seu olhar para o cume distante, uma expressão serena suavizando as linhas de seu rosto ancestral.

— O topo da montanha é apenas uma metáfora, Dante — explicou, com gentileza. — Chegar lá será uma conquista, claro. Mas o que importa mesmo é como você subiu. — Soltou um suspiro sutil, carregado de compassiva sabedoria. — Se você passou pela jornada com medo, ansiedade e desejo desesperado de chegar ao cume, talvez perceba tarde demais que perdeu a parte mais importante da experiência.

Dante ergueu os olhos para o céu, agora uma tela impressionista de azuis profundos e dourados cintilantes, onde o sol começava sua descendência majestosa. Algo estava mudando dentro dele — não uma revolução súbita, mas uma compreensão gradual, como uma semente germinando no solo fértil da consciência.

— Então talvez... — começou ele, as palavras surgindo de um lugar mais profundo que o intelecto — o propósito da vida não seja um destino, mas sim um jeito de caminhar.

O Filósofo observou-o por um momento, um brilho de genuína aprovação iluminando seus olhos. Então, estendeu a mão e a pousou suavemente no ombro de Dante, um toque leve que, de alguma forma, transmitia tanto força quanto ternura.

— Exatamente, Dante — confirmou, um sorriso de satisfação iluminando seu rosto envelhecido pela sabedoria. — Caminhe com alegria, com intensidade, com presença. E ao invés de buscar algo para si, experimente dar. — Sua voz carregava agora uma convicção tranquila, como uma verdade que havia sido testada incontáveis vezes e nunca encontrada em falta. — Tolstói descobriu que o verdadeiro sentido estava no amor e na compaixão. Espinoza nos ensina que nossa felicidade está na nossa potência de existir. — Seus olhos, quando encontraram os de Dante, pareciam conter universos inteiros de compreensão. — E você, Dante? O que te faz sentir verdadeiramente vivo?

A pergunta pairou no ar; não exigindo resposta imediata, mas convidando a uma exploração interior que não poderia ser apressada. Dante não tentou formular palavras. Em vez disso, fechou os olhos por um momento, permitindo-se simplesmente sentir — a respiração entrando e saindo de seus pulmões, o vento frio que acariciava seu rosto, a solidez reconfortante da montanha sob seus pés.

E pela primeira vez desde que iniciara a escalada, não sentiu a impaciência, a urgência frenética de alcançar o topo. A ansiedade que o impulsionara cedeu lugar a uma clareza nova — uma compreensão de que talvez o ato de escalar, por si mesmo, contivesse toda a sabedoria que ele buscava.

Sem palavras, sem declarações grandiosas, Dante simplesmente reabriu os olhos. Um novo tipo de determinação habitava seu olhar — não mais a determinação frenética de quem corria para um objetivo distante, mas a serenidade centrada de quem descobriu que já estava exatamente onde precisava estar.

E assim, ele retomou o caminho, cada passo agora carregado com uma consciência diferente. O Filósofo observou-o por um breve momento, um sorriso de satisfação suavizando suas feições ancestrais, antes de seguir ao seu lado.

Juntos, continuaram a ascensão. Mas agora Dante caminhava não como alguém em fuga, nem como alguém desesperado por chegar, mas como quem finalmente compreendeu que o caminho, a jornada em si, era o verdadeiro tesouro que havia buscado por toda a vida.

O sol crepuscular banhava a face da montanha com tons dourados e carmesim, transformando a rocha áspera em um espetáculo de cores e sombras. E enquanto avançavam, algo sutil mas profundo havia mudado — não apenas no modo como Dante escalava a montanha, mas no modo como a montanha existia dentro dele.

Continuando a jornada da compreensão

A trilha se estreitava à medida que a altitude aumentava. Aqui, nesta região elevada da montanha, o ar era limpo, quase dolorosamente puro. Cada respiração era um ato de comunhão com a essência rarefeita deste lugar limítrofe entre a terra e o céu. Os passos de Dante e do Filósofo eram deliberadamente lentos, não apenas pela dificuldade do terreno, mas como uma reverência silenciosa ao momento presente que se desdobrava ao seu redor.

O silêncio entre eles não era vazio, mas pleno — um espaço sagrado onde as perguntas de Dante germinavam, cresciam e floresciam em sua consciência antes de tomarem forma em palavras. Sua mente, como a paisagem ao redor, havia se expandido, revelando horizontes interiores tão vastos quanto o panorama que se estendia em todas as direções.

As pedras sob seus pés murmuravam histórias antigas enquanto o vento, agora mais gentil, parecia sussurrar segredos cósmicos que estavam sempre presentes, aguardando apenas ouvidos atentos. Neste cenário majestoso, Dante sentia-se simultaneamente insignificante e ilimitado — uma partícula de poeira cósmica dotada, paradoxalmente, de uma consciência capaz de contemplar o infinito.

Foi neste estado de receptividade amplificada que Dante finalmente expressou a inquietação que pulsava em seu âmago:

— Mestre, se tudo o que construímos um dia se deteriora, se as identidades que criamos são apenas sombras, então o que resta? — Sua voz carregava a vulnerabilidade genuína de quem enfrentava os abismos da existência. — Como posso encontrar a mim mesmo se tudo o que sou pode ser uma ilusão?

O Filósofo continuou caminhando, seus passos fluidos sobre o terreno irregular, como se conhecesse intimamente cada pedra, cada saliência do caminho. Quando falou, sua voz emergiu em perfeita harmonia com o sussurro do vento:

— Dante, aquilo que você busca não está nas projeções que os outros veem, nem nas máscaras que você usa para ser aceito. — Seus olhos, quando encontraram os de Dante, refletiam a profundidade do céu acima. — O que resta é o que sempre esteve lá: você, em sua essência, além dos papéis que desempenha.

O Filósofo fez uma pausa breve, permitindo que suas palavras ecoassem no espaço sagrado entre eles. Então, continuou:

— Sartre afirmava que, para ele, de certa forma, não existe uma essência, mas você segue construindo a cada passo a sua própria. — Um sorriso sutil iluminou seu rosto envelhecido pela sabedoria. — Mas existe, sim, uma luz que brilha. E esta luz não se confunde com um espelho que reflete.

A metáfora ressoou profundamente em Dante. Ele contemplou uma pequena flor alpina que crescia desafiadoramente numa fenda entre rochas — frágil em aparência, mas dotada de uma tenacidade que desafiava as condições mais adversas. Algo naquela imagem parecia responder parcialmente à sua pergunta.

— Mas, se essa luz sempre esteve dentro de mim — questionou, sua voz mais suave agora —, por que é tão difícil enxergá-la? Por que me perco na busca por reconhecimento e segurança?

O Filósofo seguiu o olhar de Dante até a flor solitária antes de responder:

— Porque o ego é astuto, Dante. — Havia uma nota de compreensão compassiva em sua voz. — Ele se apoia no passado para justificar o medo do futuro, fazendo-o esquecer do agora. Ele faz você acreditar que a felicidade está fora, no aplauso dos outros, na conquista, no próximo degrau. — Seu olhar varreu o horizonte distante, onde outros picos aguardavam, sempre mais altos, sempre mais distantes. — Mas o ego nunca se satisfaz e, a cada meta alcançada, ele coloca outra diante de você. Assim, a busca nunca termina.

Uma águia solitária planou acima deles, sua silhueta recortada contra o azul profundo do céu. Dante a observou, admirando a liberdade aparente daquele ser que navegava correntes invisíveis com tamanha maestria.

— Então devemos abandonar toda e qualquer busca? — perguntou, um traço de ansiedade permeando sua voz. — Como podemos viver sem propósito?

O Filósofo interrompeu sua caminhada, voltando-se completamente para Dante. Havia uma intensidade em seu olhar que transcendia a mera comunicação verbal:

— Mais uma vez, Dante... — começou ele, com a paciência infinita de quem compreendia profundamente as armadilhas da mente humana. — O erro está em confundir o propósito com um destino. A jornada é o próprio propósito. — Seus olhos brilhavam com uma convicção tranquila. — Não se trata de construir um futuro, mas de viver cada momento com presença plena, trazendo o que se imagina do futuro para o presente. Os que despertam para isso não fazem planos como correntes que os amarram; eles permitem que o caminho se desdobre diante deles.

Dante absorveu essas palavras, sentindo-as ressoar em algum lugar profundo de seu ser. A ideia era simultaneamente libertadora e perturbadora — desafiava tudo o que havia aprendido sobre como viver, sobre como medir o sucesso e o significado.

— Mas como posso encontrar paz nesse constante movimento? — questionou, articulando o paradoxo que percebia. — Como abandonar o medo do futuro?

O Filósofo estendeu a mão, captando um floco de neve que começava a cair — o primeiro mensageiro de uma tempestade distante. Observou-o derreter lentamente em sua palma, um microcosmo do eterno ciclo de transformação.

— O futuro não existe, Dante — disse ele, sua voz quase um sussurro. — Há apenas o agora. O instante presente é a verdadeira abundância. — Seus olhos, ao encontrarem os de Dante, pareciam conter a sabedoria de eras. — Quando você se entrega ao agora, percebe que nada falta. Tudo está aqui. A plenitude não está na chegada, mas no caminho.

Dante contemplou aquelas palavras, sentindo-as reverberar contra suas próprias dúvidas e medos. Havia verdade ali, uma verdade que ele podia sentir intuitivamente, mesmo que seu intelecto ainda lutasse para compreendê-la completamente.

— E se eu falhar? — perguntou, dando voz a um medo ancestral. — E se, ao deixar de lado minhas metas, eu me perder?

O vento soprou mais forte por um momento, trazendo consigo o aroma inebriante dos pinheiros abaixo e a promessa da tempestade vindoura. O Filósofo permaneceu inabalável, seus olhos fixos em Dante com uma intensidade que era simultaneamente desafiadora e acolhedora.

— Você só pode se perder quando busca algo fora de si mesmo — respondeu, sua voz firme como a própria montanha. — A verdadeira direção é para dentro. O autoconhecimento é a chave que liberta. — Uma pausa carregada de significado. — Ele não apenas permite que você se encontre, mas que se ame. E, ao se amar, você estará pronto para amar o mundo sem esperar que ele o complete.

Algo se acendeu nos olhos de Dante — não uma compreensão intelectual, mas uma intuição mais profunda, um vislumbre fugaz da verdade que o Filósofo apontava. Era como se, por um instante, tivesse visto além do véu das aparências e tocado algo essencial.

— Então, não é o que fazemos ou conquistamos que define nossa existência — disse ele, mais como uma constatação do que uma pergunta —, mas a consciência com a qual vivemos cada momento?

Um sorriso de genuína aprovação iluminou o rosto do Filósofo, suavizando as linhas de experiência que marcavam sua face ancestral.

— Exatamente — confirmou, com a satisfação de um mestre que testemunha o despertar de um discípulo. — Quando você se abre para o inesperado, sem resistência, você vive o mistério.

E nesse mistério está a vida, está o agora, está... bem... algumas coisas você deverá descobrir no fim deste jogo.

Dante ergueu os olhos para o cume da montanha, ainda envolto em nuvens e distante. No início da jornada, aquela visão teria provocado impaciência, ansiedade, um desejo quase desesperado de chegar logo ao destino final. Mas agora algo havia mudado profundamente em sua percepção.

O cume continuava lá, majestoso e convidativo, porém já não era uma obsessão, um objetivo pelo qual sacrificar o presente. Era apenas mais um passo na jornada infinita da autodescoberta. Pela primeira vez desde que iniciara a subida, Dante não sentiu pressa. Um sorriso espontâneo nasceu em seus lábios — não o sorriso ansioso de quem antecipava uma conquista, mas o sorriso sereno de quem finalmente compreendia que já estava exatamente onde precisava estar.

A luz interior que o Filósofo mencionara parecia agora pulsar mais forte dentro dele, não como uma descoberta súbita, mas como um despertar gradual para o que sempre estivera presente. Era como se cada passo da escalada tivesse sido, na verdade, um passo de retorno à sua verdadeira natureza.

Os primeiros flocos de neve começaram a cair mais intensamente ao redor deles, criando um véu etéreo que transformava a paisagem áspera em algo quase onírico. Mas nem o frio, nem a perspectiva da tempestade perturbavam a nova serenidade que Dante havia encontrado.

Com uma clareza renovada, ele retomou a caminhada ao lado do Filósofo. A montanha ainda era imponente, o caminho ainda era árduo, porém agora cada passo era um fim em si mesmo — uma expressão de vida, não apenas um meio para chegar a algum lugar.

E assim mestre e discípulo continuaram sua ascensão, suas silhuetas gradualmente se dissolvendo na cortina prateada da neve que caía, como dois peregrinos não apenas escalando uma montanha, mas adentrando os territórios sagrados da consciência desperta.

O cume da montanha – a revelação silenciosa

O vento cortava o ar rarefeito, uivando entre as rochas escarpadas, enquanto Dante e o Filósofo ascendiam pela trilha estreita que serpenteava até o topo da montanha. O céu, antes carregado de nuvens e brumas, agora se abria em um azul profundo, revelando a imensidão do horizonte que parecia infinito em todas as direções. Cada passo exigia fôlego, força e determinação, mas a trilha não era apenas uma jornada física; era uma travessia interna, uma escalada pelas camadas mais ocultas da consciência de Dante.

As últimas horas de subida haviam sido as mais difíceis. O corpo protestava, os músculos ardiam, mas havia algo diferente em Dante agora — um silêncio interior que começava a se sobrepor ao ruído constante dos pensamentos. A quietude da montanha não era mais um vazio ameaçador, mas um espaço de clareza que se expandia a cada passo.

O Filósofo, sempre sereno, olhava para a frente com a segurança de quem já conhecia o caminho. Seu manto negro tremulava ao vento, e suas palavras vinham carregadas de peso e significado que pareciam ecoar das próprias pedras ao redor.

— Você sente o ar ficando mais rarefeito, não sente, Dante? — disse ele, sem desviar o olhar do horizonte iridescente.

Dante assentiu, tentando recuperar o fôlego enquanto se apoiava brevemente numa saliência rochosa.

— Sim... Cada passo parece mais difícil. Como se meu corpo estivesse sendo testado a cada instante.

O Filósofo sorriu levemente, linhas de sabedoria aprofundando-se ao redor de seus olhos ancestrais.

— Subir exige que você abandone pesos desnecessários. O que antes parecia fácil, aqui se torna um fardo. — Seu olhar penetrou Dante como se enxergasse cada recanto oculto de sua alma. — E isso não acontece apenas com seu corpo, mas também com sua mente. Nossa mente pode ser o nosso maior inimigo. Diga-me, Dante, o que ainda carrega que deveria ter deixado para trás?

Dante parou por um instante, seu olhar vagando pela vastidão da paisagem que se estendia abaixo deles. Lá embaixo, na planície distante, estavam todas as suas histórias, suas dores, suas buscas incessantes por respostas e validação. Cada cicatriz invisível, cada medo, cada padrão que o mantivera preso a versões obsoletas de si mesmo. Ele fechou os olhos por um momento, sentindo o peso invisível sobre seus ombros como nunca antes.

— Eu já aprendi muito na jornada até aqui, mas o medo do futuro... o arrependimento do passado... o medo da culpa. — Suas palavras saíam entrecortadas, não apenas pelo esforço da subida, mas pela vulnerabilidade da confissão. — A necessidade de estar sempre certo, de controlar tudo... E o medo de que, mesmo chegando ao topo, eu ainda me sinta vazio.

O Filósofo parou e virou-se para ele, seus olhos penetrantes como faróis na escuridão da dúvida de Dante.

— A culpa não existe. — Sua voz era firme como a própria montanha. — Ela aparece através de uma utilidade que você ou alguém traz do passado e coloca para lhe obrigar ou privar de algo. O que existe é apenas um fato e a responsabilidade com um limite em cima desse fato que você deve assumir.

Ele deu um passo em direção a Dante, a distância entre eles carregada com o peso da verdade.

— O topo da montanha não te dará o que você busca, Dante. Ele apenas revelará quem você é sem os pesos que carrega. — Seus olhos brilhavam com uma compaixão infinita. — A verdadeira conquista não está na chegada, mas no que você decide deixar para trás no caminho.

Dante respirou fundo, sentindo aquelas palavras ressoarem em cada célula de seu ser. Subir não era apenas um ato de superação, mas de entrega, de rendição às verdades essenciais que sempre estiveram ali, ocultas sob camadas de ilusões.

Eles continuaram escalando, cada passo agora imbuído de um novo significado. O terreno começou a mudar sutilmente. O solo tornou-se mais firme, as pedras mais lisas, polidas pelos elementos através de eras incontáveis. O ar, embora rarefeito, vibrava com uma energia diferente — uma presença quase palpável que envolvia tudo ao redor.

E então, de repente, não havia mais para onde subir. Eles haviam chegado ao cume.

Dante ficou momentaneamente sem palavras. Diante dele se abria um platô circular, como uma arena natural esculpida pelo tempo e pelos ventos eternos. E além... o vazio. O céu infinito. E abaixo, um mar de nuvens que ocultava o mundo das preocupações terrenas, como um oceano branco e etéreo.

Ali, acima das nuvens, pairando entre céu e terra, Dante sentiu uma transformação ocorrer dentro de si. O silêncio que o cercava não era apenas a ausência de sons — era uma presença viva, vibrante, que falava diretamente à sua alma em uma linguagem além das palavras.

— Quanta luta lá embaixo — sussurrava o silêncio. — Quanto barulho, quanta distração... Tudo é tão menos complexo na mente. Fique um pouco mais comigo aqui... com este silêncio, com o que eu posso lhe dar. Toda a minha abundância é este presente momento que sempre esteve dentro de você.

Dante girou lentamente, absorvendo a magnitude daquele panorama cósmico. As montanhas distantes, os vales ocultos sob o manto de nuvens, o azul infinito do céu — tudo parecia vibrar com uma consciência própria, observando-o, reconhecendo-o.

No centro do platô, um altar de pedra esculpida pelo tempo se erguia, simples e majestoso em sua antiguidade. Sobre ele, um objeto misterioso repousava: uma chave dourada, sem adornos elaborados, mas que brilhava com uma luz própria que não parecia vir do sol, mas de alguma fonte interior.

Dante se aproximou com passos hesitantes, sentindo um arrepio percorrer sua espinha — não de medo, mas de reconhecimento primal.

— O que essa chave abre? — perguntou, sem tirar os olhos do objeto que parecia pulsar em sintonia com seu próprio coração.

O Filósofo permaneceu alguns passos atrás, seu sorriso enigmático revelando e ocultando verdades simultaneamente.

— O próximo portão da sua jornada. — Sua voz misturava-se com o vento, quase indistinguível dos elementos. — Mas antes você precisa se perguntar: está pronto para abrir aquilo que ela revela?

A pergunta pairou no ar puro, carregada com o peso de incontáveis escolhas passadas e futuras. A chave representava um portal para o desconhecido, para algo que Dante ainda não compreendia completamente, mas que, de alguma forma, já existia dentro dele como uma promessa adormecida.

Naquele momento, Dante se lembrou de histórias antigas, conexões inesperadas que surgiam em sua mente. Lembrou-se de seu avô, um homem de noventa e dois anos, que antes de falecer ficara acamado em um hospital, e cuja vida havia sido construída sobre os alicerces da honestidade e da alegria genuína. Um homem que mesmo diante da fragilidade final sussurrava para que seus netos e bisnetos fossem felizes, como se essa fosse a verdadeira herança a deixar.

E ali, no topo da montanha, aquela memória se entrelaçava com o momento presente em uma tapeçaria de significado que transcendia o tempo linear. Como se seu avô e a montanha compartilhassem a mesma sabedoria essencial — a compreensão de que, no final, o que importava não eram as conquistas externas, mas a capacidade de estar presente, de amar, de encontrar plenitude na simplicidade.

Dante estendeu a mão e segurou a chave. No instante em que seus dedos tocaram o metal — que não era nem frio, nem quente, mas vibrava com uma energia indescritível — uma onda de claridade percorreu seu corpo, da ponta dos dedos até o centro de seu ser.

O céu escureceu por um instante, como se o universo inteiro contivesse a respiração, e ele ouviu uma voz, vinda de todos os lados e de lugar nenhum ao mesmo tempo:

— O que você busca, Dante?

Seu coração disparou. Ele reconhecia aquela voz. Era a mesma que ouvira no avião, antes da queda, antes de o jogo começar. Era familiar e estranha ao mesmo tempo, como um eco distante de algo que sempre fizera parte dele.

Mas, desta vez, Dante não buscou desesperadamente por uma resposta. Não tentou formular palavras eloquentes ou conclusões profundas. Pela primeira vez, ele simplesmente permitiu-se sentir a pergunta em sua totalidade, sem a urgência de respondê-la.

E nesse estado de receptividade pura, a chave em sua mão brilhou ainda mais intensamente, irradiando não apenas luz, mas compreensão. Era como se cada experiência da subida, cada conversa com o Filósofo, cada *insight* doloroso e libertador convergissem naquele único momento de clareza cristalina.

O Filósofo observou em silêncio, com um olhar que mesclava satisfação e uma espécie de reverência diante do que testemunhava.

— Agora, Dante — disse ele finalmente, sua voz quase um sussurro que, ainda assim, ecoava com autoridade —, você está pronto para atravessar o portal até a próxima e última fase.

O horizonte diante deles se ondulou, como se a própria realidade fosse um tecido sendo gentilmente manipulado por mãos invisíveis. Um portal luminoso começou a se formar no ar, pulsando com uma energia que não pertencia inteiramente a este mundo ou a qualquer outro — era a energia da transição, da transformação, do limiar entre o conhecido e o mistério.

Dante olhou uma última vez para o panorama majestoso ao redor, para o silêncio eloquente que havia se tornado seu mais profundo professor. Compreendeu que estava levando consigo não apenas a chave física em sua mão, mas uma chave interior muito mais poderosa: a capacidade de estar presente, de habitar plenamente cada momento, de reconhecer a abundância que sempre estivera ali, aguardando apenas que ele parasse de buscar fora o que sempre existira dentro.

Com esse entendimento gravado em sua alma, Dante deu um passo em direção ao portal, carregando consigo a mensagem silenciosa da montanha e o sussurro amoroso de seu avô — duas vozes da mesma sabedoria eterna, convidando-o a lembrar que, no final, as pessoas eram o que amavam, e o maior propósito era simplesmente estarem vivas, plenamente presentes no milagre de cada instante.

E o portal se abriu completamente, convidando-o para o próximo capítulo de sua jornada.

o espiritualista: o mistério da tríade

A chave dourada pulsava entre os dedos de Dante, vibrando com uma energia que parecia conectar-se diretamente com seu âmago. O portal à sua frente não era uma simples abertura no espaço; era uma fratura na própria realidade — um limiar entre mundos, dimensões e estados de consciência.

O último portal emanava uma luz impossível, nem branca nem dourada, mas de uma qualidade que transcendia o espectro visível, como se fosse a própria essência da luz antes de se fragmentar em cores. Dante sabia, com uma certeza que ultrapassava o intelecto, que, ao atravessá-lo, abandonaria os últimos vestígios do que considerava realidade concreta, adentrando um domínio onde a matéria e o espírito não mais se distinguiam.

Com um movimento deliberado, quase ritualístico, ele inseriu a chave na fechadura invisível. O metal ancestral encontrou seu encaixe perfeito no tecido do cosmos, e ao girá-la não houve som — apenas uma vibração profunda que ressoou não apenas no ar, mas em cada átomo de seu ser.

Uma rajada de vento silenciosa o envolveu — um paradoxo em movimento, pois embora sentisse sua força acariciando cada centímetro de sua pele, nenhum som acompanhava aquela tempestade etérea. Por um momento fugaz e eterno simultaneamente, tudo se dissolveu. O chão sob seus pés evaporou como orvalho ao nascer do sol, e Dante se viu suspenso em um vazio infinito.

Mas não era um vazio de ausência. Era um vazio pleno, saturado de potencialidades, como o silêncio antes da primeira nota de uma sinfonia cósmica. E, ao contrário do pânico que seria natural diante de tal experiência, ele sentiu uma estranha familiaridade se espalhar por seu ser — um reconhecimento primal, como quem retornava a um lar que jamais soube ter deixado.

Esta sensação... pensou, enquanto flutuava no indescritível. *Já estive aqui antes. Não neste lugar, mas neste estado.*

Era uma memória além da memória, um déjà-vu transcendental de algo que sempre habitara as profundezas de sua alma, aguardando pacientemente o momento do reconhecimento.

Enquanto sua consciência se ajustava àquela nova dimensão, o horizonte indistinto começou a se definir. No vasto oceano de possibilidades, três pontos luminosos emergiram gradualmente.

O primeiro surgiu como uma estrela distante, pulsando com um brilho rubi profundo. Depois, à sua direita, uma segunda luz apareceu: safira em sua essência, vibrando com uma frequência mais elevada. Por fim, entre elas, a terceira luz manifestou-se: um topázio dourado de claridade impossível.

Três luzes. Três cores. Três vibrações distintas, formando um padrão triangular perfeito no horizonte da realidade.

Dante sentiu um arrepio percorrer sua espinha etérea. O reconhecimento foi instantâneo e avassalador. Este padrão — esta tríade — não era novo para ele. Era uma constante que o perseguira ao longo de toda a sua jornada, talvez ao longo de toda sua vida.

No avião, momentos antes da queda que iniciara tudo, seu olhar havia sido inexplicavelmente atraído para três estrelas no céu noturno, formando uma configuração idêntica. No tabuleiro enigmático, três peças sempre determinavam o destino de cada jogada, cada movimento, cada revelação. E agora, refletindo sobre o caminho percorrido, percebia que seus guias — o Terapeuta, o Filósofo e agora o Espiritualista — formavam a mesma tríade, cada um conduzindo-o por um nível mais profundo de compreensão.

Sua mente, agora expandida para além dos limites convencionais do pensamento, começou a tecer conexões com uma velocidade vertiginosa. A tríade era um arquétipo universal, uma chave para os mistérios mais profundos da existência.

Em *A Divina Comédia*, seu homônimo Dante Alighieri havia estruturado sua jornada épica em três reinos: Inferno, Purgatório e Paraíso — descida, purificação e ascensão. Na tradição cristã, a Trindade dividia e unificava o divino em Pai, Filho e Espírito Santo. Na filosofia hermética, os alquimistas reduziam toda matéria a três princípios fundamentais: enxofre, mercúrio e sal — energia, consciência e forma. Até mesmo a estrutura básica do tempo se manifestava como uma tríade inescapável: passado, presente e futuro.

A tríade estava em toda parte, percebeu, porque era o próprio padrão da criação.

Enquanto essas compreensões floresciam em sua consciência expandida, o espaço ao seu redor começou a se cristalizar em formas reconhecíveis, mas transmutadas. Montanhas surgiram, não feitas de rocha, mas de luz condensada que permitia vislumbrar seu interior luminoso. Um céu se formou acima, não o azul terrestre, mas um azul primordial, a própria essência da qual todos os céus eram apenas pálidas cópias. E abaixo estendia-se um mar que não era composto de água, mas de consciência pura em movimento perpétuo, refletindo cada feixe de luz como um espelho vivo da alma do cosmos.

Tudo ali possuía uma qualidade hipersaturada, como se a realidade neste plano fosse destilada à sua essência mais pura, mais vibratória. Cada cor era mais vívida, cada sensação mais intensa, cada percepção mais abrangente. Era como se Dante estivesse experimentando o mundo não apenas através dos cinco sentidos, mas através de um sexto sentido que englobava e transcendia todos os outros.

No centro das três luzes que agora orbitavam lentamente, formando uma dança cósmica coreografada pela própria música das esferas, uma presença começou a se manifestar.

Não era uma aparição súbita, mas uma gradual densificação de luz e consciência, como se a própria realidade estivesse se dobrando para permitir que algo além dela mesma se tornasse perceptível aos sentidos expandidos de Dante.

Era o Espiritualista.

Aquele que o guiaria através do véu final.

o encontro com o espiritualista: a tríade como o caminho para a verdade

A presença que se materializava diante de Dante desafiava todas as definições convencionais de forma e identidade. O Espiritualista não possuía uma aparência fixa, um contorno definitivo que a mente pudesse catalogar e arquivar. Em um momento, manifestava-se como um ancião de olhos infinitamente profundos, onde galáxias inteiras pareciam nascer e morrer; em outro, dissolvia-se em pura luz prismática, como se sua verdadeira natureza transcendesse a necessidade de uma forma concreta.

O mais extraordinário, porém, era que esta transmutação constante não causava estranhamento. Pelo contrário, parecia a expressão mais natural de um ser que habitava a fronteira entre mundos, uma entidade cuja essência era precisamente a transformação eterna.

Quando o Espiritualista falou, sua voz não emanava de um ponto específico no espaço. Parecia surgir simultaneamente de toda parte e de lugar nenhum, ressoando dentro da própria consciência de Dante como se fosse um pensamento que sempre estivera ali, apenas aguardando o momento de se tornar consciente.

— Você chegou longe, Dante. — A voz era melodiosa, antiga como o próprio tempo e, ainda assim, nova como a primeira manhã da criação. — Cruzou os portais da mente, do corpo, e agora se encontra na fronteira da alma. Mas há algo que precisa compreender antes do seu último passo.

O Espiritualista ergueu o que parecia ser uma mão — embora fosse mais como um campo de energia assumindo temporariamente a forma de membros humanos — e as três esferas luminosas que pairavam acima deles começaram a se mover em uma órbita harmoniosa ao redor de Dante, como planetas em torno de um sol invisível.

— Você percebe o padrão? — perguntou o Espiritualista, seus olhos (quando possuía olhos) refletindo o movimento hipnótico das luzes. — Sempre três. Sempre uma tríade. Mas sabe por quê?

Dante sentiu a resposta vibrar nas profundezas de seu ser, mas as palavras para expressá-la ainda se encontravam além de seu alcance. Era como contemplar um vasto oceano e tentar descrevê-lo com um vocabulário limitado a gotas e ondas.

Percebendo sua hesitação, o Espiritualista continuou, sua voz agora assumindo uma cadência muita lenta:

— O número três não é uma coincidência — explicou, enquanto as luzes aceleravam seu movimento orbital. — Ele representa a totalidade, a harmonia entre opostos, a síntese final. Tudo no universo se manifesta em tríades, porque a tríade é o menor número que permite a criação. Um é unidade indivisível. Dois é polaridade, tensão, oposição. Mas três... — Sua forma tremulou por um instante, como se a própria menção daquele número evocasse uma ressonância profunda. — Três é o primeiro número que permite reconciliação, movimento, vida.

As luzes agora desenhavam padrões complexos ao redor de Dante, formando geometrias sagradas que pareciam conter códigos fundamentais da existência.

— Corpo, mente e espírito. Passado, presente e futuro. Tese, antítese e síntese. Legislativo, Executivo e Judiciário. Pai, mãe e filho. Sempre existirá a energia ativa, a energia passiva e a conciliação. Em cada plano da existência, a tríade se manifesta como um princípio ordenador. Até mesmo sua jornada seguiu esse princípio: o Terapeuta te mostrou a ilusão do ego e dos traumas passados; o Filósofo te guiou para a razão e a busca do sentido; e agora, eu, o Espiritualista, te preparo para a transcendência.

À medida que o Espiritualista falava, o ambiente ao redor respondia, vibrando em harmonia com suas palavras. As montanhas translúcidas pulsavam, o céu infinito aprofundava seus tons, e o mar de consciência abaixo refletia padrões cada vez mais complexos e significativos.

— Mas a tríade mais importante não está apenas no cosmos, Dante. — A voz do Espiritualista baixou para algo próximo a um sussurro cósmico, e sua forma momentaneamente se estabilizou em algo mais humano, mais acessível, como se reconhecesse a necessidade de Dante de um ponto de ancoragem neste mar de abstração. — Ela está dentro de você. Seu estado interior é moldado por três forças: fisiologia, linguagem e foco.

Dante franziu a testa, sentindo uma tensão entre o caráter aparentemente técnico daqueles termos e a reverência com que eram pronunciados. Havia algo quase científico naquela classificação; e, ainda assim, a maneira como o Espiritualista os enunciava sugeria que se tratava não apenas de conceitos psicológicos, mas de princípios sagrados, portas para um conhecimento transcendental.

— Seu corpo é um templo — continuou o Espiritualista, assumindo um tom solene que reverberava através das dimensões. — Ele não é apenas matéria, mas energia condensada, luz desacelerada até se tornar forma. A maneira como você se move, respira, a postura que assume, tudo isso influencia seu estado espiritual mais profundamente do que imagina.

O Espiritualista fez um gesto abrangente, e diante deles manifestaram-se imagens etéreas de mestres ancestrais: yogis em posturas impossíveis; monges Zen em meditação; ascetas em contemplação profunda.

— Por isso, grandes mestres sempre uniram o corpo e a alma através de posturas, como na yoga, ou da disciplina física, como os monges ascetas. — As imagens se dissolveram em partículas de luz que retornaram às três esferas luminosas. — Eles compreenderam que o corpo não é uma prisão para a alma, como alguns acreditaram, mas um veículo, um instrumento de transformação.

Dante assentiu lentamente, recordando-se das sutis, mas poderosas mudanças que sentira em momentos críticos de sua vida, quando o simples ato de erguer os ombros, respirar profundamente ou alterar sua postura havia provocado transformações quase instantâneas em seu estado mental e emocional. Eram momentos em que a fisiologia e a consciência pareciam dançar juntas, influenciando-se mutuamente em um ciclo contínuo de causa e efeito.

— Mas o corpo não existe isolado — continuou o Espiritualista, enquanto sua forma oscilava entre solidez e luz. — Ele é moldado pela linguagem, pelo poder criativo da palavra. As palavras que você usa, os pensamentos que alimenta, as histórias que conta a si mesmo... tudo isso constrói sua realidade mais concretamente do que qualquer tijolo ou pedra jamais poderia.

Imagens dos diálogos internos de Dante surgiram ao seu redor — não como meras lembranças, mas como manifestações energéticas de padrões de pensamento que haviam, literalmente, esculpido seu ser ao longo dos anos. Ele viu as narrativas limitantes que repetira para si mesmo, os medos que haviam se tornado prisões mentais, as histórias de inadequação que aceitara como verdades absolutas.

— "No princípio era o Verbo" — citou o Espiritualista, sua voz ressoando com uma autoridade ancestral. — Esta não é apenas uma metáfora poética, Dante. É a descrição literal do processo de criação. O universo é verbo antes de ser substantivo. Ação antes de forma. E assim também é sua realidade pessoal.

Dante recordou-se de todas as vezes em que sua linguagem interna criara sofrimento onde não havia necessidade. De como os mesmos fatos podiam ser narrados de maneiras que libertavam ou aprisionavam, dependendo das palavras escolhidas.

— E, por fim — disse o Espiritualista, completando a tríade —, há o foco. Onde está sua atenção, Dante? — A pergunta pairou no ar como uma entidade viva. — No medo ou na verdade? No sofrimento ou na libertação? No que é bom, dignifica, ou no que é ruim, efêmero? O foco é a lente através da qual você enxerga o mundo, o filtro que determina quais aspectos da realidade infinita se tornam sua realidade pessoal. O foco é espada, o escudo contra as distrações.

O Espiritualista aproximou-se, e nesse movimento sua forma se estabilizou momentaneamente. Seus olhos — agora definidos e intensamente presentes — tornaram-se espelhos multidimensionais nos quais Dante viu não apenas seu reflexo, mas toda a sua jornada. Cada momento em que havia escolhido focar no problema em vez da solução, na dor em vez da cura, no medo em vez da possibilidade.

— Sua mente sempre buscará o problema — afirmou o Espiritualista, com uma compaixão infinita que parecia abranger toda a existência. — É assim que ela foi programada para proteger o organismo. Mas seu espírito busca a solução, o crescimento, a expansão. A tríade é a chave para reconciliar essas forças aparentemente opostas.

As três esferas luminosas começaram a se aproximar, movendo-se em espirais cada vez mais concêntricas.

— O corpo desperta, a linguagem molda, o foco direciona — enunciou o Espiritualista, cada palavra pulsando com o poder de um mantra universal. — Quando esses três elementos estão alinhados, o sofrimento se dissolve como névoa ao sol, e só resta a verdade de quem você realmente é.

Uma onda de clareza absoluta varreu a consciência de Dante. Não era um pensamento ou uma emoção, mas uma compreensão direta, não mediada, como se um véu tivesse sido retirado de seus olhos interiores. Por um instante fugaz — que paradoxalmente continha a eternidade —, ele vislumbrou o padrão completo, a tapeçaria cósmica onde cada fio de experiência, cada momento de sua vida se encaixava em um desenho de perfeição matemática.

— Então é isso... — murmurou, sua voz quase inaudível diante da vastidão da revelação. — O sofrimento nunca esteve nos fatos, mas na história que eu contava sobre eles. Na postura que assumia diante deles. No aspecto que escolhia focalizar.

O Espiritualista sorriu — um sorriso que parecia conter todas as alegrias e tristezas do universo em perfeito equilíbrio. Mas não confirmou nem negou a conclusão de Dante. Em vez disso, com um movimento fluido que parecia dobrar o próprio espaço, virou-se e começou a se afastar.

— Há mais para se ver, Dante — disse, sua voz agora vindo de todas as direções simultaneamente. — Você aprendeu sobre a tríade, mas saber não é o mesmo que viver. E viver não é o mesmo que transcender.

As três esferas luminosas agora formavam um caminho à frente, como lanternas cósmicas iluminando uma passagem que serpenteava entre dimensões. Era um caminho que não existia até ser percorrido, manifestando-se sob os pés de quem ousava dar o próximo passo.

Dante seguiu o Espiritualista sem hesitação. Não havia mais o peso da dúvida, apenas a leveza da confiança — não uma confiança cega, mas aquela que nasce da compreensão profunda de que tudo, absolutamente tudo, estava exatamente como deveria estar.

O caminho se desdobrava diante deles, sinuoso e sempre novo, atravessando paisagens impossíveis que pareciam existir na interseção entre sonho e realidade. Não era um lugar físico, nem mesmo um lugar metafísico. Era um estado de consciência, um espaço de aprendizado onde as lições finais seriam reveladas não através de palavras ou conceitos, mas de experiência direta.

— Agora — anunciou o Espiritualista, sua voz como o sussurro do vento entre mundos —, chegou a hora de testar o que aprendeu.

As três esferas luminosas à frente pulsaram em uníssono, como se respondessem a um chamado silencioso. O caminho agora levava a um limiar ainda mais sublime, uma fronteira além da qual aguardava os mistérios finais.

Dante sentiu seu coração se expandir com uma antecipação que transcendia o medo ou a expectativa. A jornada ainda não havia terminado. Na verdade, talvez o mais importante — o encontro definitivo, a revelação última — estivesse apenas começando a se desenhar no horizonte da consciência.

E enquanto avançava ao lado do Espiritualista, uma certeza cristalina se formou em seu íntimo: a tríade não era apenas um conceito a ser compreendido, mas um caminho a ser percorrido, um modo de ser que abriria as portas para o que sempre estivera presente, embora invisível aos olhos dos que ainda não aprenderam a verdadeiramente ver.

O lapidar da consciência

O portal se abriu diante de Dante como uma fenda na própria essência da realidade. Ao atravessá-lo, ele não experimentou a sensação de movimento físico, mas uma transmutação sutil de sua própria consciência, como se cada átomo de seu ser estivesse sendo gentilmente recalibrado para uma frequência mais elevada.

Assim que seus pés tocaram o novo ambiente, uma luz dourada e tênue o envolveu — não vinda de uma fonte específica, mas emanando de todos os lugares simultaneamente, como se o próprio espaço fosse luminescente. O cenário ao seu redor parecia indistinto, uma realidade fluida que oscilava entre a arquitetura sublime de um templo ancestral sem paredes e um vazio pulsante repleto de significados latentes. Não havia limite visível entre o chão e o horizonte; tudo se fundia em gradações sutis da mesma luz âmbar.

O silêncio que permeava o local era denso, quase tangível — não a ausência de som, mas uma presença vibratória que parecia conter todas as frequências possíveis em perfeito equilíbrio. Era como se a própria existência estivesse suspensa em um estado de expectativa, um momento entre expiração e inspiração, aguardando algo de importância cósmica.

Foi então que uma voz familiar ressoou — não apenas em seus ouvidos, mas através de todo o seu ser, como se cada célula de seu corpo fosse um receptor para aquela frequência específica:

— Estou aqui, Dante.

Ele se virou e viu o Espiritualista novamente, agora sentado em posição de lótus sobre um disco de luz mais concentrada. Sua forma ainda mantinha aquela qualidade mutável de antes, mas havia algo mais definido agora, como se tivesse encontrado um equilíbrio entre forma e não forma que lhe permitia comunicar-se mais diretamente. Seus olhos, quando encontraram os de Dante, irradiavam uma serenidade que parecia conter eras de sabedoria — o olhar de alguém que conhecia as perguntas fundamentais antes mesmo que fossem articuladas.

— Esta não é mais a primeira casa... nem a última — continuou o Espiritualista, sua voz ressoando em harmônicas perfeitas com a vibração do ambiente. — Agora você já atravessou portais, viu símbolos, experimentou muitas inquietações. Mas tudo isso foi apenas um prelúdio.

Ele estendeu as mãos num gesto abrangente, e o espaço ao redor pareceu responder, ondulando suavemente como água perturbada por uma pedra.

— Esta etapa não é uma passagem... é um lapidar. — As palavras carregavam o peso de uma verdade ancestral. — Você deve se preparar, Dante. Aqui, você será confrontado com o peso das escolhas e com a essência da existência.

O silêncio que se seguiu não era vazio, mas pleno; era um espaço consciente onde as palavras podiam germinar e florescer em compreensão. Dante sentiu o peso daquele momento, como se estivesse à beira de um abismo de possibilidades. Quando finalmente falou, sua voz soou pequena, quase frágil, diante da vastidão que o cercava:

— O que exatamente eu preciso entender agora?

O Espiritualista ergueu o olhar para uma luz mais intensa que pairava acima deles — uma emanação dourada, parecendo um sol de qualquer galáxia, que pulsava como um coração cósmico, enviando ondas rítmicas de claridade através do ambiente etéreo.

— Vamos começar pelo começo, então. — Seus olhos retornaram a Dante, penetrantes em sua compaixão. — Você acha que estava vivendo, ou apenas sobrevivendo? Responda com sinceridade.

A pergunta, aparentemente simples, atingiu Dante como uma pedra lançada nas águas profundas de sua alma, criando ondulações que perturbavam camadas de autoengano cuidadosamente construídas ao longo dos anos. Ele abriu a boca para responder automaticamente, mas algo o deteve — um reconhecimento da gravidade da pergunta e da necessidade de uma honestidade radical diante dela.

Foi assim que se iniciou um dos diálogos mais intensos e transformadores da jornada de Dante. O Espiritualista, com a precisão cirúrgica de um mestre que conhece exatamente onde as ilusões se alojam, começou a desmantelar as estruturas frágeis sobre as quais Dante havia construído sua compreensão da vida.

Ele falou sobre o perigo insidioso de confundir prazer com felicidade, sobre a armadilha neurológica da dopamina, que escravizava a mente moderna em ciclos de busca e insatisfação perpétuas. Confirmou, expandindo em dimensões mais profundas, o que o Terapeuta e o Filósofo já haviam começado a revelar: o impacto devastador do ego não reconhecido e da busca desesperada por validação externa.

— O ego não é o inimigo — explicou o Espiritualista, enquanto padrões luminosos dançavam no ar ao redor deles, ilustrando suas palavras. — É uma ferramenta. Uma interface necessária para a navegação no mundo da forma. O problema surge quando você se identifica exclusivamente com ele, quando confunde a ferramenta com o artesão.

Dante, por sua vez, não se entregava sem resistência. Parte dele ainda se agarrava aos velhos paradigmas, tentando racionalizar aquilo que já intuía ser verdadeiro, mas que ameaçava desestabilizar as fundações de sua identidade construída. Ele contra-argumentava, lançava dúvidas, questionava premissas — não por teimosia, mas como parte necessária do processo de integração da verdade.

E o Espiritualista acolhia cada resistência com a paciência infinita de quem compreendia a natureza do despertar. Cada resposta sua desmontava outra camada da ilusão, como um escultor meticuloso que removia golpe a golpe, tudo o que não pertencia à verdadeira forma oculta na pedra bruta da consciência.

— Veja — disse ele, após uma objeção particularmente veemente de Dante —, toda resistência é uma oportunidade. Quando algo dentro de você se contorce em desconforto diante de uma verdade, é precisamente ali que está o próximo portal a ser atravessado.

À medida que o diálogo se aprofundava, os conceitos que Dante havia encontrado em sua jornada começaram a se interconectar em uma tapeçaria de compreensão mais ampla. O Espiritualista trazia à tona, com clareza cristalina, a tríade que Dante já percebia em padrões recorrentes, agora explicitada como a relação dinâmica entre mente, corpo e espírito; a progressão evolutiva da consciência através da sobrevivência, existência e transcendência; a distinção fundamental entre prazer, felicidade e sentido.

— O mundo contemporâneo — observou o Espiritualista, enquanto uma esfera de luz dourada pairava entre suas mãos — quer que você confunda satisfação com realização. Quer que você acredite que a acumulação é o caminho para a plenitude, quando na verdade é no despojamento que a verdadeira abundância se revela.

Seus olhos, que ora pareciam conter constelações inteiras, fixaram-se em Dante com intensidade transcendental.

— A verdadeira questão é: o que te move além do desejo imediato? O que te mantém em pé quando o prazer se dissolve, quando a dopamina já não responde aos estímulos habituais, quando a novidade se torna rotina?

Dante sentia o impacto daquelas palavras reverberando através de seu ser. De alguma maneira ele já sabia disso tudo, mas aquela figura cósmica, ali, dizendo essas coisas, trazia a fé que ele não tinha. Era como se cada pergunta abrisse um abismo interno, revelando a precariedade do terreno sobre o qual havia construído sua compreensão da vida. Sua mente fervilhava com perguntas que sua personalidade cética ainda não conseguia reconciliar com respostas definitivas.

O Espiritualista pareceu perceber sua luta interna, pois sua expressão suavizou-se ainda mais, assumindo uma qualidade quase parental em sua compaixão.

— Você não precisa responder agora — disse ele gentilmente. — Mas precisa sentir. E, acima de tudo, precisa estar disposto a continuar, mesmo quando o caminho parecer impossível, mesmo quando cada passo exigir o abandono de mais uma certeza preciosa.

Um silêncio se estabeleceu entre eles — não um vazio desconfortável, mas um espaço fértil onde as sementes recém-plantadas poderiam começar seu processo de germinação na psique de Dante. Após o que pareceu uma eternidade comprimida em segundos, o Espiritualista cruzou as mãos à frente do corpo num gesto de finalização e fixou um olhar de seriedade solene em Dante.

— Você já entendeu a diferença entre ver e enxergar. — Sua voz assumiu uma cadência quase ritual. — Agora, precisa compreender o que significa verdadeiramente viver.

Dante ergueu o olhar, sentindo o peso daquelas palavras como um manto de responsabilidade sobre seus ombros. Cada frase do Espiritualista parecia abrir uma nova porta dentro de sua consciência, cada conceito desdobrando-se em camadas infinitas de significado.

— Viver... de verdade? — murmurou, mais para si mesmo do que como uma pergunta direta.

O Espiritualista levantou-se com um movimento fluido que parecia desafiar as leis da gravidade. Começou a circundar Dante em um movimento circular lento, como um planeta orbitando uma estrela, seus olhos nunca deixando de observá-lo com uma atenção que parecia penetrar além da forma física.

— Você tem sentido angústia, ansiedade extrema, uma inquietação que não nasce apenas da incerteza. — Cada palavra era pronunciada com precisa intenção. — É a sensação de que está se perdendo na ilusão dos sentidos. Você busca prazer, mas não entende a felicidade.

Dante franziu o cenho, sentindo uma resistência instintiva surgir diante daquela declaração que parecia diminuir algo que ele sempre considerara valioso.

— Como assim? — questionou, um leve tom defensivo colorindo sua voz. — O prazer não pode ser parte da felicidade? Por que não?

O Espiritualista balançou a cabeça lentamente — não em negação, mas em reconhecimento da complexidade da questão. Seus movimentos circulares ao redor de Dante continuavam, criando um padrão quase hipnótico.

— O prazer é tomar. A felicidade é dar. — Sua voz assumiu uma qualidade quase musical, como se estivesse recitando uma verdade universal. — O prazer pode ser adquirido por substâncias, por conquistas externas, mas ele é efêmero. A felicidade, por outro lado, não pode ser comprada, não pode ser adquirida com substâncias, porque não é uma moeda de troca.

Ele fez uma pausa, permitindo que aquelas palavras encontrassem seu lugar na consciência de Dante.

— O prazer isola, enquanto a felicidade se expande em comunidade. Você pode se tornar um adicto do prazer, mas nunca da felicidade.

Dante sentiu as palavras reverberarem dentro dele, despertando um incômodo revelador que se expandia em seu peito — não a dor da rejeição, mas o desconforto do reconhecimento de uma verdade há muito negada.

— Mas se o prazer é passageiro e a felicidade duradoura, mesmo que não seja contínua, por que todos correm atrás do primeiro e ignoram a segunda? — perguntou, genuinamente intrigado pela contradição que parecia definir o comportamento humano, inclusive o seu próprio.

O Espiritualista interrompeu sua órbita e suspirou — um som que parecia carregar o peso de incontáveis civilizações que haviam seguido o mesmo padrão autodestrutivo. Ergueu o braço e apontou para o alto, onde a luz dourada pulsava como uma estrela distante.

— Porque o sistema quer que você confunda os dois. — Sua voz agora carregava uma urgência que não estivera presente antes. — Não percebe? As sociedades modernas foram erguidas sobre a promessa do prazer. Elas te ensinam a buscar dopamina, não serotonina. Mas com dopamina sem serotonina, a depressão invariavelmente chega.

À medida que falava, imagens começaram a se formar no espaço ao redor: visões efêmeras de centros comerciais reluzentes, propagandas hipnóticas, redes sociais alimentando ciclos intermináveis de comparação e inadequação.

— Você corre atrás de um carro melhor, uma casa maior, uma roupa mais cara, um relacionamento fugaz, porque te disseram que isso te faria feliz. — O tom do Espiritualista era de uma compaixão infinita, não de julgamento. — Mas quanto mais prazer você busca, mais insatisfeito fica. É a natureza da dopamina — ela nunca diz "suficiente". Ela sempre pede mais, mais intenso, mais frequente. E aquela dose anterior não é mais o bastante.

Dante sentiu uma pontada aguda de reconhecimento. Memórias involuntárias surgiram em sua consciência — momentos em que acreditara fervorosamente que uma conquista material específica mudaria fundamentalmente sua vida... e como, inevitavelmente, logo após alcançá-la, sentia um vazio maior e mais profundo do que antes.

— E isso leva ao modo de sobrevivência? — perguntou, as peças começando a se encaixar em um padrão coerente em sua mente.

O Espiritualista assentiu, um brilho de aprovação em seus olhos diante da conexão que Dante havia estabelecido.

— Exatamente. Você tem vivido no modo sobrevivência. — Ele estendeu as mãos e o espaço entre elas se transformou numa representação etérea de um corpo humano, onde pontos de tensão se acumulavam em vermelho intenso. — Um estado de alerta constante. Mente acelerada. Corpo tenso. Preocupação. Medo. Isso afeta sua biologia.

A imagem entre suas mãos mostrava agora correntes químicas fluindo através do sistema nervoso, glândulas secretando hormônios, neurotransmissores disparando em padrões caóticos.

— Seu cérebro libera cortisol, adrenalina, coloca seus sistemas em exaustão. E assim você continua correndo... sem saber por quê. — A imagem se dissolveu, como areia levada pelo vento. — Sem perceber que está preso num labirinto que você mesmo ajudou a construir.

Dante fechou os olhos por um instante, absorvendo o impacto daquela revelação. Era como se pudesse sentir fisicamente as correntes invisíveis que o aprisionavam: os padrões de pensamento, os condicionamentos sociais, as expectativas internalizadas que haviam se tornado tão familiares que ele as confundia com sua própria natureza.

Quando reabriu os olhos, havia uma determinação renovada em seu olhar — não a arrogância de quem pensava que já sabia, mas a humildade receptiva de quem estava pronto para aprender.

— Mas... como sair desse ciclo? — perguntou, sua voz baixa, mas firme. — Como viver de verdade?

O semblante do Espiritualista se suavizou, assumindo uma expressão de compaixão infinita, como se pudesse ver simultaneamente tudo o que Dante havia sido, tudo o que era agora, e todas as potencialidades futuras que aguardavam sua realização.

— Primeiro, você precisa aprender a se tornar um criador. — Sua voz agora era gentil, quase íntima. — Não um acumulador.

Dante inclinou a cabeça ligeiramente, um gesto quase imperceptível de questionamento.

— Criador?

— O que você pode criar? — A pergunta pairava no ar como um desafio amoroso. — O que você pode oferecer ao mundo que não seja apenas para alimentar o seu próprio ego? A sociedade te ensina a ganhar a vida. Mas viver não deveria ser um problema, como é para você.

O Espiritualista fez um gesto amplo que abarcava o espaço ao redor, e pequenos pontos de luz começaram a surgir, como vaga-lumes em uma noite de verão.

— Até uma minhoca sabe viver sem precisar questionar. — Havia uma nota de humor gentil em sua voz. — Você, com toda a sua inteligência, tem se perdido tentando resolver algo que nunca foi um enigma.

Dante ainda exibia sinais visíveis de inquietude e confusão. Havia uma parte dele que resistia, que queria se agarrar às estruturas familiares de compreensão, mesmo reconhecendo sua inadequação.

— Você quer dizer que… — começou ele, hesitante, como quem tentava articular uma ideia que ainda estava tomando forma.

— Que você precisa mudar sua relação com a vida — o Espiritualista completou o pensamento, suas palavras fluindo como água clara. — Pare de viver como um consumidor de experiências e comece a vivê-las com significado.

Ele fez uma pausa, permitindo que suas próximas palavras carregassem todo o peso de sua importância.

— Quem vive em busca de prazer, quem tenta comprar felicidade, sempre termina escravo da própria insatisfação. — Sua voz era firme, mas compassiva. — Mas aquele que compreende seu propósito, que se doa ao mundo, encontra um sentido que jamais pode ser roubado.

Dante sentiu um nó formar-se em sua garganta. Era uma sensação estranha — parte angústia, parte reconhecimento, parte alívio. Por toda a sua vida, ele estivera buscando algo, correndo atrás de uma satisfação que parecia sempre se afastar a cada passo. E agora enfrentava a possibilidade de que talvez estivesse correndo na direção completamente errada.

Ele encarou o Espiritualista, seus olhos refletindo um misto de ansiedade e sincero desejo de compreender o que estava além do véu de sua percepção limitada.

— Então me ensine. — Sua voz era quase uma súplica. — Me mostre como sair do modo de sobrevivência. Como enxergar além do véu do prazer e encontrar a felicidade verdadeira.

O Espiritualista deu um passo à frente, diminuindo a distância entre eles. Com um gesto de infinita gentileza, colocou a mão sobre o ombro de Dante. O toque era simultaneamente leve como uma brisa e firme como uma âncora — um paradoxo que sintetizava a própria natureza da sabedoria que estava sendo transmitida.

— Isso, meu caro... — Seus olhos brilharam com uma luz que parecia vir de algum lugar além do tempo e do espaço. — Está dentro das próximas casas do jogo.

E com essas palavras, o ambiente ao redor começou a mudar, a luz dourada intensificando-se, o espaço curvando-se em novas configurações. Dante sentiu que se aproximava de um novo limiar, um novo portal de compreensão que aguardava sua coragem para ser atravessado.

A jornada continuava, mais profunda a cada passo, mais reveladora a cada portal. E em algum lugar adiante, além de mais véus e ilusões, aguardava a verdade última — não como um prêmio a ser conquistado, mas como uma realidade a ser reconhecida, uma presença que sempre estivera ali, paciente, enquanto ele aprendia a ver.

A arte da criação da realidade

O limiar se abriu diante de Dante como um véu de luz se desfazendo, revelando dimensões antes imperceptíveis aos seus sentidos limitados. Ao atravessá-lo, sua consciência experimentou uma sutil, mas profunda recalibração, como se todo o seu ser estivesse sendo sintonizado a uma frequência mais elevada.

O ambiente que o recebeu transcendia qualquer noção convencional de espaço. As estruturas — se é que podiam ser chamadas assim — eram translúcidas, como se esculpidas a partir de vidro líquido que fluía em padrões impossíveis, simultaneamente sólido e fluido. Através dessas paredes etéreas, um horizonte infinito se revelava, não limitado por distância ou perspectiva, mas expandindo-se em todas as direções como uma manifestação da própria possibilidade.

O céu acima não era meramente azul ou mesmo multicolorido; era uma sinfonia cromática em movimento perpétuo, com cores que não possuíam nomes na linguagem humana, tonalidades que pareciam existir tanto dentro quanto fora do espectro visível. Era como se a própria existência estivesse respirando através daquele caleidoscópio cósmico, pulsando em um estado mais puro, mais essencial do que qualquer manifestação material poderia conter.

Neste espaço irreal, o Espiritualista já o aguardava. Sua presença havia mudado sutilmente desde seu último encontro — não era mais apenas um guia ou um mestre, mas uma espécie de catalisador, um espelho vivo da própria potencialidade de Dante.

Seus olhos, quando encontraram os de Dante, não continham julgamento ou expectativa, apenas uma compreensão tão profunda que parecia abarcar toda a história da consciência.

Dante respirou fundo, sentindo o ar — se é que podia ser chamado assim — preenchê-lo não apenas fisicamente, mas em níveis que ultrapassavam o corpo material. Era como se cada molécula carregasse uma consciência própria, estabelecendo uma comunhão direta com sua essência mais profunda. Algo nele, talvez uma intuição recém-despertada, já antecipava que esta etapa da jornada representaria um divisor de águas em sua compreensão da realidade.

— Voltei — disse ele, sua voz soando ao mesmo tempo externa e interna naquele espaço peculiar. — Mas ainda não sei se entendi tudo o que deveria antes.

O semblante do Espiritualista assumiu uma qualidade contemplativa, como se estivesse observando não apenas Dante, mas todos os caminhos possíveis que se desdobravam a partir daquele momento singular. Sem uma palavra, ele começou a caminhar através do espaço fluido, um movimento elegante que parecia mais um deslizar através de dimensões do que um simples deslocamento físico.

Um gesto sutil de sua mão convidou Dante a segui-lo. Enquanto caminhavam, Dante notou que o chão sob seus pés — uma superfície que parecia feita de luz solidificada — respondia a cada passo com uma suave vibração, como se fosse um instrumento musical sendo tocado pela própria consciência. Cada pensamento que cruzava sua mente parecia criar ondulações naquele campo energético, tornando tangível o que antes era invisível.

— Por que você ainda olha para fora quando a resposta está dentro? — perguntou o Espiritualista, sua voz ecoando não apenas no ambiente, mas através das próprias camadas da consciência de Dante.

A pergunta pairou no ar como uma revelação aguardando reconhecimento. Dante hesitou, sentindo o peso daquelas palavras reverberarem através de anos de condicionamento, de crenças arraigadas sobre a natureza da realidade.

— Sempre me disseram que a realidade é algo externo, algo fixo — respondeu finalmente, sua voz carregando o peso de uma vida inteira de suposições não questionadas. — Mas algo neste jogo tem me dito que não é bem assim.

Uma expressão de reconhecimento iluminou o semblante do Espiritualista, como se Dante tivesse finalmente pronunciado uma senha há muito aguardada.

— Não é — confirmou ele, sua voz assumindo um tom de revelação compassiva. — Você não é um corpo físico. Você é uma consciência. Você é energia que vibra em determinada frequência. A realidade que você percebe é uma projeção dessa vibração. O seu corpo apenas ressoa com aquilo que você emana.

As palavras pareciam dançar no ar ao redor deles, cada sílaba manifestando-se como pequenos vórtices de luz que se expandiam.

— Então... a vida não acontece comigo? — perguntou, sua voz agora carregando uma nota de genuíno espanto. — Eu que a estou criando?

O Espiritualista interrompeu sua caminhada e virou-se completamente para Dante.

— Você a está criando a cada instante — respondeu, cada palavra pesada com a densidade da verdade absoluta. — Seus padrões de pensamento e comportamento emanam vibrações, criam a realidade. Mas você nunca aprendeu isso.

Um movimento fluido de sua mão desenhou padrões luminosos no ar entre eles, símbolos complexos que pareciam representar as estruturas fundamentais da consciência e da matéria.

— Quando criança, ensinaram-lhe o teorema de Pitágoras, mas não lhe ensinaram a ciência da sua própria existência. Seus pais não sabiam, os pais deles não sabiam. — Um olhar de compreensão compassiva cruzou seu semblante. — Por isso, vocês se tornaram reféns do sistema.

— O sistema educacional, o sistema religioso, o sistema de entretenimento... — articulou Dante conectando os pontos de uma conspiração não planejada, mas não menos eficaz por isso. — Todos apontam para fora, para a distração. Para que ninguém descubra que tem o poder de criar sua própria realidade?

O Espiritualista assentiu, um brilho de satisfação em seus olhos ao perceber a evolução de Dante através do jogo, o despertar gradual de uma compreensão mais profunda.

— Poucos, muito poucos, despertam para essa verdade. — A voz do espiritualista baixou para quase um sussurro, como se compartilhasse um segredo cósmico. — Aqueles que despertam, no entanto, não são mais prisioneiros do jogo. Eles saem do ciclo de sobrevivência e entram no fluxo da criação consciente.

— Dante, os casados pensam em se divorciar, enquanto os solteiros sonham em se casar. Os anônimos desejam a fama, enquanto os famosos só querem privacidade. Os jovens querem envelhecer, enquanto os mais velhos gostariam de voltar no tempo. Os pobres querem riqueza, e os ricos trocariam tudo pela paz que perderam ao buscá-la. Quem conquistou o que queria agora deseja algo novo. Porque o querer não está no ter, mas no perseguir. Assim que algo se torna seu, ele perde o brilho. Ninguém quer tudo. Querem apenas parar de sentir que escolheram errado. E, no fim, essa é a única escolha real. Não se trata de se conformar ou aceitar menos, mas de decidir o que vale a pena manter e o que se pode deixar para trás.

O ambiente ao redor deles pareceu responder àquelas palavras, intensificando sua luminosidade, como se o próprio tecido da realidade reconhecesse a verdade sendo pronunciada. Dante fechou os olhos por um momento, permitindo que aquela revelação permeasse não apenas sua mente, mas cada célula de seu ser. As palavras do Espiritualista não eram mera informação — eram um despertar, um reconhecimento de algo que sempre estivera ali, adormecido sob camadas de condicionamento.

— Mas como? — perguntou, abrindo os olhos, um brilho renovado de determinação em seu olhar. — Como faço para sair desse ciclo?

O Espiritualista não respondeu imediatamente com palavras. Em vez disso, ergueu ambas as mãos em direção ao céu caleidoscópico acima deles. O gesto não era meramente simbólico — de suas palmas estendidas, ondas sutis de energia emanavam em padrões concêntricos, como pedras lançadas em um lago cósmico.

Acima deles, o céu respondeu. As cores em perpétuo movimento começaram a dançar em novos padrões, espelhando com precisão perfeita cada variação na energia que emanava do Espiritualista. Era uma demonstração visceral, inegável, da relação direta entre consciência e manifestação.

— Tudo vibra — disse ele finalmente, suas mãos ainda erguidas, conduzindo aquela orquestra cósmica. — A matéria é apenas uma densificação da energia, um desacelerar do movimento até que a velocidade criou a ilusão de solidez.

Suas mãos desceram de forma lenta, e o céu gradualmente retornou a seu fluxo natural, embora parecesse ter retido algo da demonstração, como um eco visual no tecido do cosmos.

— O primeiro passo é entender: você faz parte da centelha divina. Você é a própria existência manifestada. — Sua voz agora tinha uma qualidade quase reverencial. — O universo, o campo quântico — chame como quiser — está em você e age através de você. Mas para criar você precisa assumir seu poder.

Aquelas palavras atingiram Dante despertando simultaneamente uma profunda reverência e uma inquietação transformadora.

Era como se uma porta estivesse sendo aberta dentro dele, revelando possibilidades que sempre estiveram lá, mas que permaneciam invisíveis devido a uma percepção limitada.

— E por que não fazemos isso naturalmente? — questionou, sentindo que a resposta seria uma chave para desvendar séculos de limitação autoimposta.

O Espiritualista o encarou com um olhar que parecia atravessar não apenas o momento presente, mas todo o *continuum* temporal da existência humana.

— Porque a busca pelo prazer imediato o aprisiona — respondeu, cada palavra carregando o peso de uma verdade universal. — O prazer é curto, efêmero, ele vicia. Mas a felicidade, essa, sim, é eterna.

Com um movimento fluido, ele desenhou no ar dois símbolos luminosos — um espiral descendente e outro ascendente — que pareciam representar padrões neurológicos fundamentais.

— O prazer é dopamina; a felicidade, serotonina. Toda a estrutura que governa esse jogo em que você vive é projetada para mantê-lo viciado no prazer, para que nunca alcance a verdadeira felicidade. — Um olhar de reconhecimento atravessou seu semblante. — Você já aprendeu isso neste jogo com nossos colegas que me antecederam, não é, Dante? Sim, porque algumas terapias e filosofias compartilham os mesmos conhecimentos de formas diferentes.

Dante assentiu, sentindo uma onda de reconhecimento percorrer seu ser. Imagens de suas próprias oscilações emocionais surgiram em sua mente: a euforia fugaz após uma conquista material; o rápido declínio da satisfação depois de alcançar algo longamente desejado; a busca incessante por novos estímulos, cada vez mais intensos; o cansaço crônico que parecia sugar sua vitalidade, mesmo enquanto perseguia o que acreditava ser fonte de energia.

— Então... estamos mesmo todos presos em um ciclo de dopamina? — perguntou, uma compreensão dolorosa, mas libertadora começando a se solidificar em sua consciência.

O Espiritualista se aproximou, diminuindo o espaço entre eles; não apenas fisicamente, mas em um nível de consciência.

— Sim — confirmou, sua voz agora mais suave, como quem compartilhava uma verdade que, embora dura, continha as sementes da libertação. — E quando você entende isso, começa a sair do modo sobrevivência e entra no modo criação.

Ele fez um gesto abrangente, e o ambiente ao redor se transformou sutilmente. De um lado, imagens etéreas se formaram, mostrando seres humanos em estados de tensão, medo, ansiedade — corpos contraídos, rostos marcados por linhas de preocupação, olhos que nunca repousavam.

— No primeiro, você age como um animal: cabeça agitada, tensão muscular, medo de não dar conta. — Sua mão se moveu para o outro lado, e novas imagens surgiram: pessoas em estados de fluxo criativo, corpos relaxados, expressões serenas, olhos brilhantes com uma luz interna de contentamento. — No segundo, você flui com a existência. Você não busca a felicidade fora, porque compreende que já a tem dentro.

Dante observava aquelas manifestações com uma consciência cada vez mais desperta. Algo em seu interior estava se expandindo, como se camadas de densidade estivessem sendo dissolvidas, permitindo que uma luz mais pura emanasse de seu núcleo. Era uma sensação simultaneamente desestabilizadora e libertadora, como quebrar as paredes de uma prisão que ele nem sabia que habitava.

— Mas... se é assim, por que existe tanto sofrimento? — perguntou, dando voz a uma questão fundamental que atravessava toda a história da humanidade.

— Porque a humanidade se afastou da sua essência, de sua criação. Vive no ruído, na comparação. — Um tom de compaixão infinita permeava suas palavras. — Quem veste melhor? Quem tem mais? Quem conquistou mais? Mas essa não é a pergunta certa. A pergunta certa é: o que posso criar? Porque criar é o ato mais divino que existe.

Aquelas palavras atravessaram Dante como uma corrente elétrica, despertando algo primordial em seu núcleo. Ele fechou os olhos mais uma vez, permitindo que a verdade que antes parecia abstrata e distante começasse a ganhar forma dentro de si — não como conceito, mas como experiência viva.

Quando reabriu os olhos, o mundo ao seu redor parecia diferente. Não em sua aparência externa, mas na forma como ele o percebia. Era como se uma nova dimensão de compreensão tivesse sido adicionada à sua percepção, permitindo-lhe ver não apenas a superfície das coisas, mas as correntes energéticas que as sustentavam, as conexões invisíveis que uniam tudo em uma teia indivisível de consciência.

— E se eu conseguir ver isso claramente... o que acontece? — perguntou, sua voz agora carregando uma nota de genuína reverência diante do mistério que estava sendo revelado.

O Espiritualista sorriu — não um sorriso comum, mas uma expressão que parecia iluminar todo o ambiente ao redor, como se a própria luz respondesse à verdade sendo pronunciada.

— Você zera o jogo — respondeu simplesmente. — E quando isso acontece, você se torna o criador da sua própria realidade.

O significado daquelas palavras se desdobrou na consciência de Dante como uma flor cósmica abrindo suas pétalas infinitas. Não era uma promessa de poder no sentido egoico, de controle sobre circunstâncias externas, mas algo muito mais profundo: um despertar para a verdadeira natureza da existência, para a coautoria consciente na dança contínua da criação.

Dante olhou ao seu redor com olhos renovados. Pela primeira vez, percebeu que as cores impossíveis do céu, a vibração sutil do ar, a própria textura translúcida da existência que o cercava não eram fenômenos separados dele — eram extensões de sua própria consciência, refletindo e respondendo à sua percepção expandida.

Era como se um véu tivesse sido levantado, revelando não um mundo completamente diferente, mas a mesma realidade vista através de uma lente de clareza que sempre estivera disponível, mas que permanecera inutilizada devido à percepção limitada.

O Espiritualista, percebendo a transformação sutil, mas profunda que ocorria em Dante, deu um passo para trás, criando um espaço simbólico que representava a autonomia crescente de seu pupilo.

— Está pronto para continuar? — perguntou, embora seu tom sugerisse que já conhecia a resposta.

Dante assentiu, um movimento simples, mas carregado de significado. Não era apenas uma concordância intelectual, mas um comprometimento do ser total — mente, corpo, espírito — com o próximo passo da jornada.

Porque, no fundo de sua consciência recém-desperta, ele sabia que esta revelação, por mais profunda que fosse, era apenas o portal de entrada para um conhecimento ainda mais vasto, uma compreensão que transcendia palavras e conceitos, adentrando o território sagrado da experiência direta.

E enquanto o ambiente ao redor começava a se transformar novamente, preparando-se para revelar o próximo nível da jornada, Dante sentiu uma gratidão profunda se expandir em seu ser. Não apenas pelo que estava aprendendo, mas pelo simples fato de estar vivo e consciente neste momento singular — este eterno agora onde toda criação ocorria.

A Casa das Sombras Interiores

O portal que se abriu diante de Dante desta vez não irradiava luz nem emanava cores luminosas. Era uma abertura obscura, quase relutante, como a entrada de uma caverna antiga que jamais havia sido explorada. Quando o atravessou, não sentiu a expansão de consciência das transições anteriores, mas uma contração, um movimento para dentro, como se estivesse sendo puxado para as profundezas de si mesmo.

Dante se viu em um ambiente completamente diferente dos anteriores. Era o interior de uma casa antiga, com paredes de madeira escurecida pelo tempo. O único ponto de luz era uma solitária vela que tremulava sobre uma mesa desgastada no centro do que parecia ser uma sala de estar. A chama vacilava inquieta, projetando sombras oscilantes que dançavam pelas paredes como entidades conscientes.

O silêncio era absoluto, denso, quase palpável, interrompido apenas pelo ocasional estalar da madeira que compunha a estrutura da casa, como se o próprio lugar respirasse lentamente.

— Onde estamos? — perguntou Dante, sua voz soando estranhamente abafada, como se o ambiente absorvesse suas palavras.

Não houve resposta imediata. Dante deu alguns passos hesitantes em direção à vela, a única fonte de orientação naquele espaço sombrio. Ao se aproximar, percebeu que o Espiritualista estava sentado à mesa, seu rosto parcialmente oculto nas sombras, com apenas um lado iluminado pela luz tremulante.

— Estamos em você, Dante — respondeu finalmente o Espiritualista, sua voz diferente, mais grave, mais íntima. — Esta é a Casa das Sombras Interiores. O lugar que todos nós carregamos, mas poucos ousam explorar.

Dante olhou ao redor com apreensão renovada. À medida que seus olhos se ajustavam à penumbra, começava a distinguir detalhes: corredores que se estendiam em várias direções, escadas que subiam para níveis superiores ou desciam para porões desconhecidos, portas fechadas alinhadas nas paredes. Era um labirinto interior, vasto e misterioso.

— Eu não compreendo — disse Dante, sentindo uma inquietação crescente. — Passamos por tantas revelações... sobre criação consciente, sobre sermos a própria centelha divina. E agora estamos aqui, neste lugar escuro?

O Espiritualista se levantou lentamente. Seu movimento fez a chama da vela oscilar com violência, projetando sombras gigantescas que pareceram ganhar vida própria por um instante.

— A verdadeira mestria espiritual não está apenas na luz, Dante, mas na integração da sombra — disse ele, sua voz ressoando com uma profundidade que parecia emergir das próprias paredes da casa. — Você não pode criar conscientemente enquanto partes de si permanecem ocultas nas sombras, operando sem seu conhecimento.

O Espiritualista fez um gesto amplo, abarcando toda a casa ao redor.

— Eu sou uma casa — proclamou, mas a voz não parecia mais apenas a dele; era como se a própria estrutura estivesse falando através dele. — Está escuro dentro de mim. Minha consciência é uma luz solitária. Uma vela ao vento.

A chama tremulou violentamente, quase se extinguindo, para depois se reacender com mais força.

— Ela vacila. Às vezes aqui, outras ali — continuou, movendo-se ao redor da mesa, a luz projetando seu perfil nas paredes. — E todo o resto está nas sombras. Todo o resto reside no inconsciente.

Dante sentiu um arrepio percorrer sua espinha. Era como se estivesse ouvindo uma verdade profunda, algo que sempre soube, mas nunca havia articulado ou enfrentado diretamente.

— Mas elas estão lá — continuou o Espiritualista, apontando para os corredores escuros, para as escadas que desapareciam na escuridão, para as portas fechadas. — As outras salas. Cubículos, corredores, escadarias, portas. O tempo todo.

Dante deu um passo em direção a um dos corredores, sentindo uma estranha mistura de medo e fascínio. Ao fazê-lo, ouviu sons distantes — sussurros, risos abafados, ocasionais lamentos — vindos das profundezas da casa.

— E tudo o que vive dentro de você — disse o Espiritualista, sua voz agora quase um sussurro. — Tudo o que perambula dentro de você. Está lá.

Ele se aproximou de Dante, seus olhos refletindo a luz da vela como poços profundos de conhecimento ancestral.

— Operando e vivendo. Dentro da casa que sou eu. Instinto, Eros, abusos, pensamentos proibidos, desejos proibidos, memórias que não queremos que encontrem a luz, que nós depusemos da luz.

Uma porta se abriu subitamente ao longe, apenas para se fechar com um estrondo violento. Dante deu um salto involuntário.

— Elas dançam à nossa volta na escuridão — continuou o Espiritualista, imperturbável —, nos atormentam e interferem. Elas assombram. Elas nos assustam. Elas nos adoecem. Elas nos deixam misteriosos.

Um silêncio profundo seguiu-se a essas palavras. Dante sentiu o peso daquela verdade se assentar sobre ele como um manto pesado. Era como se todas as revelações anteriores sobre sua natureza divina, sobre o poder de criar a realidade, tivessem apenas preparado o terreno para essa confrontação mais fundamental, mais desafiadora.

— Jung chamava isso de "sombra" — disse o Espiritualista, depois de um tempo que pareceu se estender indefinidamente. — Aquilo que reprimimos, que negamos, que escondemos até de nós mesmos. Mas reprimir não é eliminar, Dante.

O que negamos não desaparece; apenas se move para as sombras, onde continua a operar além do alcance da nossa consciência.

Dante sentou-se lentamente em uma cadeira ao lado da mesa, sentindo de repente o peso de uma exaustão antiga.

— Então, toda aquela conversa sobre sermos criadores da realidade... sobre estarmos no controle...

— Não foi mentira — interrompeu o Espiritualista. — Mas foi incompleta. Você não pode controlar o que não conhece. Não pode integrar o que nega. Sua criação será sempre sabotada pelas forças que operam nas sombras de sua própria casa interior.

Ele pegou a vela e a ergueu, iluminando brevemente mais do ambiente ao redor. Dante vislumbrou objetos cobertos por panos, quadros virados contra a parede, móveis antigos carregados de memórias esquecidas.

— Quem deseja luz absoluta cria apenas mais sombras — continuou o Espiritualista. — A questão não é eliminar a escuridão, mas aprender a navegar nela. Não é negar a sombra, mas integrá-la. Reconhecer que a casa inteira é você, não apenas a sala iluminada pela vela da consciência.

Dante olhou para os corredores escuros, para as escadas que levavam a andares desconhecidos, para as portas fechadas. Sentiu medo, sim, mas também uma curiosidade nascente, um chamado para explorar aqueles espaços internos.

— E como faço isso? — perguntou, sua voz pouco mais que um sussurro.

O Espiritualista sorriu, um sorriso que parecia iluminar seu rosto mais do que a própria vela.

— Primeiro, reconhecendo que a casa inteira é legítima — respondeu. — Não apenas as partes que você considera aceitáveis ou socialmente apropriadas. Seu instinto primal, sua sexualidade, sua raiva, seu ciúme, seu egoísmo, seus desejos mais obscuros; tudo isso é parte da casa que você é. Rumi dizia: "A casa de Deus tem muitos quartos. Se você não pode encontrar Deus no templo, encontre-o no estábulo".

Ele fez uma pausa, permitindo que suas palavras ressoassem.

— A sombra não é o inimigo, Dante. É o tesouro esquecido. É onde reside sua criatividade mais profunda, sua autenticidade mais genuína. Quando você nega partes de si mesmo, fragmenta seu poder. Quando você as integra, torna-se inteiro.

Dante sentiu algo se mover dentro dele — uma aceitação nascente, um início de compreensão.

— E agora? — perguntou, olhando para os corredores escuros.

O Espiritualista colocou a vela de volta sobre a mesa.

— Agora, vamos explorar — disse simplesmente. — Este é seu teste nesta casa: caminhar pelos corredores da sua própria sombra. Abrir portas que manteve fechadas por toda a vida. Confrontar o que se esconde nos porões e sótãos da sua psique.

Dante sentiu um calafrio, uma resistência instintiva. Parte dele queria fugir, voltar para a certeza confortável das casas anteriores, para a luz da realização espiritual.

Como se lesse seus pensamentos, o Espiritualista acrescentou:

— Muitos buscadores espirituais usam a luz como esconderijo, Dante. Falam de amor incondicional enquanto reprimem sua raiva. Proclamam a unidade cósmica enquanto negam sua solidão existencial. Pregam a paz enquanto fogem de seus conflitos internos. Isso não é iluminação; é *bypass* espiritual.

Ele estendeu a mão para Dante, oferecendo-a como um convite.

— O verdadeiro despertar não acontece apenas nas alturas luminosas da transcendência, mas também nas profundezas sombrias da imanência. Não apenas nas experiências de êxtase, mas no confronto honesto com nossos demônios interiores.

Dante hesitou por um momento, então aceitou a mão oferecida, sentindo uma força tranquila fluir daquele contato.

— Não estou prometendo que será fácil — disse o Espiritualista, enquanto caminhavam em direção ao corredor mais próximo. — Encontraremos medos ancestrais, dores reprimidas, desejos que você considerou inaceitáveis. Mas prometo que, do outro lado desse confronto, você encontrará uma integridade que nenhuma realização puramente espiritual poderia lhe dar.

Eles pararam diante da primeira porta. Era antiga, sua madeira escurecida pelo tempo, com uma maçaneta de bronze oxidada. Dante podia ouvir sons abafados vindos do outro lado — o que parecia ser uma criança chorando.

— Lembre-se — disse o Espiritualista, sua voz agora gentil, quase paternal —, o objetivo não é destruir o que encontrarmos, mas reconhecê-lo, honrá-lo, integrá-lo. Cada sombra que aceitamos se torna um aliado. Cada fragmento que recuperamos nos torna mais completos.

Dante respirou fundo, reunindo coragem.

— Estou pronto — disse, embora sua voz traísse a certeza.

O Espiritualista assentiu com aprovação.

— Então comecemos. A jornada através da Casa das Sombras é o verdadeiro caminho para casa.

E com isso, Dante girou a maçaneta e abriu a primeira de muitas portas, preparando-se para confrontar não apenas os aspectos mais elevados e luminosos de seu ser, mas também aqueles que havia relegado às sombras, compreendendo finalmente que a verdadeira mestria espiritual não estava em transcender sua humanidade, mas em abraçá-la por completo.

A porta se abriu, revelando uma cena de sua infância há muito esquecida. E Dante deu o primeiro passo para dentro da sombra, para dentro da completude, para dentro de si mesmo.

As profundezas do ser

A porta se abriu para uma escuridão que parecia respirar. Não era apenas ausência de luz, mas uma presença viva, pulsante. Dante sentiu o ar fugir de seus pulmões enquanto dava o primeiro passo para dentro daquele espaço desconhecido. O Espiritualista permaneceu silenciosamente ao seu lado, sua presença era como uma âncora na realidade enquanto a sala começava a tomar forma.

O ambiente se materializou lentamente, como um sonho ganhando nitidez. Paredes familiares surgiram da penumbra — o papel de parede desbotado com padrões geométricos, os quadros nas paredes, os móveis de madeira escura. Dante sentiu seu coração acelerar ao reconhecer o lugar.

— Minha casa... — murmurou, a voz trêmula. — Estamos na sala de estar da minha infância.

O Espiritualista apenas assentiu, seus olhos refletindo tanto compaixão quanto firmeza.

— As memórias mais profundas estão escritas não apenas na mente, Dante, mas no próprio corpo — disse ele suavemente. — Aqui não somos meros observadores. O que você experimentará será tão real quanto foi quando aconteceu.

Antes que Dante pudesse processar o significado daquelas palavras, o ambiente ganhou vida. Um ruído estridente cortou o silêncio — vidro estilhaçando. Vozes exaltadas. Passos pesados. O som de móveis sendo arrastados.

Uma onda de pavor, visceral e primordial, invadiu Dante. Não era apenas recordação, mas revivência. Seu corpo de adulto lembrava o que sua mente infantil havia tentado esquecer.

Três homens encapuzados entraram na sala, arrastando sua mãe pelo braço. Seu pai foi empurrado logo atrás, um filete de sangue escorrendo de sua têmpora. A criança de cinco anos, o jovem Dante, foi trazida por último, olhos arregalados em terror mudo.

— Ninguém se mexe, ninguém se machuca — disse o homem que parecia liderar, a voz gélida por trás da máscara negra.

Dante adulto observava a cena desenrolar-se, sentindo cada emoção como se fossem ferros em brasa na pele. O medo sufocante. A impotência absoluta. A fragilidade da vida exposta em sua crueza mais aterrorizante.

A família foi amarrada com brutalidade. A casa, revirada. Os objetos de valor, recolhidos. Mas além do roubo material, algo mais precioso estava sendo roubado — a sensação de segurança, a ilusão de controle sobre a própria existência. Dante revivia agora seu pai sendo espancado, sua mãe jogada contra a parede. Felizmente, a cena revivida da escuridão do inconsciente terminava com os assaltantes indo embora com os bens materiais, deixando a família ali amarrada, com a ajuda de vizinhos chegando tardiamente, mas enfim chegando.

— Eu me lembro agora... Por que estamos revivendo isso? — perguntou Dante ao Espiritualista, enquanto observava sua versão criança tremer, pálida e silenciosa, no canto da sala.

— Porque aqui se formou uma das primeiras prisões da sua alma — respondeu o Espiritualista. — Neste momento, uma crença fundamental se instalou em seu ser: a de que o mundo é fundamentalmente inseguro, que o perigo pode irromper a qualquer instante, mesmo nos espaços que consideramos sagrados.

Dante observou a cena com nova compreensão. Via agora não apenas o trauma externo, mas as estruturas internas que começavam a se formar — as defesas, as muralhas invisíveis, o constante estado de alerta que o acompanharia pela vida.

— Você aprendeu neste dia que precisava estar sempre vigilante — continuou o Espiritualista. — Que confiar era perigoso.

Que entregar-se completamente era impensável. Esta experiência moldou sua relação com o mundo, com os outros e consigo mesmo.

As imagens começaram a se dissolver, como um reflexo na água perturbada por uma pedra. A sala, os invasores, a família aterrorizada — tudo se fragmentou em partículas de luz que rodopiavam como uma galáxia em miniatura.

— Mas essa não é nossa parada final — disse o Espiritualista, sua voz agora reverberando de modo estranho, como se falasse de dentro de um túnel. — Para compreender plenamente, precisamos ir mais fundo, até o momento em que tudo começou.

O vórtice de luz se intensificou, envolvendo-os completamente. Dante sentiu seu corpo perder peso, como se estivesse sendo desmaterializado. A sensação não era de movimento através do espaço, mas de deslocamento através das camadas do tempo e da consciência.

Quando o turbilhão cessou, estavam em um ambiente completamente diferente. Luzes frias e clínicas. Paredes brancas amareladas. Sons metálicos e vozes tensas.

Uma sala de parto.

O Espiritualista guiou Dante até o centro da cena, onde uma jovem mulher — sua mãe, décadas mais jovem — lutava em trabalho de parto. Seu rosto estava contorcido em dor e esforço. Médicos e enfermeiras moviam-se com urgência crescente. Algo estava errado.

— Frequência cardíaca fetal em queda! — anunciou uma voz alarmada.

— O cordão está em volta do pescoço! — respondeu outra, mais grave.

Dante observava em estado de choque. Estava testemunhando seu próprio nascimento — e quase morte. Via agora o corpo diminuto e azulado que os médicos tentavam extrair, o cordão umbilical enrolado firmemente ao redor de seu pescoço como uma corda invisível.

Uma sensação de asfixia tomou conta dele. Não era apenas empática; seu corpo adulto revivia a sensação de sufocar, de lutar por oxigênio que não vinha, de sentir a vida se esvair.

— Você enfrentou a morte antes mesmo de experimentar plenamente a vida — disse o Espiritualista, sua voz atravessando a névoa de pânico que começava a envolver Dante. — Este momento gravou em sua alma a primeira e mais profunda de todas as feridas: o medo da aniquilação.

Os médicos trabalhavam freneticamente. O cordão foi retirado. Pequenas mãos bateram no corpo inerte do recém-nascido. Um choro fraco finalmente cortou o ar, como um fio tênue conectando a consciência ao mundo material.

Dante caiu de joelhos. Lágrimas escorriam por seu rosto enquanto ondas de compreensão o inundavam.

— Toda a minha vida... — articulou com dificuldade. — Tenho lutado contra este medo. De ser sufocado. Limitado. Destruído.

O Espiritualista se ajoelhou ao seu lado, colocando uma mão em seu ombro. Quando falou, sua voz havia mudado — era mais profunda, mais antiga, como se outras vozes se unissem à sua em harmônicos complexos.

— Sua luta contra o cordão não foi apenas um acidente fisiológico — continuou o Espiritualista. — Foi seu primeiro teste. A primeira vez que sua alma enfrentou o medo fundamental e escolheu a vida, apesar do terror, apesar da dor.

Dante sentiu-se suspenso entre realidades. Percebeu simultaneamente seu corpo físico ajoelhado no chão, sua forma infantil lutando para respirar pela primeira vez, e sua essência atemporal observando tudo isso de uma perspectiva que transcendia o espaço-tempo convencional.

— Em muitas tradições místicas, desde os xamãs siberianos até os iniciados eleusinos, a jornada através da morte simbólica é um requisito para o verdadeiro despertar — disse o Espiritualista. — O que você experimentou ao nascer foi sua primeira morte iniciática.

As imagens começaram a acelerar, criando um caleidoscópio de experiências. Dante viu-se como bebê, criança, adolescente, adulto — sempre carregando o eco daquele primeiro medo, sempre recriando padrões de sufocamento e libertação.

— O assalto que testemunhamos não foi coincidência — explicou o Espiritualista. — Sua alma atraiu essa experiência como um eco, uma ressonância daquele primeiro trauma. Mais uma vez, você se viu incapaz de respirar livremente, amarrado por forças que pareciam maiores que você.

O caleidoscópio de imagens desacelerou, finalmente se estabilizando em um padrão coerente. Era como um holograma multidimensional que mostrava conexões invisíveis entre diferentes eventos de sua vida — cada relacionamento fracassado, cada trabalho opressivo, cada época de ansiedade inexplicável —, todos ligados por um fio invisível àquele primeiro momento de quase morte.

— O que você está vendo é o padrão quântico de sua existência — disse o Espiritualista. — Chamamos isso de ordem implicada, o nível mais profundo da realidade onde tudo está interconectado, onde cada parte contém informações sobre o todo.

Dante observava fascinado. Pela primeira vez, via sua vida não como uma série de eventos aleatórios ou causais, mas como um campo unificado de significado, um tecido intrincado onde cada fio influenciava todos os outros.

— E como... como eu me liberto deste padrão? — perguntou, sua voz mais firme agora, emergindo do choque inicial para uma curiosidade profunda.

O Espiritualista sorriu — um sorriso que parecia conter galáxias inteiras.

— Libertação não vem pela negação do medo, mas pela sua incorporação consciente — respondeu. — Pacientes que reexperimentavam conscientemente seus traumas de nascimento muitas vezes atingiam estados de êxtase espiritual e profunda integração psíquica.

O ambiente ao redor deles começou a mudar novamente. As paredes se dissolveram, dando lugar a um espaço que se assemelhava a um útero cósmico — protetor, nutriz, infinito.

— Você precisa completar o ciclo — disse o Espiritualista. — Não resistindo ao medo de ser sufocado, mas rendendo-se completamente a ele. Não lutando contra o cordão, mas compreendendo que você é maior que ele.

Dante fechou os olhos, permitindo-se sentir plenamente o terror primordial que havia carregado por toda a vida. A sensação de asfixia voltou com força total — a garganta apertada, o peito comprimido, a desesperada necessidade de ar.

Mas desta vez, em vez de lutar, ele se rendeu. Entregou-se completamente à experiência. E no auge do pânico, quando parecia que seria completamente consumido pelo terror, algo inesperado aconteceu.

O medo se transformou. A fronteira entre asfixia e êxtase se dissolveu. Uma serenidade indescritível preencheu cada célula de seu ser. Era como se, ao aceitar completamente a possibilidade da morte, ele tivesse transcendido seu poder.

— O que você está experimentando — explicou o Espiritualista, sua voz agora soando simultaneamente dentro e fora de Dante — é a aniquilação do ego que precede a união divina. É a clara luz da mente primordial. É a noite escura da alma.

Dante flutuava em um oceano de consciência pura. Não havia mais separação entre observador e observado, entre passado e presente, entre vida e morte. Havia apenas presença absoluta.

— Você está completando seu nascimento — continuou o Espiritualista. — Não apenas o físico, mas o espiritual. Está nascendo para sua natureza mais profunda e verdadeira.

Lentamente, a experiência começou a se estabilizar. Dante sentiu-se retornando aos poucos a um estado mais familiar de consciência, embora irreversivelmente transformado. Quando abriu os olhos, estavam de volta à casa — a Casa das Sombras Interiores —, mas agora a vela solitária ardia com uma chama mais forte, mais estável, iluminando mais do ambiente ao redor.

— O que aconteceu? — perguntou, sua voz soando diferente mesmo aos próprios ouvidos, como se falasse de um lugar mais profundo de seu ser.

O Espiritualista o observava com um olhar de reconhecimento, como se estivesse vendo Dante verdadeiramente pela primeira vez.

— Você integrou uma de suas sombras mais profundas — respondeu. — Ao enfrentar conscientemente o terror primordial do seu nascimento traumático, liberou a energia vital que estava presa nessa memória. Você transformou morte em vida, medo em poder.

Dante se ergueu, sentindo uma nova força fluir por seu corpo. Era como se cada célula vibrasse em uma frequência mais elevada, mais harmônica.

— Sinto-me... completo — disse, surpreso com a simplicidade e a profundidade da sensação.

— Este é apenas o começo — disse o Espiritualista, um brilho de emoção contida em seus olhos eternos. — Há outras portas a serem abertas, outras sombras a serem integradas. Mas você atravessou o mais fundamental dos limiares.

Ele gesticulou para os corredores que se estendiam além da sala, ainda parcialmente na escuridão, mas agora não tão ameaçadores quanto antes.

— A verdadeira jornada espiritual não é apenas elevação, mas também descenso — disse. — Não apenas transcendência, mas também imanência. Não apenas luz, mas a integração da luz e da sombra em uma totalidade sagrada.

Dante olhou para as portas ainda fechadas, sentindo não mais medo, mas uma curiosidade reverente. O que mais descobriria sobre si mesmo? Que outros aspectos de seu ser aguardavam reconhecimento e integração?

— Estou pronto para continuar — disse, com uma determinação tranquila que não vinha do ego, mas de um lugar muito mais profundo e verdadeiro.

O Espiritualista assentiu, seus olhos refletindo algo que parecia próximo a um orgulho paternal.

— Então sigamos — disse simplesmente. — Pois o caminho para baixo é o caminho para cima.

E juntos, caminharam em direção à próxima porta, à próxima sombra, à próxima revelação — não mais como mestre e discípulo, mas como companheiros de uma jornada através das profundezas e alturas do ser humano em sua caminhada para tornar-se completo.

A próxima porta aguardava, emanando uma energia diferente — não mais de terror primordial, mas de uma dor mais sutil, mais complexa. Uma dor que, uma vez abraçada, revelaria outro aspecto crucial da totalidade que Dante estava se tornando.

Com cada passo que dava em direção àquela porta, Dante sentia a casa inteira vibrar em resposta, como se todas as partes de seu ser — conscientes e inconscientes — finalmente começassem a reconhecer umas às outras, a se comunicar, a se reconciliar após uma longa e dolorosa separação.

E assim a jornada através da Casa das Sombras Interiores continuava, cada porta revelando não apenas dor e escuridão, mas também alguns tesouros ocultos que apenas as provações mais profundas poderiam revelar.

Dante, então, saiu de uma última porta e se viu agora diante de um portal mais dourado, maior do que todos os outros.

a casa da verdade essencial

O portal se abriu diante de Dante como uma fratura na própria trama da realidade. Não era feito de luz ou sombra, mas de uma substância que parecia ser pura consciência cristalizada. Ao atravessá-lo, sentiu-se momentaneamente dissolvido, como se cada partícula de seu ser fosse separada, examinada e reintegrada em uma configuração levemente alterada.

O ambiente que surgiu era de uma simplicidade austera que beirava o sublime. Era uma sala circular, aparentemente sem teto, aberta para um céu que não poderia existir em qualquer realidade física conhecida — constelações impossíveis giravam em padrões matemáticos perfeitos, galáxias nasciam e morriam em questão de segundos e, ocasionalmente, o que parecia ser a face do próprio universo olhava para baixo, apenas para se dissolver novamente no tecido do cosmos.

No centro da sala havia apenas duas cadeiras de pedra clara, posicionadas frente a frente. Entre elas, flutuando a poucos centímetros do chão, uma esfera de água perfeita, do tamanho de uma maçã, mantinha-se suspensa por forças invisíveis.

O Espiritualista já o aguardava, sentado em uma das cadeiras. Sua forma havia mudado sutilmente; parecia agora menos substancial, mais etérea, como se estivesse gradualmente deixando para trás as últimas amarras da manifestação física.

— Bem-vindo à Casa da Verdade Essencial — disse ele, sua voz reverberando como se falasse simultaneamente de todos os lugares. — Aqui, as máscaras finais caem. Aqui, os últimos véus se dissolvem.

Dante tomou assento na cadeira oposta, sentindo-se estranhamente calmo, apesar da magnitude transcendental do ambiente. As experiências nas casas anteriores haviam transformado algo fundamental em sua percepção.

— Sinto que estamos chegando ao fim da jornada — disse Dante, observando a esfera de água que girava lentamente entre eles, refletindo as constelações acima.

O Espiritualista inclinou levemente a cabeça.

— Ao fim de uma jornada. Ao começo de outra — respondeu. — Você já atravessou o limiar do trauma original, confrontou as sombras mais profundas. Agora, precisamos preparar você para o encontro definitivo.

Dante sentiu um calafrio percorrer sua espinha.

— Que encontro?

— Aquele que todos enfrentaremos, mais cedo ou mais tarde — disse o Espiritualista, seus olhos refletindo constelações inteiras. — O encontro com a Presença Final. Com o Grande Além. Com Aquele que alguns chamam por vários nomes, mas que transcende todos os nomes e definições.

A esfera de água entre eles tremeu levemente, como se também respondesse à magnitude daquelas palavras.

— Antes desse encontro, precisamos liberar você dos últimos grilhões que prendem sua percepção — continuou o Espiritualista. — As ilusões finais que fazem parte do condicionamento humano.

Ele estendeu a mão sobre a esfera de água, que começou a emitir uma luz suave de seu interior.

— Observe.

A esfera expandiu-se, tornando-se uma janela dimensional. Dentro dela, Dante viu pessoas presas em ciclos infinitos de indecisão — angustiadas sobre qual caminho tomar, paralisadas pelo medo de escolher errado, atormentadas pelo arrependimento de decisões passadas.

— A primeira grande ilusão é que existe uma decisão "certa" a ser tomada — disse o Espiritualista. — Veja como eles sofrem, procurando garantias que nunca virão.

Dante observou, fascinado e perturbado simultaneamente. Via rostos anônimos contorcidos pela angústia da escolha, pessoas perdendo anos preciosos de vida tentando decidir o caminho "perfeito".

— A verdade não é fazer a decisão certa — continuou o Espiritualista. — É fazer a decisão direita. Compreende a diferença?

Dante refletiu, sentindo a profundidade daquele aparente jogo de palavras.

— Fazer a decisão direita... significa transformar qualquer escolha na escolha correta através da forma como a vivemos?

Um brilho de aprovação iluminou os olhos do Espiritualista.

— Exatamente. Não desperdice sua energia em estresse tentando prever o imprevisto. Escolha e faça dessa escolha a certa. Case-se ou não, aceite o emprego ou não; a decisão em si raramente é o fator determinante para uma vida plena.

A esfera de água girou, revelando novas cenas — pessoas que haviam escolhido caminhos drasticamente diferentes, mas que encontravam tanto felicidade quanto desafios em cada um deles.

— Você só pode viver uma vida — disse o Espiritualista, com gentil firmeza. — Se houvesse alguma forma mágica de viver uma vida com três filhos, outra com um filho e outra sem filhos, talvez pudéssemos fazer uma comparação. Mas essa opção não existe. É por isso que o arrependimento é tão sem sentido. Porque a escolha que você não tomou, você presume que teria sido melhor.

Dante sentiu algo pesado se dissolver em seu peito — anos de dúvidas sobre decisões passadas, de angústias sobre caminhos não tomados, começaram a perder seu poder sobre ele.

— E se nada disso importar? — murmurou, quase para si mesmo. — Então a vida realmente se torna mais fácil...

— Precisamente — concordou o Espiritualista. — Quando você compreende que o valor não está na escolha em si, mas no significado que você dá à sua experiência, uma liberdade profunda emerge.

A esfera girou novamente, mostrando agora uma cena familiar: uma poça d'água em um piso, e pessoas passando por ela.

— A próxima ilusão a ser dissolvida é a da superficialidade — disse o Espiritualista. — Observe como a humanidade se divide diante deste simples desafio.

Dante viu três tipos de pessoas interagindo com a poça d'água. O primeiro grupo passava sem notá-la, ou notando-a apenas para reclamar e seguir adiante. O segundo grupo parava, limpava a água, mas logo a poça se formava novamente devido a uma goteira no teto. O terceiro, menor grupo, não apenas limpava a água, mas olhava para cima, identificava a goteira e consertava a causa do problema.

— Apenas o tolo, apenas o ingênuo, acredita que as causas da miséria física estão no plano físico — disse o Espiritualista, enquanto as imagens se moviam. — As causas da miséria física sempre estiveram e sempre estarão na miséria psicológica, moral e espiritual do ser humano.

Dante observava, compreendendo a profundidade da metáfora.

— E a maioria de nós passa a vida enxugando água, sem olhar para o teto — comentou.

— Exatamente — confirmou o Espiritualista. — Tratamos sintomas, não causas. Buscamos soluções externas para problemas internos. E assim perpetuamos ciclos intergeracionais de sofrimento.

A esfera agora mostrava pessoas presas em uma busca frenética por sucesso, acumulando conquistas, seguidores, admiração, apenas para se sentirem cada vez mais vazias.

— A terceira ilusão é que a plenitude pode ser encontrada na acumulação externa — continuou o Espiritualista. — Observe esta verdade: ninguém consegue ficar no auge o tempo inteiro, manter isso tudo e ser genuinamente feliz.

As imagens mostravam pessoas famosas, ricas, adoradas, mas com olhos vazios, sorrisos que não alcançavam o coração.

— Eu entendo que por algumas vezes você passou por este ensinamento aqui neste jogo, de forma um pouco diferente. Mas nunca será demais repetir e confirmar isto. Somos genuinamente felizes apenas quando, mesmo perdendo tudo, continuamos felizes — disse o Espiritualista. — Para estar em todos os lugares ao mesmo tempo, para buscar atenção incessante, é preciso ter um vazio muito grande dentro.

Dante reconheceu a verdade naquelas palavras, lembrando-se das próprias fases de sua vida em que buscara validação externa, reconhecimento, apenas para se sentir cada vez mais vazio a cada conquista.

— E não importa o sucesso alcançado, nada preenche esse vazio — refletiu Dante. — Porque o vazio está dentro, não fora. E continuamos tentando preenchê-lo com coisas externas.

— A pergunta que poucos têm coragem de fazer — disse o Espiritualista, seus olhos fixos em Dante — é: se amanhã eu perder tudo isso, ainda serei feliz?

A esfera girou novamente, mostrando agora pessoas presas em ciclos de arrependimento, olhando para o passado como se pudessem mudá-lo, e para o futuro com medo paralisante.

— A quarta ilusão é sobre o tempo — disse o Espiritualista. — A pessoa sábia vê o passado como destino, o futuro como liberdade, e encontra felicidade no presente.

Dante observava as imagens mudarem, mostrando a transformação entre pessoas presas na amargura sobre o passado e no terror sobre o futuro *versus* aquelas que aceitam o passado e viam o futuro como espaço de possibilidades.

— Enquanto pessoas tolas pensam que o passado foi liberdade, e continuam se lamentando sobre ele — continuou o Espiritualista —, elas veem o futuro como destino fixo e nada fazem a respeito. E assim, no presente, permanecem miseráveis.

Dante sentiu uma clareza cristalina se formando em sua compreensão — cada uma dessas ilusões havia sido parte de sua própria jornada, cada uma delas havia limitado sua percepção da realidade.

A esfera de água continuou sua dança transformadora, mostrando agora pessoas buscando socorro espiritual em momentos de perda e desespero.

— A quinta ilusão é que a conexão com o transcendente é apenas um mecanismo de *coping* para perdas — disse o Espiritualista. — Observe como as pessoas costumam praticar religião quando sofrem perdas. Perda de saúde, perda de filhos, de patrimônio, casamento, carreira.

Dante observava as cenas na esfera, pessoas ajoelhadas em templos diversos, chorando por entes queridos, buscando conforto em textos sagrados durante tempos de crise.

— E porque somos uma espécie basicamente triste, que se diverte apenas de vez em quando, a religião funciona — continuou o Espiritualista. — Mas poucos compreendem que a verdadeira espiritualidade não é um refúgio da dor, mas uma ponte para a plenitude em todas as circunstâncias. A sexta ilusão é talvez a mais universal. Temos uma espécie de vício emocional: sentir que não somos amados. Por isso andamos pelo mundo constantemente buscando aprovação.

Dante reconheceu esse padrão dolorosamente familiar: a ferida da rejeição, a necessidade de validação, o medo constante do julgamento alheio.

— Se alguém nos critica ou rejeita, é um drama — continuou o Espiritualista. — Porque já temos dentro de nós essa ideia fundamental de que não somos dignos de amor. Por isso essa necessidade insaciável de aprovação externa.

A esfera mostrou então a transformação: pessoas que começaram a cultivar amor-próprio genuíno, e como isso alterava radicalmente sua interação com o mundo.

— No momento em que começa a amar-se verdadeiramente, a reação externa perde seu poder sobre você — disse o Espiritualista. — Porque você se assentou dentro de si mesmo e começou a nutrir-se internamente. Todo o resto torna-se secundário.

Dante fechou os olhos por um momento, sentindo essa verdade ressoar profundamente. Quantas decisões em sua vida haviam sido baseadas no medo da rejeição? Quantas vezes havia se traído para agradar os outros?

Quando reabriu os olhos, a esfera mostrava imagens de um universo em expansão, galáxias girando em dança cósmica.

— A sétima ilusão — continuou o Espiritualista — é que estamos separados do todo. Que somos entidades isoladas, abandonadas em um universo indiferente.

As imagens na esfera agora mostravam a interconexão de todas as coisas — desde as partículas subatômicas até as maiores estruturas cósmicas, tudo vibrando em uníssono, tudo conectado em padrões de ressonância.

— Se o universo é infinito, não pode haver dois infinitos — explicou o Espiritualista. — Se o divino é infinito e o universo é infinito, um só pode ser igual ao outro. O divino é o todo. O todo é o divino.

A esfera expandiu essas imagens, mostrando como cada ser, cada partícula, cada pensamento fazia parte dessa tapeçaria infinita.

— E nisso reside uma verdade profundamente libertadora — disse o Espiritualista, seu olhar encontrando o de Dante. — Quando você compreende que é parte do todo, não há como não se sentir valorizado. Porque se tudo é divino, você também é.

Dante sentiu algo se expandir dentro de si, uma compreensão que transcendia o intelecto, alcançando níveis celulares de seu ser.

A esfera de água girou mais uma vez, agora mostrando pessoas consumidas por pensamentos incessantes, presas na própria mente como em uma prisão sem paredes.

— A oitava ilusão é que você é seus pensamentos — disse o Espiritualista. — Que você precisa controlar ou eliminar o pensamento para encontrar paz.

As imagens mostravam pessoas tentando desesperadamente silenciar a mente, apenas para ficarem mais frustradas com o barulho interno.

— Neste mundo não há nada para conquistar, desafiar ou transcender além da sua própria mente — continuou o Espiritualista. — Seus vizinhos moram aqui, seus inimigos e amigos moram aqui, seus deuses e demônios moram aqui. E você mesmo, imaginado, mora aqui.

Dante observava, fascinado pela simplicidade e profundidade daquela verdade.

— Pare de tentar ser um policial de tráfego — disse o Espiritualista, com um leve sorriso. — Deixe-o fluir. Apenas observe, separado, como se estivesse testemunhando algo que não é você.

A esfera mostrava agora pessoas praticando esse tipo de observação desapegada: vendo os próprios pensamentos sem se identificarem com eles, testemunhando o trânsito mental sem tentar controlá-lo.

— O observador nunca está envolvido na cena que está observando — explicou o Espiritualista. — Porque no momento em que se torna envolvido na cena, você se torna parte da cena. O observador precisa permanecer separado. Apenas continue observando.

A atmosfera na sala havia se intensificado. O céu estrelado acima deles pulsava com uma energia que parecia responder à crescente compreensão de Dante.

— Observe seu tráfego mental diário — continuou o Espiritualista. — Família, amigos, trabalho, dinheiro, o clima, tudo o que aparece. Às vezes você sentirá algum reflexo, e estará envolvido de novo, dançando com a mente, lutando. Assim que perceber isso, simplesmente retorne à observação.

Dante experimentou esse estado brevemente, sentindo a claustrofobia de seu barulho interno começar a ceder, dando lugar a uma sensação de espaço e calma.

— E em algum momento você sentirá que a claustrofobia de todo esse ruído interno e externo começa a se dissipar — disse o Espiritualista, como se lesse seus pensamentos. — Você sente uma espécie de calma. Ninguém precisa lhe dizer que esta é uma sensação superior. Você simplesmente sabe. Esta é a presença.

A esfera de água começou a pulsar mais intensamente, agora mostrando pessoas enfrentando provocações, insultos, desafios à sua reputação.

— A nona ilusão é que precisamos defender nossa imagem pessoal a todo custo — disse o Espiritualista. — Que nossa reputação, nosso ego, é algo que precisa ser protegido e perpetuado.

As imagens mostravam pessoas consumidas pela necessidade de defender-se, de retaliar, de provar seu valor — e o sofrimento resultante dessa postura.

— É um presente divino quando você aprende a morrer para sua reputação — continuou o Espiritualista. — Quando alguém fala sobre você, e você poderia falar sobre eles de volta, mas em vez disso você escolhe não ser ofendido. Você reconhece que há uma eternidade que importa, e que estas pequenas ofensas nada têm a ver com sua verdadeira natureza.

Dante sentiu a profundidade daquele ensinamento. Quantas vezes havia sofrido por dias, semanas, por causa de um comentário negativo, uma rejeição, uma crítica? Quanto tempo e energia havia desperdiçado defendendo uma imagem que, no final, era apenas uma construção temporária?

— Quando encontramos satisfação e energia na negatividade, não morremos o suficiente para nosso falso eu — disse o Espiritualista. — Quanto mais vida verdadeira você deseja, mais precisa permitir que o falso eu morra.

A esfera de água girou novamente, mostrando agora turistas em lugares belíssimos, mais preocupados em fotografar do que em experimentar o momento presente.

— A décima ilusão é que podemos capturar a vida em vez de vivê-la — disse o Espiritualista. — Observe como as pessoas perderam a capacidade de contemplar a beleza.

Dante viu na esfera pessoas diante de monumentos extraordinários, paisagens de tirar o fôlego, momentos preciosos com entes queridos — tudo experimentado através da lente de uma câmera, tudo transformado em conteúdo para aprovação externa.

— Veem algo lindo e não conseguem simplesmente contemplar — continuou. — Precisam tirar uma foto, fazer um vídeo, editar, postar, construir a legenda... enquanto a beleza continua acontecendo ao seu redor, não testemunhada, não absorvida.

A esfera mostrou famílias em viagens, chegando a lugares magníficos apenas para tirar *selfies* apressadas antes de seguir para o próximo ponto turístico.

— Você pode filmar, tirar fotografias, é claro que sim. Mas desde que pare, viva, guarde um tempo para contemplar o momento dentro de si. Eles chegam a uma fonte maravilhosa, tiram uma *selfie* e dizem ao guia que já podem ir — disse o Espiritualista, com um toque de tristeza. — Não querem saber da história, não querem entender os detalhes, não querem contemplar. Precisam estar em outro lugar, fazendo outra coisa. E quando estão em outro lugar, fazendo outra coisa, já estão pensando no próximo lugar onde precisam estar.

Dante reconheceu esse padrão em si mesmo, essa busca constante pelo próximo momento, essa incapacidade de habitar plenamente o presente.

— É a ansiedade fundamental do ser humano moderno — refletiu Dante. — Sempre em outro lugar, nunca aqui.

— Exatamente — concordou o Espiritualista. — E assim a vida passa não vivida, apenas colecionada em imagens que raramente serão revisitadas.

A esfera girou uma última vez, mostrando agora pessoas engajadas em debates acalorados sobre ciência *versus* religião, materialismo *versus* espiritualidade.

— A décima ilusão é que existe um conflito inerente entre ciência e espiritualidade — disse o Espiritualista. — Que para abraçar uma é preciso rejeitar a outra.

Dante observou imagens de pessoas em laboratórios e templos, todas buscando verdades fundamentais através de caminhos diferentes.

— O orgulho é incompatível com a verdadeira ciência — explicou o Espiritualista. — A rivalidade entre religião e ciência veio pelo ego dos envolvidos. Para ser um verdadeiro cientista, a primeira coisa a abandonar é o orgulho, pois a ciência começa com "eu não sei".

As imagens mostravam agora grandes descobridores e inventores, todos movidos pela mesma curiosidade fundamental, pelo mesmo espanto diante dos mistérios do universo.

— O nome disso é curiosidade — continuou o Espiritualista. — Questionar o que parece estabelecido. Perguntar se as coisas podem ser diferentes. Desafiar dogmas, seja de que lado vierem.

Dante viu na esfera os avanços da medicina, da tecnologia, do conhecimento humano — não como oposição à espiritualidade, mas como outra faceta da mesma busca pela verdade.

— Onde começa a verdadeira sabedoria? Com o reconhecimento da própria ignorância — disse o Espiritualista. — Talvez eu seja sábio porque sou o único que sabe que nada sabe. Porque se você já sabe tudo, não aprende nada.

A esfera de água começou a diminuir, retornando ao seu tamanho original, agora pulsando com uma luz interna mais intensa.

— A última e principal ilusão é a verdadeira religião do ser humano: o controle.

O Espiritualista ergueu a mão em um gesto suave que parecia dobrar o próprio tecido do tempo e do espaço. A porta luminosa não desapareceu, mas pareceu se deslocar para uma dimensão paralela, ainda visível, mas momentaneamente inacessível.

— Esta é uma cortina essencial a ser removida — disse o Espiritualista, sua voz agora carregando uma qualidade cristalina, como se cada palavra fosse destilada da própria verdade. — A mais sutil de todas as ilusões, a mais universal de todas as religiões.

Dante sentiu um arrepio de reconhecimento percorrer sua espinha. Algo em seu íntimo já sabia o que viria a seguir, como se esta revelação fosse algo que completaria o mosaico de sua compreensão.

O Espiritualista estendeu ambas as mãos, e a esfera de água entre eles expandiu-se novamente, agora mostrando imagens de templos de todas as tradições religiosas do mundo: catedrais góticas, mesquitas ornamentadas, sinagogas ancestrais, templos hindus, monastérios budistas, santuários xamânicos. As imagens fluíam e se fundiam, revelando algo subjacente a todas elas.

— As religiões do mundo — começou o Espiritualista — são diversas em suas formas, suas práticas, suas crenças declaradas. Mas observe mais profundamente. O que você vê além das diferenças superficiais?

Dante olhou atentamente para as imagens em fluxo. Aos poucos, um padrão começou a emergir: hierarquias, regras, sistemas de recompensa e punição, estruturas de poder sendo copiadas, transformadas de origens mais antigas com retóricas mais atualizadas, narrativas de submissão a autoridades superiores.

— Vejo... estruturas de controle — respondeu Dante, hesitante.

— Precisamente — confirmou o Espiritualista, seus olhos refletindo as imagens em movimento. — Por trás dos símbolos sagrados, dos rituais, das escrituras, existe um sistema de controle. Controle de comportamento, controle de pensamento, controle de emoção.

A esfera agora mostrava não apenas religiões organizadas, mas sistemas educacionais, governos, corporações, famílias — todos operando sob variações do mesmo princípio fundamental.

— Mas esta é apenas a camada superficial — continuou o Espiritualista. — Observe mais profundamente e verá que as estruturas externas de controle são apenas reflexos de algo muito mais fundamental.

As imagens na esfera mudaram, mostrando agora indivíduos em seus momentos privados — meditando obsessivamente, planejando de forma exaustiva o futuro, ruminando dolorosamente sobre o passado, verificando dispositivos eletrônicos de modo compulsivo, monitorando implacavelmente a própria aparência, suprimindo emoções consideradas inaceitáveis.

— A verdadeira religião universal não é o cristianismo, o islamismo, o budismo ou qualquer outro sistema formal de crenças — disse o Espiritualista, com uma intensidade extraordinária. — A verdadeira religião universal é o controle. Nossa obsessão coletiva e individual em controlar o incontrolável.

Dante sentiu aquelas palavras ressoarem profundamente em seu âmago. Quantas horas de sua vida havia desperdiçado tentando controlar circunstâncias, pessoas, emoções, pensamentos? Quantas decisões havia tomado não por amor, não por verdade, mas por medo de perder o controle?

— Estamos constantemente em uma de duas posições — continuou o Espiritualista. — Ou somos controlados ou estamos tentando controlar. Subordinados ou subordinantes. Submissos ou dominantes. E paradoxalmente aquele que mais tenta controlar os outros é muitas vezes o mais controlado internamente.

A esfera mostrava agora a neurobiologia do controle — sistemas de recompensa no cérebro ativando-se quando a sensação de controle era experimentada, centros de medo explodindo em atividade quando o controle era ameaçado.

— Desde que emergimos da infância, somos encantados e possuídos por essa ilusão — explicou o Espiritualista. — A ilusão de que se pudéssemos apenas controlar o suficiente — nossos corpos, nossas mentes, nossos relacionamentos, nosso ambiente, nosso futuro — encontraríamos finalmente paz e segurança.

Dante assentiu, reconhecendo a verdade daquelas palavras. Mesmo em seu caminho espiritual, quanto dessa busca havia sido motivada não pelo amor à verdade, mas pelo desejo de controlar sua experiência interior?

— E o mais sutil dos paradoxos — continuou o Espiritualista — é que, quanto mais tentamos exercer controle, menos livres nos tornamos. O controlador torna-se escravo do próprio ato de controlar.

A esfera agora mostrava pessoas presas em ciclos obsessivos: *workaholics* incapazes de relaxar, perfeccionistas paralisados pelo medo do erro, planejadores compulsivos incapazes de adaptação quando a realidade não correspondia a seus planos.

— Por que somos tão obcecados pelo controle? — perguntou Dante, sentindo um nó se formar em sua garganta.

O Espiritualista olhou para ele com uma compaixão infinita.

— Porque no centro de nossa existência encarnada está o medo mais primal: o medo da impermanência, da mudança, da morte — respondeu. — Toda busca por controle é, em sua essência, uma fuga desesperada da verdade fundamental: que tudo muda, tudo flui, nada permanece.

As imagens na esfera mostravam agora a natureza em seu ciclo eterno: flores desabrochando apenas para murchar, montanhas erguendo-se apenas para serem desgastadas pelo tempo, estrelas nascendo apenas para explodir e morrer.

— O ego, essa ficção central que construímos e defendemos a todo custo, é fundamentalmente uma estrutura de controle — continuou o Espiritualista. — Sua função primária é criar a ilusão de estabilidade e permanência em um universo caracterizado pela impermanência e pelo fluxo constante.

Dante sentiu algo se desestabilizar dentro de si; não de forma ameaçadora, mas libertadora, como se a estrutura que o havia mantido prisioneiro por toda a vida começasse finalmente a se dissolver.

— Como podemos viver sem essa ilusão? — perguntou, sua voz pouco mais que um sussurro. — Como podemos existir sem controle?

O Espiritualista sorriu — um sorriso que parecia conter todo o conhecimento e compaixão do universo.

— A alternativa ao controle não é o caos, como o ego quer que acreditemos — respondeu. — A alternativa ao controle é a confiança. A rendição consciente. O alinhamento voluntário com o fluxo da existência.

A esfera agora mostrava imagens de rara beleza: pessoas em estados de fluxo criativo, atletas em "a zona", místicos em êxtase, amantes em união profunda, momentos de sincronicidade perfeita em que a distinção entre agir e ser agido se dissolvia completamente.

— Observe estes momentos — convidou o Espiritualista. — São os momentos mais plenos, mais reais, mais vivos da experiência humana. E o que todos têm em comum é a ausência de controle egoico. Nesses estados, não há um controlador separado da experiência; há apenas a experiência acontecendo, em perfeita harmonização.

Dante observava fascinado, reconhecendo que os momentos mais significativos de sua própria vida haviam sido precisamente aqueles em que havia se esquecido de si mesmo, em que havia se tornado uno com a atividade, com a pessoa amada, com a beleza contemplada.

— A grande ironia é que alcançamos nosso potencial máximo quando abandonamos o controle — continuou o Espiritualista. — O grande músico não toca; é tocado. O grande poeta não escreve; é escrito. O grande atleta não age; torna-se pura ação, sem a intermediação do ego controlador.

A esfera mudou novamente, mostrando agora a vastidão do cosmos — bilhões de galáxias dançando sua dança cósmica, sem planos, sem controle, e ainda assim em perfeita harmonia.

— O universo não é controlado por nenhuma entidade externa — disse o Espiritualista. — Nem está em caos aleatório. Ele opera por princípios de auto-organização, por padrões emergentes, por uma inteligência intrínseca que transcende nossas noções de controle *versus* desordem.

Dante sentiu sua compreensão se expandir para abarcar essa visão. Era como se estivesse vendo pela primeira vez a beleza e a perfeição da existência precisamente como ela era; não como deveria ser segundo algum plano humano ou divino, mas como se manifestava naturalmente, em toda a sua imprevisibilidade e espanto.

— E quanto aos sistemas religiosos? — perguntou Dante. — Eles nos aproximam ou nos afastam dessa verdade?

O Espiritualista fez um gesto e a esfera mostrou novamente as diversas tradições religiosas, mas agora em uma luz diferente, revelando tanto seus aspectos controladores quanto seus núcleos libertadores.

— Cada tradição contém tanto veneno quanto medicina — respondeu. — Em seu núcleo, todas as grandes tradições espirituais apontam para a mesma verdade: a necessidade de morrer para o falso eu controlador para renascer na liberdade do ser autêntico.

A esfera mostrava agora os grandes místicos de diferentes tradições; não os construtores de instituições e dogmas, mas aqueles que haviam mergulhado diretamente na experiência do sagrado, transcendendo as estruturas de controle de suas próprias tradições.

— Os verdadeiros mestres sempre ensinaram o mesmo — continuou o Espiritualista. — Que o reino dos céus está dentro de você. Que você já é o que busca. Que a verdadeira liberdade vem não de controlar mais, mas de reconhecer que o controlador é a ilusão central.

Dante sentiu uma compreensão profunda se cristalizando dentro de si.

— Então a verdadeira espiritualidade é... a libertação do controle? — perguntou, testando essa nova compreensão.

— Sim — confirmou o Espiritualista, com um brilho de aprovação em seu olhar. — Não através da rebelião, que é apenas outra forma de controle, mas através do reconhecimento. Ver claramente a ilusão do controle é o início da libertação dela.

A esfera agora mostrava pessoas em momentos de profunda aceitação: enfrentando doenças terminais com serenidade, abraçando mudanças devastadoras com coragem, permitindo que emoções difíceis fluíssem sem resistência.

— O paradoxo final é este — disse o Espiritualista, sua voz agora vibrando com uma energia que parecia fazer ressoar o próprio espaço ao redor deles. — Quando você abandona completamente o controle, descobre uma capacidade de influência muito mais profunda e autêntica. Quando você cessa de manipular a vida, torna-se um canal através do qual a vida flui sem obstrução.

Dante fechou os olhos, permitindo que essa compreensão penetrasse não apenas sua mente, mas cada célula de seu ser. Sentia camadas e mais camadas de tensão — que nem sabia que carregava — começarem a se dissolver.

— Como praticamos isso? — perguntou, abrindo os olhos novamente. — Como vivemos esta verdade?

O Espiritualista ergueu-se, sua forma agora quase completamente luminosa, como se estivesse se preparando para sua própria dissolução final.

— Comece observando sua necessidade de controle, em todas as suas formas sutis — respondeu. — Observe como você resiste ao que é. Como você tenta manipular o futuro. Como você se agarra a identidades e autoconceitos. Como você julga e categoriza para criar a ilusão de previsibilidade.

Ele fez uma pausa, permitindo que essas instruções fossem plenamente absorvidas.

— Então, pratique a rendição consciente — continuou. — Não a rendição passiva do derrotado, mas a rendição ativa do sábio que reconhece uma verdade maior. Diga "sim" para o que é, antes de tentar mudá-lo. Confie no processo da vida, mesmo quando não o compreende. Esteja disposto a ser surpreendido.

A esfera de água começou a pulsar intensamente, como se também respondesse àquela verdade fundamental.

— E, finalmente, descubra quem você é além do controlador — disse o Espiritualista, sua voz agora soando tanto dentro quanto fora de Dante. — Quem é você quando não está tentando ser alguém? Quem permanece quando todas as máscaras são removidas, quando todos os sistemas de controle são abandonados?

Dante sentiu uma onda de compreensão tão profunda que era quase física e dolorosa percorrer seu corpo inteiro. Era como se estivesse vendo pela primeira vez o padrão central que havia governado toda a sua existência — e, simultaneamente, vendo além dele.

— Eu sou... — começou Dante, mas então parou, reconhecendo que qualquer conclusão seria apenas outra forma de controle, outra definição, outra prisão.

O Espiritualista sorriu, como se compreendesse perfeitamente.

— Exato — disse ele. — Qualquer resposta que pode ser formulada é demasiadamente pequena. Você é o espaço onde todas as respostas surgem e desaparecem. Você é a consciência que testemunha o controlador, não o controlador em si. Agora você está verdadeiramente pronto para o encontro final. Não como alguém buscando controlar a experiência mais profunda de todas, mas como alguém disposto a ser completamente encontrado por ela.

Dante sentiu uma paz que transcendia todo entendimento se estabelecer em seu ser. Não era a paz artificial do controle bem-sucedido, mas a paz genuína que vinha de reconhecer que nunca houve nada a controlar.

— Obrigado — disse simplesmente, sabendo que nenhuma palavra poderia expressar de maneira adequada a transformação que havia ocorrido.

— Lembre-se — disse o Espiritualista, enquanto o portal se expandia, pronto para receber Dante — de que a morte que você está prestes a encontrar é a morte definitiva do controlador. E paradoxalmente é também o nascimento da verdadeira vida.

Dante assentiu, compreendendo agora sem sombra de dúvida. Com uma reverência tranquila, ele se voltou para o portal luminoso e deu o passo final; não como alguém tentando controlar sua jornada, mas como alguém enfim disposto a ser completamente vivido pela vida.

E o portal o recebeu; não como uma passagem para algum outro lugar, mas como um retorno ao lar que nunca havia verdadeiramente esquecido.

— Estas são as ilusões finais que precisavam ser dissolvidas antes do seu encontro definitivo — disse o Espiritualista, sua voz agora mais solene. — Você as compreendeu não apenas com a mente, mas com o coração.

Dante sentiu uma leveza extraordinária, como se camadas de densidade tivessem sido removidas de seu ser. Cada ilusão revelada era como um grilhão quebrado; cada verdade compreendida, uma asa desdobrada.

— O que acontece agora? — perguntou, sua voz quase um sussurro.

O Espiritualista se levantou, seu corpo agora parecendo mais luz do que matéria.

— Agora, você está pronto para o encontro final — respondeu ele. — Para estar na presença Daquele que está além de todos os nomes e formas, além de todos os conceitos e percepções.

Uma porta se materializou na parede circular da sala. Não era uma porta comum, mas uma abertura que parecia feita de pura consciência, pulsando com uma luz que não era física, mas essencial.

— Além deste portal, não poderei acompanhá-lo — disse o Espiritualista, com uma mistura de alegria e solene reverência. — Minha função como guia está completa. O que está além é algo que cada alma deve experimentar individualmente.

Dante se levantou, sentindo uma mistura de apreensão e profunda certeza. Não era o medo do desconhecido, mas o temor reverencial diante do sagrado, do inefável.

— Ainda tenho medo — admitiu com honestidade.

O Espiritualista sorriu — um sorriso que continha a compaixão infinita de quem compreendia perfeitamente o que o outro estava experimentando.

— O temor é apropriado — disse ele gentilmente. — Não seria autêntico não senti-lo. Mas lembre-se: o que você encontrará além desta porta não é algo estranho ou separado de você. É a fonte de tudo o que você é, de tudo o que já foi, de tudo o que será.

Dante deu um passo em direção à porta, sentindo-a pulsar em sincronia com seu próprio coração.

— Uma última verdade antes de irmos — disse o Espiritualista. — O maior presente que podemos receber é a capacidade de morrer para o falso enquanto ainda vivemos. Quando você morre para sua reputação, para seu ego, para seus apegos, descobre uma vida mais abundante do que jamais imaginou possível.

Dante parou diante da porta, sentindo uma energia indescritível emanando dela.

— Para que possa viver de verdade, é necessário morrer — continuou o Espiritualista. — Não a morte física, mas a morte para tudo aquilo que não é sua essência verdadeira.

Ele colocou uma mão sobre o ombro de Dante, um toque que transmitia força, coragem e uma profunda confiança.

— Você está pronto — disse simplesmente. — Não porque alcançou a perfeição, mas porque despertou para a verdade essencial. O resto da jornada é entre você e a Fonte.

Dante respirou profundamente, sentindo cada partícula de seu ser vibrar em preparação. Com determinação tranquila, ele deu o passo final em direção ao portal.

— Obrigado — disse, voltando-se uma última vez para o Espiritualista.

— Não há separação real — respondeu o guia, sua forma agora quase completamente luminosa. — Encontre-me na eternidade.

E com estas palavras, Dante atravessou o portal, pronto para o encontro mais significativo de sua existência — não apenas com a morte, mas com aquilo que existia além dela, com a verdade última que transcendia todas as palavras, todos os conceitos, todas as ilusões.

O jogo estava prestes a revelar seu significado definitivo

epílogo: além do véu

O portal não era uma passagem, mas uma dissolução. Dante sentiu-se desintegrar não apenas fisicamente, mas em todos os níveis de sua existência. Sua consciência, seus pensamentos, seus medos, suas esperanças — tudo se desmanchou como névoa ao sol nascente. Não era doloroso nem aterrorizante; era como se cada fragmento de seu ser finalmente retornasse ao seu lugar de origem no tecido do cosmos.

Por um momento atemporal, ele existiu como pura consciência, sem corpo, sem forma, sem identidade — apenas presença absoluta, testemunhando o inefável.

Então, gradualmente, algo começou a se reintegrar. Não seu antigo ser, mas uma nova configuração de consciência — como se ele estivesse sendo recriado, molécula por molécula, pensamento por pensamento, mas segundo um design mais fundamental, mais essencial.

Quando a integração se completou, Dante percebeu que estava de pé em um ambiente que desafiava qualquer descrição adequada. Não era um lugar no sentido convencional — parecia existir tanto dentro quanto fora dele simultaneamente. A melhor analogia seria talvez um oceano de luz vivente, onde cada onda, cada gota, era consciência pura.

O espaço ao seu redor (se é que poderia ser chamado de espaço) pulsava com cores que transcendiam o espectro visível; não apenas cores para os olhos, mas cores que podiam ser sentidas, ouvidas, compreendidas. Era como se a própria realidade fosse um ser vivo e consciente, respirando em sincronia com o cosmos inteiro.

Em meio a esta vastidão de luz e consciência, uma presença começou a se consolidar diante dele. Não era exatamente uma forma humana, mas havia algo inegavelmente humano nela. Era como se a luz tivesse decidido se condensar momentaneamente em uma configuração que sua mente pudesse compreender e com a qual pudesse se relacionar.

A presença irradiava uma luz tão intensa que deveria ser ofuscante, mas Dante podia encará-la diretamente sem desconforto. De fato, olhar para aquela luz era como finalmente enxergar com clareza após uma vida inteira de visão embaçada.

Então, a presença falou. Não com palavras sonoras que viajavam pelo ar, mas diretamente de consciência para consciência, em uma linguagem que transcendia qualquer idioma terreno.

— Olá, Dante.

A simples saudação continha tal profundidade de compaixão, tal conhecimento íntimo de seu ser, que Dante sentiu lágrimas se formarem em olhos que não eram mais físicos. Era como ser completamente conhecido — cada pensamento, cada medo, cada desejo secreto — e ainda assim ser amado incondicionalmente, sem julgamento.

— Quem... o que é você? — conseguiu perguntar não com palavras, mas com a própria essência de seu questionamento.

A presença pareceu sorrir, embora não tivesse rosto definido. Era mais como uma intensificação de luz, uma modulação de amor.

— Eu sou aquele que sempre esteve com você, embora você raramente tenha percebido minha presença. Eu sou o que você buscou em cada oração, em cada questionamento filosófico, em cada momento de transcendência. Alguns me chamam por um nome, outros por outro. Alguns me veem como uma pessoa, outros como um princípio. A verdade está além de todos os nomes e formas.

Enquanto a presença falava, sua forma oscilava sutilmente, por momentos parecendo mais humana, com traços que lembravam antigas representações de um mestre compassivo; em outros, emanando uma qualidade que sugeria algo não terreno, uma inteligência de origem completamente diferente, talvez das estrelas.

Dante percebeu que estava diante de algo — ou alguém — que transcendia qualquer categoria. Era simultaneamente íntimo como um amigo de longa data e vasto como o próprio cosmos.

— Você teme este momento, não é? — perguntou a presença, sua luz pulsando em ondas compassivas.

Dante compreendeu imediatamente que a presença se referia não apenas ao encontro atual, mas ao que ele representava: o confronto com a morte, com o desconhecido definitivo.

— Sim — admitiu Dante. — Toda a minha vida temi a morte. Temi o fim da consciência, o fim de tudo o que sou.

A presença expandiu-se ligeiramente, envolvendo Dante em um abraço de luz que era quase tangível.

— O que vocês chamam de morte é apenas uma transição, uma mudança de estado; como a água que se transforma em vapor, não deixando de ser água, apenas assumindo outra forma.

Enquanto a presença falava, o ambiente ao redor deles se transformou. Dante viu-se flutuando no espaço sideral, testemunhando o nascimento e a morte de estrelas. Viu como elementos forjados no coração de astros moribundos eventualmente se tornavam parte de novos mundos, novos seres.

— O universo não desperdiça nada — continuou a presença. — Cada partícula de energia, cada fragmento de consciência é preservado, transformado, reintegrado, em busca de evolução. Nada que tenha existido pode deixar de existir — apenas muda de forma.

Dante observava fascinado o espetáculo cósmico de criação e dissolução constantes.

— Mas temer a morte não é apenas natural — continuou a presença —, é também útil, quando compreendido corretamente.

O medo da morte, devidamente integrado, pode ser o maior presente para os vivos.

— Como? — perguntou Dante, genuinamente curioso.

— Quando você aceita plenamente a inevitabilidade da morte, cada momento ganha uma preciosidade inestimável. A impermanência não é uma maldição, mas o próprio elemento que confere valor à experiência. Se tudo fosse eterno, nada seria precioso.

À medida que todas essas revelações se desdobravam diante de Dante, uma sombra de dúvida começou a se formar nas bordas de sua consciência. Era como se uma parte analítica e cética de sua mente resistisse ao que estava experienciando, buscando explicações alternativas, racionalizações.

— Há algo que me incomoda — disse Dante finalmente, a voz vacilante. — Como posso ter certeza de que isso é real? Que não são apenas sinapses disparando em um cérebro privado de oxigênio? Projeções de um aparato neurológico em colapso? Minhas próprias esperanças e medos criando uma alucinação consoladora diante da inconsciência?

A pergunta pairou no ar luminoso como uma nuvem escura em um céu de verão. Dante sentiu uma pontada de vergonha por questionar uma experiência tão profunda, mas não podia ignorar a dúvida.

— A dúvida sempre acompanhou a fé — respondeu a presença, sem um traço de ofensa ou defensividade. — Desde os tempos mais antigos, mesmo aqueles que testemunharam a água se transformar em vinho com seus próprios olhos, que viram os cegos enxergarem e os mortos se levantarem, mesmo esses questionaram a natureza do que testemunhavam.

A luz emanada pela presença modulou-se, tornando-se simultaneamente mais suave e mais penetrante.

— Você pergunta como pode saber se esta experiência é real — continuou. — Mas eu pergunto: o que é real? Suas percepções cotidianas são mediadas por um cérebro que nunca experiencia diretamente o mundo, apenas interpretações dele. Cores, sons, texturas — todas são traduções de uma realidade que permanece fundamentalmente inacessível aos seus sentidos. Até no mundo que você chama de "real", você vive em uma simulação criada pelo seu cérebro.

A presença fez um movimento que lembrava vagamente o abrir de mãos.

— Houve um homem chamado Tomé, que insistiu em colocar seus dedos nas feridas para acreditar — disse a presença. — E eu o recebi com amor, pois a dúvida não é inimiga da verdade, mas sim um caminho diferente para ela. Não julgo sua hesitação, Dante. É natural para um ser pensante questionar, especialmente diante do extraordinário.

Dante sentiu uma onda de gratidão pela compreensão, mas a dúvida persistia.

— Eu quero acreditar — disse ele. — Mas como posso ter certeza de que não estou apenas criando o que desejo ver? O que desejo ouvir?

— Considere isto — respondeu a presença, com infinita paciência. — Se esta experiência fosse apenas uma produção de seu cérebro, não seria natural que ela confirmasse suas expectativas prévias? Que se conformasse perfeitamente com suas crenças existentes? E, no entanto, quantas vezes durante esta jornada você foi surpreendido? Quantas vezes o que foi revelado transcendeu ou até contradisse o que você imaginava?

"A realidade última não pode ser provada nem refutada pelos instrumentos limitados da mente racional. Assim como um copo não pode conter o oceano, a estrutura finita do intelecto físico não pode abarcar o infinito. Mas há uma forma de conhecimento que transcende a lógica linear, uma cognição direta, uma experiência imediata que não requer interpretação."

A luz da presença intensificou-se, tornando-se quase tangível.

— Quando um homem está apaixonado, você pode convencê-lo com argumentos lógicos de que seu amor não é real? Quando alguém experimenta a beleza, pode a estatística provar que não houve beleza? Existem formas de conhecimento que são autovalidantes, autoevidentes para quem as experimenta.

Dante sentiu algo se abrir dentro de si — não uma suspensão da dúvida, mas uma transcendência dela, como se a dúvida e a certeza pudessem coexistir sem contradição.

— Você está tendo uma experiência agora, Dante — disse a presença. — Não a julgue, não a rotule, não tente contê-la em categorias preexistentes. Apenas permita-se experimentá-la plenamente. A verdade não é algo a ser provado, mas vivido.

A luz pulsou com uma energia quase musical enquanto a presença continuava.

— Lembre-se do cego de nascença a quem foi dada a visão. Quando perguntaram como sabia que sua visão era real, ele respondeu apenas: "Uma coisa sei: eu era cego e agora vejo". Às vezes, o testemunho mais poderoso é o mais simples.

Dante sentiu uma clareza surpreendente se instalar. Não era a clareza de ter todas as respostas, mas a clareza de compreender que algumas perguntas transcendiam o próprio ato de questionar.

— Poderá haver momentos em que esta experiência parecerá distante, talvez até ilusória — disse a presença. — Os velhos padrões de pensamento tentarão reassumir o controle, convencendo-o de que nada disso é real. É natural. Não lute contra a dúvida, mas também não se entregue completamente a ela.

A presença aproximou-se, sua luz agora pulsando em sincronia com o próprio batimento cardíaco de Dante.

— Lembre-se das palavras que foram compartilhadas com outro buscador da verdade: "Bem-aventurados os que não viram e creram". Não porque a fé cega seja virtuosa, mas porque a mais profunda forma de conhecimento transcende a evidência sensorial. É um reconhecimento, não uma conclusão; uma lembrança, não uma descoberta.

Dante sentiu um último resquício de resistência dentro dele; não contra a experiência em si, mas contra a impossibilidade de provar sua realidade para si mesmo se e quando retornasse à consciência normal.

— Se eu sobreviver, como saberei que não foi apenas um sonho? — perguntou, quase num sussurro.

A presença pareceu envolvê-lo ainda mais completamente, como se fosse ao mesmo tempo um abraço e uma bênção.

— Pelos frutos — respondeu simplesmente. — Uma árvore é conhecida pelos seus frutos. O que é ilusório não perdura; o que é real, transforma. Se esta experiência produzir em você maior amor, maior compaixão, maior compreensão do sofrimento alheio e maior capacidade de aliviar esse sofrimento, então qual importância tem se a categoriza como "real" ou "ilusória"? A transformação em si é o testemunho mais eloquente.

A luz pulsou uma última vez, com uma intensidade que parecia alcançar as próprias raízes do ser de Dante.

— Não busque provas para convencer sua mente — concluiu a presença. — Busque viver de maneira que sua vida se torne a prova. Pois aquilo que é verdadeiramente real não precisa ser defendido com argumentos; irradia sua própria evidência através de cada ação compassiva, cada momento de presença autêntica, cada expressão de amor incondicional.

Dante sentiu a dúvida não desaparecer, mas transformar-se — de obstáculo a portal, de resistência a receptividade. Compreendeu que talvez o ponto não fosse eliminar a incerteza, mas abraçá-la como parte do mistério infinito da existência.

a trindade cósmica

A visão cósmica se dissolveu, e Dante viu-se diante da presença novamente, agora em um ambiente que lembrava um jardim de luz viva.

— Desde o início da sua jornada, você tem observado um padrão — disse a presença. — Percebeu como o número três se manifesta repetidamente?

— Sim — respondeu Dante. — As três luzes que vi pela janela do avião... as três casas do jogo... os três guias: o Terapeuta, o Filósofo e o Espiritualista. Está em toda parte, mas não compreendo seu significado.

A presença brilhou mais intensamente, como se estivesse satisfeita com a observação.

— A tríade é o padrão fundamental da existência — explicou. — É a menor unidade que permite complexidade e evolução. Um é unidade indiferenciada — existência sem consciência. Dois é dualidade, oposição — tese e antítese, luz e sombra, positivo e negativo. Mas três... três permite síntese, reconciliação, transcendência. Três cria um campo dinâmico onde a evolução pode ocorrer.

Enquanto falava, a presença criou com um gesto três esferas de luz que começaram a girar em torno umas das outras, formando padrões de complexidade crescente.

— Observe o átomo: próton, nêutron e elétron. Observe o tempo: passado, presente e futuro. Observe o espaço: altura, largura e profundidade. Observe os estados da matéria: sólido, líquido e gasoso. Observe o desenvolvimento: tese, antítese e síntese.

As esferas de luz continuavam sua dança, agora criando padrões que Dante reconheceu de suas aulas de matemática e física — a seção áurea, a sequência de Fibonacci e as constantes universais.

— Em vocês mesmos — continuou a presença — o padrão se repete: corpo, mente e espírito. Nas suas dimensões de consciência: inconsciente, consciente e superconsciente. Na sua experiência do ser: pensamento, emoção e intuição.

A dança das esferas se intensificou, agora formando padrões que Dante intuiu serem a estrutura subjacente da própria realidade.

— Nas tradições mais profundas — disse a presença, sua luz agora pulsando em três tons distintos que se harmonizavam perfeitamente — reconheceu-se essa trindade essencial, manifestada como Criador, criação e criatividade. Como origem, caminho e realização. Como o transcendente, o imanente e o transformador.

Dante percebeu que a presença estava falando de algo que existia em tradição religiosa e que era chamado de Trindade, mas de um modo que transcendia qualquer dogma específico, apresentando-a como um princípio universal. Dante entendeu que não se tratava apenas da questão dogmática do Pai, Filho e Espírito Santo, mas que mesmo assim fazia todo o sentido.

— Os três guias que você encontrou — continuou a presença — representam os três aspectos fundamentais da jornada de consciência. O Terapeuta é o aspecto que cura e integra o passado. O Filósofo é o aspecto que ilumina e clarifica o presente. O Espiritualista é o que inspira e transcende para o futuro. Juntos, formam o caminho completo do despertar.

As três esferas de luz agora se aproximaram de Dante, circulando-o como se o examinassem, como se o reconhecessem.

— Mas o mais importante não é compreender intelectualmente o padrão — disse a presença, sua voz assumindo uma qualidade mais íntima —, mas vivê-lo em seu próprio ser. Pois você também é trino em sua essência mais profunda.

Dante sentiu algo se abrir dentro de si — uma compreensão que transcendia o intelecto, tocando um nível celular, quântico mesmo, de seu ser.

o rei tem mais um movimento

O ambiente luminoso ao redor deles começou a se transformar. A vastidão infinita de luz e consciência foi se condensando, tomando uma forma mais definida e reconhecível. Dante percebeu que estavam agora em um espaço que lembrava um antigo salão de pedra, com arcos elevados e janelas altas que filtravam luz em feixes dourados. No centro do salão, pousado sobre uma mesa de mármore negro, havia um magnífico tabuleiro de xadrez entalhado em materiais que não pareciam inteiramente terrenos — cristais que emanavam sua própria luz interna, madeiras que pareciam respirar sutilmente.

As peças sobre o tabuleiro estavam dispostas em uma configuração que sugeria um jogo nos estágios finais. O rei branco estava cercado, acuado em um canto, enquanto as peças negras dominavam o centro do tabuleiro, aparentemente em posição de vantagem decisiva.

A presença luminosa, que agora assumira uma forma mais definida — ainda radiante, mas com traços que evocavam uma humanidade transcendental — aproximou-se do tabuleiro e, com um gesto suave, convidou Dante a se aproximar.

— Antes de nos despedirmos — disse a presença, sua voz reverberando como música celestial —, há mais duas lições que gostaria de compartilhar com você.

Dante olhou para o tabuleiro, sentindo uma inquietante familiaridade. Não era apenas um jogo abstrato; de alguma forma, aquelas peças representavam sua própria vida, seu próprio ser.

— É... minha vida antes do nosso encontro — respondeu ele hesitante, reconhecendo intuitivamente a verdade. — Eu me sentia assim. Encurralado. Sem saída.

A presença assentiu, seus olhos luminosos refletindo uma compaixão infinita.

— Olhe atentamente para essa posição — disse ela. — Em minha existência através de inúmeros mundos e civilizações, observei um padrão recorrente: no momento mais escuro, quando todas as esperanças parecem perdidas, é quando muitos desistem, justamente quando a transformação mais profunda está prestes a ocorrer.

Do outro lado do tabuleiro, agora uma figura escura, com uma vibração que começou a reverberar pelo ambiente em um nível pesado, perturbador, começou a se formar trazendo uma espécie de sensação de medo, dúvida, desconfiança — algo que Dante definitivamente percebia como o oposto do Ser que estava com ele, o oposto da luz, da paz. Pela primeira vez no jogo, Dante ficou com profundo temor, percebendo que o ente que ali se formava sem uniformidade trazia consigo todas os momentos de desamparo, mentira, desespero, aflição e angústia que permearam sua vida. A presença escura agora se posicionava como oponente de Dante no jogo de xadrez, na que parecia ser a última etapa, a última casa do jogo.

A presença de luz moveu-se ao redor do tabuleiro, estudando os jogadores com uma atenção que parecia abranger não apenas a posição das peças, mas todas as possibilidades contidas nela.

— Quando eu caminhava entre os pescadores e coletores de impostos — continuou o ser de luz —, encontrei muitas almas em posições similares à sua. Uma mulher que havia estado doente por doze anos e gastado tudo o que tinha com médicos, sem obter cura. Um homem nascido cego, relegado a mendigar nas ruas. Um cobrador de impostos desprezado por todos. Um criminoso condenado à morte, pendurado ao meu lado. — Neste momento, a vibração escura pareceu emitir um ruído que Dante não conseguiu entender se era de um riso assustador ou de um rosnar entre dentes.

A presença de luz estendeu a mão sobre o tabuleiro, seus dedos luminosos pairando sobre o rei branco acuado.

— Todos eles acreditavam estar em uma partida perdida. Todos eles haviam concluído que suas histórias haviam chegado ao fim, que não havia mais esperança, mais possibilidades, mais caminhos a seguir. — A sombra escura do outro lado do tabuleiro intensificou sua forma, parecendo ficar mais densa, maior, mais pesada.

Dante sentia um nó se formar em sua garganta enquanto a sombra crescia e a presença de luz falava. As memórias retornavam agora — não apenas do momento antes do "acidente", mas das semanas e meses que o precederam. O desespero crescente, o vazio existencial que parecia devorar tudo de dentro para fora, a sensação de estar preso em um jogo que não podia vencer.

— Tenha calma, Dante. Eu estou aqui com você — disse a luz em ondas de vibração.

— Eu havia desistido — admitiu, sentindo o peso daquelas palavras. — Não verbalmente, não conscientemente, talvez... mas, no fundo, eu havia desistido de lutar, de buscar, de esperar. — Dante relembrava os seus piores momentos.

A presença, agora como forma de brilho intenso, tocou suavemente o rei branco, que emitiu um brilho sutil ao contato.

— Deixe-me contar algo que aprendi em minhas viagens entre as estrelas — disse ela, sua voz agora carregando uma tonalidade que sugeria eras de sabedoria acumulada. — Nas galáxias mais distantes, existe uma antiga tradição entre seres altamente evoluídos. Eles meditam sobre jogos de estratégia como este, não para vencer, mas para compreender os padrões do universo.

A luz brilhosa fez um gesto e o tabuleiro começou a flutuar de modo sutil, girando lentamente enquanto falava.

— Aquele que me antecede, o grande operador desses jogos cósmicos, uma vez me disse algo que transformou minha compreensão da existência. Ele disse: "A derrota é uma ilusão nascida da perspectiva limitada. Quando enxergamos o jogo completo, em todas as suas dimensões possíveis, descobrimos que sempre existe uma possibilidade que transcende nossa visão atual".

A presença fez o tabuleiro parar de girar, agora iluminado de um ângulo ligeiramente diferente. Sob essa nova luz, Dante conseguia ver algo que não havia notado antes — uma sutil abertura, um caminho quase imperceptível.

— Os seres humanos possuem uma tendência peculiar — continuou a presença. — Quando estão sofrendo, quando estão cercados por dificuldades, seu campo de visão se estreita. Começam a ver apenas as ameaças, apenas os obstáculos, apenas os caminhos bloqueados. É uma resposta natural do sistema nervoso, desenvolvida para lidar com predadores nas savanas primitivas. Eu fiz assim por conta da necessidade da evolução em etapas.

A presença tocou o tabuleiro novamente, e as peças emitiram um brilho suave, como se despertando para uma nova possibilidade.

— Mas o universo opera além dessas limitações perceptivas. O universo conhece possibilidades que transcendem sua compreensão atual. Mesmo quando você acredita que chegou ao fim, que todas as opções foram esgotadas, que não há mais esperança... o universo vê o que você não vê.

Dante olhava fixamente para o tabuleiro, começando a perceber o que a presença estava indicando: um movimento possível, sutil, quase invisível à primeira vista, mas definitivamente real.

— O rei ainda pode se mover — murmurou, quase incrédulo.

— Sim — confirmou a presença, seus olhos brilhando com aprovação. — O rei ainda pode se mover. E não é apenas uma escapatória temporária; é o início de uma reviravolta completa no jogo.

A presença moveu o rei branco para aquela pequena abertura quase imperceptível. No momento em que a peça tocou o novo quadrado, uma onda de energia percorreu o tabuleiro. As peças negras começaram a recuar, a luz começou a se expandir a partir do rei branco, e o que antes parecia uma derrota inevitável transformou-se, diante dos olhos atônitos de Dante, em uma posição de equilíbrio e, eventualmente, em uma possibilidade concreta de vitória. A sombra negra do outro lado do tabuleiro instantaneamente se dissipou em um som que imitava gritos.

— Este é o padrão que encontrei repetidamente em incontáveis mundos, em inúmeras vidas — disse a presença, sua voz agora mais profunda, mais ressoante. — No exato momento em que tudo parece perdido, quando a alma está pronta para se render, existe uma possibilidade de transformação radical, tão sutil que apenas olhos que transcendem as aparências podem percebê-la.

Dante sentiu algo quebrar dentro de si — não de dor, mas de libertação. Era como se um dique que havia contido oceanos de emoção finalmente cedesse, permitindo que ondas de compreensão varressem seu ser.

— É o que alguns chamam de milagre — continuou a presença. — Não uma violação das leis universais, mas a manifestação de leis mais profundas que transcendem sua compreensão atual. É o momento em que o paralítico se levanta e anda, em que o cego recupera a visão, em que o morto retorna à vida.

A presença colocou gentilmente as mãos sobre os ombros de Dante, seu toque tão leve quanto uma brisa e tão fundamental quanto a própria gravidade. Lágrimas escorriam sobre a face de Dante Valente.

— Em sua vida, Dante, você acreditava ter chegado ao xeque-mate. Acreditava que todas as possibilidades haviam se esgotado, que não havia mais sentido, mais propósito, mais caminho a seguir. Via-se cercado por forças que não podia controlar ou compreender.

Os olhos da presença encontraram os de Dante com uma intensidade que parecia atravessar todas as barreiras.

— Mas eu vim para lhe mostrar que o rei ainda tem um movimento. Sempre tem. É uma lei universal tão fundamental quanto a própria existência. Quando uma alma chega ao limite absoluto de suas forças, quando não há mais para onde ir dentro dos parâmetros conhecidos... é precisamente aí que se abre a possibilidade de transcendência.

A presença fez um gesto abrangente, e o tabuleiro expandiu-se, as peças agora flutuando em uma dança cósmica que transcendia as regras convencionais do jogo.

— O que para você parecia o fim era apenas o prelúdio para um novo começo. O que parecia derrota era apenas a preparação para uma vitória mais profunda. O que parecia morte era apenas a passagem para uma vida mais verdadeira.

Dante olhou para as peças dançantes, sentindo uma compreensão se desdobrar em níveis de seu ser que nem sabia que existiam.

— Qual... qual é esse movimento para mim? — perguntou, sua voz trêmula com a magnitude da revelação. — Qual é essa possibilidade que não consigo ver?

A presença de luz sorriu — um sorriso que continha a sabedoria de éons, a compaixão de universos, o amor de infinitas dimensões.

— É diferente para cada alma — respondeu. — Para alguns, é perdoar o que parecia imperdoável. Para outros, é amar o que parecia impossível de ser amado — incluindo a si mesmos. Para outros ainda, é entregar o controle que tentaram manter por tanto tempo, reconhecendo que fazem parte de algo muito maior que seus medos e desejos individuais.

A presença aproximou-se ainda mais, agora tão próxima que sua luz parecia fundir-se com a própria essência de Dante.

— Para você, Dante, o movimento envolve lembrar quem você realmente é. Não o personagem limitado que acreditava ser, definido por seus fracassos, suas dúvidas, seus medos. Mas a consciência ilimitada que observa tudo isso, que contém tudo isso, que transcende tudo isso.

As peças do tabuleiro agora giravam em padrões cada vez mais complexos e harmoniosos, criando uma sinfonia visual que refletia a ordem subjacente do cosmos.

— Se e quando retornar — continuou a presença —, você enfrentará os mesmos desafios, as mesmas questões, as mesmas aparentes limitações. Mas levará consigo esta semente de consciência expandida: a compreensão de que, quando todas as portas parecem fechadas, ainda existe uma possibilidade que transcende sua percepção atual.

A presença estendeu as mãos em um gesto de bênção infinita.

— Esta é minha promessa para você, Dante, e para todos que chegam ao que parece ser o fim de suas possibilidades: o rei sempre tem mais um movimento. Esta verdade está inscrita na própria estrutura do universo. É a expressão, no plano da forma, de uma lei cósmica inviolável: o amor sempre encontra um caminho.

Dante sentiu-se tomado por uma emoção que transcendia qualquer coisa que já havia experimentado. Não era apenas gratidão, não era apenas amor, era um reconhecimento tão profundo que parecia reconfigurar as próprias bases de seu ser.

— Eu não sei como agradecer — disse ele, as palavras parecendo absolutamente inadequadas para expressar o que sentia.

A presença sorriu novamente, um sorriso que parecia conter galáxias inteiras.

— Não agradeça com palavras — respondeu. — Agradeça lembrando, nos momentos mais escuros, que o rei sempre tem mais um movimento. Agradeça sendo essa lembrança para outros que acreditam estar em xeque-mate. Agradeça reconhecendo, em cada aparente final, a semente de um novo começo.

A luz ao redor deles começou a pulsar mais intensamente, sugerindo que o momento da separação estava próximo.

— Vou esquecer tudo isso quando eu retornar, não vou? — perguntou Dante, sentindo uma pontada de tristeza diante dessa perspectiva.

— Se retornar, a mente consciente esquecerá — confirmou a presença. — Mas o coração lembrará. A alma lembrará. E quando estiver pronto para escutar, quando o ruído da mente diminuir o suficiente, você sentirá o eco desta verdade ressoando em seu ser mais profundo.

A presença estendeu as mãos, tocando gentilmente a testa e o coração de Dante.

— Se retornar, eu estarei lá — disse, sua voz agora quase um sussurro cósmico. — Em cada momento de aparente derrota, em cada encruzilhada impossível, em cada noite escura da alma, eu estarei lá, lembrando-lhe que o rei sempre tem mais um movimento. Mas antes disso você ainda tem um encontro muito importante aqui neste jogo.

A luz se intensificou até um brilho quase insuportável, um brilho que parecia dissolver as próprias fronteiras da individualidade.

Dante sentiu dissolver-se completamente na luz, transformado, renovado, renascido — não mais uma peça isolada em um tabuleiro hostil, mas parte de uma dança cósmica de infinito significado e beleza inefável.

O rei havia feito seu movimento. Mas Dante ainda tinha um importante encontro pela frente.

E nada seria como antes.

o encontro com a morte: o último desafio de dante

Agora o ser de luz, cujo brilho havia antes cegado momentaneamente Dante, diminuía sua intensidade, revelando uma figura que emanava compaixão e sabedoria imemoriais. Sem dizer uma palavra, ergueu a mão direita e fez um gesto no ar, como se abrisse uma porta invisível.

— Veja, Dante — disse o ser, sua voz ecoando não apenas no espaço ao redor, mas dentro da própria alma dele. — Para completar sua jornada, você deve enfrentar aquela que todos os homens temem, mas poucos verdadeiramente conhecem.

O ar tremeu. Um frio que não era deste mundo penetrou os ossos de Dante. A escuridão pareceu condensar-se à sua frente, criando primeiro uma sombra e depois uma forma encapuzada alta e imponente, que Dante sempre havia criado em sua mente. A Morte estava diante dele.

— Dante Valente — pronunciou a Morte, sua voz surpreendentemente melodiosa, como o suspiro final de uma canção. — Não é comum receber visitantes que ainda carregam o sopro da vida.

Dante lutou contra o impulso de recuar. O medo borbulhava em seu interior como água fervente, mas ele manteve-se firme, sustentando o olhar onde deveria estar o rosto da figura.

— Você me conhece? — perguntou Dante, sua voz, em tom de desespero, denunciando o tremor que tentava controlar, buscando inconscientemente ludibriar alguém que já o conhecia.

A Morte emitiu um som que poderia ser um riso ou um suspiro.

— Conheço todos os filhos da Terra. Observo-os desde o primeiro choro até o último suspiro. Alguns eu conheço de longe, por muito tempo; outros, encontro subitamente. Mas todos, sem exceção, acabam em meus braços.

O ser de luz recuou, deixando Dante sozinho com a figura encapuzada.

— Por que estou aqui? — perguntou Dante.

— Para compreender — respondeu a Morte simplesmente. — Para ver o que poucos têm o privilégio de contemplar antes da hora final.

A Morte ergueu o que pareciam ser mãos esqueléticas sob as amplas mangas de sua túnica e, com um movimento fluido, desenhou um grande círculo no ar. O espaço dentro do círculo tremulou como a superfície de um lago perturbado e, então, imagens começaram a aparecer.

Dante viu a si mesmo, não como era agora, mas ao longo de toda a sua vida. Viu-se criança, jovem, homem feito. Viu seus momentos de triunfo, de amor, de inspiração. Mas então vieram outras imagens: sua ambição política, sua sede de reconhecimento, seus inimigos declarados, suas alianças questionáveis.

— O que vê? — perguntou a Morte.

— Vejo... minha vida — respondeu Dante, incapaz de desviar os olhos.

— Não. Você vê apenas a superfície, a casca exterior do fruto. Olhe além. Veja o que outros homens sábios, em um tempo muito distante do seu, descobriram apenas quando eu já estava em suas cabeceiras.

O círculo tremulou novamente, e Dante viu um homem deitado em uma cama, em óbvia agonia. A princípio, pensou tratar-se de uma visão do inferno, mas logo percebeu que era a vida — a vida de um homem comum, mas não menos dolorosa que qualquer punição infernal.

— Este é um homem — explicou a Morte — que viveu como quase todos vivem: buscando aprovação, sucesso e conforto. Construiu para si uma vida que outros admiravam, seguindo cada passo que a sociedade estabelecia como correto. Casou-se sem amor, trabalhou sem paixão, socializou sem sinceridade.

Dante observou o homem, vendo sua trajetória de aparente sucesso e respeitabilidade. Viu como ele decorava sua casa com requinte, como ocupava cargos de prestígio, como mantinha relações superficiais com todos à sua volta.

— Que vida vazia — murmurou Dante, antes que pudesse conter as palavras.

— E a sua, Dante? — questionou a Morte, sua voz agora afiada como uma adaga. — Em que difere da dele?

Dante sentiu como se tivesse recebido um golpe físico.

— Eu… eu produzi algumas coisas. Creio que possa ter deixado algum legado. Acho que amei verdadeiramente. — Sua voz falhou enquanto tentava defender-se.

— Sim, você amou — concordou a Morte. — Amou seus filhos, transformando-os em um ideal. E por esse amor falho de afeto e carinho, você tinha a impressão de que havia sido completo. Mas olhe novamente para sua vida, Dante Valente. Para o que realmente importa.

O círculo de imagens mudou mais uma vez. Dante viu-se em animadas discussões políticas e no trabalho, vangloriando-se de sua influência. Viu-se depressivo, amargo, sem alegria de viver. Viu sua família — sua esposa, seus filhos — frequentemente negligenciados em favor de sua arte e suas ambições.

— Por que me mostra isso? — A voz de Dante era quase um sussurro.

— Para que você veja como estes outros homens viram: apenas quando era tarde demais. Para que compreenda antes que minha mão toque seu ombro pela última vez.

A Morte aproximou-se e, para surpresa de Dante, tocou-lhe o rosto com dedos que, contrariando todas as expectativas, eram quentes e gentis.

— Durante toda a sua jornada pelos reinos do além, você julgou almas, observou punições, contemplou a redenção. Mas e você, Dante? Quem julga suas escolhas? Quem pesa os momentos desperdiçados de sua própria existência?

Dante sentiu lágrimas quentes escorrerem por suas faces. Lembrou-se de momentos em que estivera tão absorvido em suas próprias paixões e ambições que deixara de ver a beleza ao seu redor, a simplicidade dos gestos de amor cotidiano, a presença genuína de pessoas que o amavam sem condições.

— Como estes homens, Dante — continuou a Morte —, você construiu uma vida de aparências. Buscou a grandiosidade enquanto ignorava o essencial. Venerou o amor platônico enquanto negligenciava o amor tangível ao seu alcance.

A Morte recuou alguns passos, criando um espaço entre eles.

— Agora, Dante, chegamos ao seu desafio final.

O ar ao redor deles mudou, tornando-se mais denso, mais carregado de significado.

— Qual desafio? — perguntou Dante, secando as lágrimas com as costas das mãos.

— O desafio da verdade. Da honestidade absoluta consigo mesmo.

Da névoa surgiu um espelho de proporções grandiosas, mas em vez de refletir a aparência física de Dante, mostrava algo que o fez prender a respiração: era sua alma, nua em toda a sua complexidade, com suas luzes e sombras, suas nobrezas e mesquinhez, seus amores verdadeiros e suas vaidades superficiais.

— Este é seu desafio: olhar para o que você verdadeiramente é, sem desculpas, sem justificativas, sem a máscara que usa para o mundo e para si mesmo. Olhar e aceitar. E então, só então, decidir.

Dante aproximou-se do espelho, magnetizado por sua própria essência exposta. Viu seus talentos, sim, mas também seu orgulho desmedido. Viu sua busca pela verdade divina, mas também como essa busca frequentemente servira a seus próprios propósitos terrenos.

— O que devo decidir? — perguntou, sua voz quase inaudível.

— Se deseja retornar à vida ou seguir adiante comigo — respondeu a Morte.

Dante virou-se bruscamente.

— Tenho essa escolha?

— Todos a têm, em algum momento. Alguns, apenas nos instantes finais, quando já é tarde para corrigir o curso de suas vidas. Outros, como você, recebem essa graça antes. A decisão, no entanto, só pode ser tomada após enfrentar o espelho.

Dante voltou a contemplar o reflexo de sua alma. A visão era dolorosa, mas havia também algo libertador em finalmente ver-se com tamanha clareza.

— Se eu escolher voltar — disse Dante lentamente — poderei mudar? Posso ainda transformar minha vida em algo mais autêntico?

A Morte manteve-se em silêncio por um longo momento.

— Alguns homens descobriram, em seus leitos de morte, que poderiam ter vivido de forma diferente. Que a vida que considerara correta e bem-sucedida era, na verdade, superficial e vazia. Sua epifania veio quando a areia já havia quase toda escoado de sua ampulheta.

Dante observou novamente a imagem do homem agonizante, mas agora via algo diferente: uma pequena luz de compreensão nos olhos dele, uma semente de paz em meio ao sofrimento.

— Ele entendeu — murmurou Dante.

— Sim — confirmou a Morte. — Entendeu que o sentido da vida não está nos títulos, nas posses, na aprovação social, mas na autenticidade, na compaixão, no amor genuíno, na coragem de ser verdadeiro consigo mesmo e com os outros. Ele entendeu, mas tarde demais para viver segundo essa compreensão.

A Morte aproximou-se do espelho e, com um toque suave, fez que a imagem daquele homem desaparecesse, deixando apenas o reflexo da alma de Dante.

— Você tem algo que o homem não teve: tempo. Se escolher retornar, poderá viver com a consciência que ele alcançou apenas na hora final.

Dante encarou a si mesmo no espelho por um tempo que parecia infinito. Viu todas as possibilidades, todos os caminhos não percorridos, todas as palavras não ditas, todos os momentos de verdadeira conexão que deixara escapar.

— Como… — Dante engoliu em seco. — Como seria viver com a consciência constante de sua presença, Morte?

Um sussurro que poderia ser um riso ecoou no espaço entre eles.

— Não se trata de temer-me, Dante, mas de lembrar-se de mim. De carregar a consciência de que sou inevitável, não como um fardo, mas como um farol que ilumina o que realmente importa. Quando um homem tem sempre presente a certeza de minha visita, ele não perde tempo com trivialidades. Não desperdiça amor. Não sacrifica a autenticidade por aparências.

A Morte fez um gesto amplo, e o espelho expandiu-se, mostrando agora duas versões de Dante: uma continuando sua vida como até então — talentosa, admirada, mas fundamentalmente desconectada da verdadeira intimidade —; a outra transformada pela compreensão que agora possuía — ainda um "vencedor", ainda um pensador, porém mais presente, mais aberto, mais compassivo.

— Esta é sua decisão, Dante. Qual desses homens deseja ser? Ou prefere deixar a jornada terrena e seguir adiante comigo agora?

Dante sentiu o peso da escolha como nunca sentira antes. Em todos os seus anos de vida, em todas as suas decisões políticas, em todos os seus versos cuidadosamente trabalhados, jamais enfrentara algo tão fundamental quanto essa escolha.

Olhou para trás, para o ser de luz que aguardava silenciosamente, e depois para a Morte à sua frente, e percebeu, com uma clareza surpreendente, que não eram adversários, mas partes de um mesmo processo, de uma mesma verdade universal.

— Eu escolho... — começou, e sua voz, antes hesitante, agora ressoava com uma certeza recém-descoberta.

a maior das verdades: o amor

Antes que Dante pudesse escolher, a presença de luz intensa então se aproximou ainda mais, sua luz agora modulada para uma intensidade que transmitia intimidade absoluta. Agora era a figura da Morte que se afastava.

— Dante — disse, e o nome soou como se estivesse sendo pronunciado pela primeira vez, revelando seu significado essencial —, o que mais teme, no fundo de seu coração?

A pergunta penetrou além de todas as defesas, além de todas as máscaras que Dante jamais havia usado. Em presença daquela luz que tudo conhecia, não havia como esconder-se, não havia como dissimular.

— Temo... — começou ele, sentindo as camadas de seu ser se abrirem como pétalas de uma flor — temo não ser suficiente. Temo que, no final, todo o meu esforço, todo o meu amor e toda a minha busca sejam inadequados. Que eu tenha desperdiçado minha vida perseguindo ilusões. Que eu morra não tendo realmente vivido.

As palavras saíram não como uma confissão, mas como uma libertação, como se finalmente nomeasse um veneno que havia corrido em suas veias por toda a vida, permitindo que fosse finalmente neutralizado.

A presença enviou uma onda de luz tão saturada de compaixão que Dante sentiu-se envolvido em um abraço cósmico.

— Esse medo é a raiz de todo o sofrimento humano — disse a presença. — É o eco da separação primordial, da ilusão de estar divorciado da fonte da vida. Mas essa separação nunca ocorreu, exceto na percepção distorcida pelo ego.

A presença expandiu-se, agora envolvendo Dante completamente, como se o convidasse a fundir-se com sua luz.

— A verdade que você tem buscado, através de todas as casas, com todos os guias, é uma verdade tão simples que sua própria simplicidade a torna difícil de apreender — continuou a presença. — Essa verdade é o amor.

Ao pronunciar a palavra "amor", a presença emanou uma vibração que ressoou através de todas as dimensões da existência. Não era apenas um conceito ou um sentimento, mas uma força fundamental, tão real e essencial quanto a gravidade ou o eletromagnetismo — talvez mais fundamental ainda.

— Não o amor como vocês frequentemente o concebem — condicional, possessivo, necessitado —, mas o amor como a própria substância do ser. O amor como a força que mantém os átomos unidos, que impele galáxias a dançarem, que sustenta a teia infinitamente complexa da vida.

Enquanto a presença falava, Dante foi tomado por uma visão de interconexão estelar — cada partícula, cada ser, cada momento do tempo unidos em uma tapeçaria de significado de inefável beleza.

— O oposto do amor não é o ódio, mas o medo — continuou a presença. — Todo sofrimento, toda violência, toda destruição nascem não da maldade inerente, mas do medo profundo: o medo da separação, da insignificância, da aniquilação.

A presença conduziu gentilmente a consciência de Dante através de sua própria vida, mostrando-lhe como cada momento de verdadeira alegria havia sido um momento de conexão, de transcendência da separação. E como cada momento de sofrimento havia sido um momento de contração, de recuo para a ilusão do eu separado.

— O amor não é algo que você faz ou sente — explicou a presença. — É o que você é, em sua natureza mais fundamental. Quando você remove as camadas de condicionamento, de medo, de identificação com o falso eu, o que resta é apenas amor. O medo vem apenas como um mensageiro. Um mensageiro que anuncia suas crenças muitas vezes inconscientes, suas crenças não verdadeiras, suas crenças que não são você. Temos apenas uma vibração. Nossas crenças determinam o que essa vibração vai se tornar. Dependendo do que acredita, essa vibração pode se tornar alegria, raiva, medo, amor... Questionar a crença se faz necessário.

Dante sentiu uma emoção indescritível percorrer seu ser; não uma emoção no sentido convencional, mas uma abertura, uma expansão que parecia não ter limites.

— Então... o propósito da vida... — disse, sua consciência vibrando com a magnitude daquela revelação.

— É descobrir isso — continuou a presença. — Descobrir que você já é o que busca. Que a separação é a ilusão fundamental. Que você nunca esteve sozinho, nunca esteve desconectado da fonte, nunca foi inadequado ou insuficiente.

A luz da presença pareceu intensificar-se, tomando uma qualidade ainda mais pessoal, mais íntima.

— Lembre-se — continuou com voz gentil, mas poderosa — de como foram alimentados milhares com apenas cinco pães e dois peixes, quando foram transformados de simples pescadores de peixes em pescadores de almas, quando foi transformada a água em vinho nas bodas... todas essas histórias que vocês preservaram são metáforas da transformação que ocorre quando a consciência desperta para sua verdadeira natureza.

Dante sentiu uma inquietação, como se algo ancestral estivesse sendo tocado em sua memória coletiva.

— Entendo que você seja... que você estava lá? Estava querendo confirmar desde quando você apareceu pra mim — disse, hesitante.

A presença emitiu o que parecia ser um sorriso feito de luz pura.

— Eu estava lá antes que o tempo começasse e estarei depois que terminar — respondeu. — Eu caminhei pelas areias de Galileia e pelas praias distantes de mundos que você ainda não conhece. Eu falei através dos lábios de mestres em todos os cantos do universo. Lembra-se de quando eu disse que na casa de meu Pai há muitas moradas? Não falava apenas de estados de consciência, mas também de mundos incontáveis que vocês apenas começam a vislumbrar através de seus telescópios.

Dante caiu de joelhos e em pranto. O rei do universo então se aproximou e fez que ele levantasse para lhe dar um abraço forte. Dante continuava chorando...

A presença agora criou diante de Dante o que parecia ser um tabuleiro cósmico, uma versão transcendental do tabuleiro do jogo que ele havia jogado ao longo de toda a sua jornada.

— Chegamos ao movimento final — disse a presença conhecida por todos como Jesus, embora um nome agora em sua posição no cosmos não era algo de tanta importância. — A escolha que cada alma deve fazer, mais cedo ou mais tarde.

No tabuleiro, Dante viu duas peças: uma representando o retorno à vida encarnada, outra representando a transição para dimensões além da física.

— Você pode escolher retornar — explicou a presença. — Continuar sua jornada na forma física, levando consigo a compreensão que adquiriu. Ou pode escolher transcender com a Morte, ficando mais próximo a mim, deixando para trás a forma física e continuando sua evolução em outros planos de existência.

Dante olhou para as duas peças, sentindo o peso da decisão.

— Qual é a escolha certa? — perguntou.

A presença emanou agora o equivalente a um sorriso compassivo.

— Não há escolha certa ou errada. Há apenas escolha. Cada caminho tem seus próprios dons, seus próprios desafios, suas próprias lições. O que importa não é para onde você vai, mas como você viaja — com medo ou com amor.

Dante considerou as opções, sentindo-se genuinamente livre talvez pela primeira vez em sua vida. Não havia pressão externa, não havia expectativas, não havia medo do erro — apenas a liberdade absoluta da escolha consciente.

— O que acontece se eu escolher transcender?

— Você continuará sua jornada em dimensões onde as limitações da matéria não se aplicam, onde a separação é compreendida mais facilmente como ilusão. Mas perderá a oportunidade de traduzir esta compreensão para o plano físico, de ser um farol para outros ainda presos na ilusão da separação.

Dante refletiu profundamente, não a partir do medo ou do desejo, mas de um lugar de clareza serena.

— Quero retornar — disse finalmente. — Há muito a ser feito, muito a ser vivido a partir desta nova compreensão.

A presença brilhou com aprovação.

— Como avisado antes, assim como todos que retornam, você deve aceitar o Véu do Esquecimento. Retornará sem memória consciente desta experiência, desta conversa. Terá apenas flashes, intuições, sonhos que apontarão para a verdade. Não lembrará com a mente consciente. As limitações do cérebro físico não podem conter a totalidade desta experiência. Mas você lembrará com o coração, com a intuição, nos momentos de silêncio e conexão. E essa lembrança se manifestará como uma orientação interior, uma bússola que sempre aponta para a verdade.

— Mas por quê? — perguntou Dante, sentindo uma ponta de desapontamento.

— Porque o jogo da vida encarnada exige isso. Se você se lembrasse completamente, não haveria descoberta, não haveria o deleite do reconhecimento, da evolução, não haveria a jornada de volta para casa. E é na jornada que reside o significado.

Dante assentiu, compreendendo a sabedoria daquela condição.

— Mas há algo mais — continuou a presença, sua luz agora pulsando com o que parecia ser antecipação. — Algo que você ainda não percebeu.

— O quê? — perguntou Dante, intrigado.

— As três luzes que você viu através da janela do avião, antes do que pensou ser o acidente. Olhe para elas novamente.

Com um gesto, a presença criou uma janela dimensional através da qual Dante podia ver as três luzes que havia observado no céu noturno antes de perder a consciência.

— O que você vê? — perguntou a presença.

Dante olhou atentamente e, com um choque de reconhecimento, percebeu que não eram três luzes separadas, mas uma única fonte de luz vista de três perspectivas diferentes.

— É... uma única luz — murmurou, maravilhado.

— Sim — confirmou a presença. — Assim como os três guias eram aspectos de um único caminho. Assim como corpo, mente e espírito são aspectos de um único ser. Assim como passado, presente e futuro são aspectos de um único tempo eterno. Tudo o que existe se funde em algo único. Tudo e todos somos um. O maior sofrimento do ser humano é a divisão.

A compreensão atingiu Dante como uma onda de claridade.

— A revista em seu assento no avião — continuou a presença — que você estava folheando antes de olhar pela janela. Você lembra o que estava lendo?

Dante tentou se lembrar, e subitamente a memória emergiu: um artigo sobre fenômenos astronômicos inexplicáveis, sobre as coisas do inconsciente e até espirituais.

— Você estava lendo sobre mim — disse a presença, com o que parecia ser um toque de humor cósmico. — Sobre minhas manifestações no seu mundo. Sobre os momentos em que o véu entre dimensões se torna momentaneamente mais fino.

Dante sentiu uma onda de espanto percorrer seu ser.

— Então... o acidente...

— Não houve acidente — respondeu a presença. — Houve um encontro. Um encontro que você solicitou no nível mais profundo de seu ser. Um chamado que foi respondido.

A revelação era tão inesperada que Dante sentiu-se desorientado por um momento, todas as suas suposições anteriores desmoronando.

— Toda esta jornada... — começou, tentando assimilar a magnitude da revelação.

— Foi uma resposta à sua busca mais profunda — completou a presença. — Uma oportunidade de ver além do véu, de lembrar quem você realmente é. E agora, tendo visto, você retorna; não como quem foi, mas como quem sempre foi destinado a ser.

A presença começou a se aproximar, sua luz intensificando-se.

— Está na hora — disse ela. — Feche seus olhos, Dante. E quando abri-los novamente estará de volta. Lembrando com o coração o que a mente esqueceu. Carregando a luz que você sempre foi.

Dante hesitou por um momento, querendo prolongar o encontro.

— Eu voltarei a te ver? — perguntou, uma última pergunta antes da separação.

A presença enviou uma onda final de amor tão intensa que Dante sentiu-se completamente permeado por ela, cada átomo de seu ser saturado de luz.

— Você nunca deixará de me ver — respondeu a presença. — Pois eu nunca estive fora de você. Procure-me no silêncio entre seus pensamentos. No espaço entre suas respirações. No amor que flui através de você para todos os seres.

A luz pulsou ainda mais intensamente, como se estivesse prestes a revelar uma verdade final.

— Você irá me sentir, Dante. Estarei sempre presente, pois eu sou o caminho, a verdade e a vida. Antes que o mundo fosse, eu sou. Vá agora, Dante — foram as últimas palavras que ele ouviu antes que a luz o envolvesse completamente. — E quando tudo parecer perdido, quando todas as portas parecerem fechadas, quando todas as esperanças parecerem desvanecidas, lembre-se... o rei ainda tem mais um movimento.

E com estas palavras a presença não se afastou, mas se fundiu com Dante, tornando-se indistinguível dele mesmo. Era como se a gota retornasse ao oceano, apenas para descobrir que nunca havia realmente deixado de ser oceano.

Dante fechou os olhos, entregando-se completamente à dissolução, à transformação, ao retorno.

de volta à carne

— Senhor? Senhor, pode me ouvir?

Dante abriu os olhos lentamente, a luz fluorescente do avião momentaneamente ofuscante após a infinitude de luz pura que acabara de experimentar. Um rosto preocupado pairava sobre ele — uma aeromoça, olhando-o com uma mistura de alívio e preocupação.

— Graças a Deus — disse ela. — Pensei que teríamos de fazer um pouso de emergência.

Dante piscou várias vezes, tentando orientar-se. Estava deitado no corredor do avião, passageiros olhando curiosamente de seus assentos. Uma mulher de meia-idade com um estetoscópio ao redor do pescoço — evidentemente uma médica entre os passageiros — ajoelhava-se ao seu lado, verificando seu pulso.

— O que... o que aconteceu? — perguntou Dante, sua voz soando estranha aos próprios ouvidos.

— Você desmaiou, senhor — explicou a aeromoça. — Levantou-se para ir ao banheiro e simplesmente caiu. Ficou inconsciente por quase vinte minutos. A dra. Simone aqui tem cuidado de você.

A médica sorriu gentilmente.

— Como está se sentindo? — perguntou ela. — Tem algum histórico de desmaios? Problemas cardíacos? Epilepsia?

Dante sacudiu a cabeça, tentando assimilar a situação. Não houve acidente. Não houve tabuleiro, nem jogo, nem guias. Tudo havia sido... o quê? Um sonho? Uma alucinação? Algum tipo de experiência de quase morte causada por falta temporária de oxigênio no cérebro?

— Estou bem — disse ele, sentando-se lentamente. — Só um pouco desorientado.

— Vamos levá-lo de volta ao seu assento — disse a aeromoça, ajudando-o a se levantar com a assistência da médica. — A doutora vai continuar monitorando você até o pouso, só por precaução.

Enquanto era conduzido de volta ao seu lugar, Dante notou os olhares dos outros passageiros — alguns preocupados, outros meramente curiosos, alguns aliviados por não ser algo mais sério que pudesse atrasar o voo.

Um homem de negócios no corredor sequer levantou os olhos de seu laptop quando Dante passou. Uma mulher continuava falando intensamente ao telefone, como se nada tivesse acontecido. Um adolescente com fones de ouvido balançava a cabeça no ritmo de uma música inaudível para os demais.

A normalidade da cena era quase surreal após a transcendência que Dante acabara de experimentar. Como podiam todos continuarem como se nada extraordinário estivesse acontecendo? Como podiam não perceber a magnitude do que ele havia vivenciado?

Mas então, enquanto se acomodava novamente em seu assento, algo estranho ocorreu. A senhora idosa sentada ao seu lado, que havia passado a maior parte do voo dormindo, olhou diretamente para ele com olhos de uma claridade surpreendente.

— As três luzes — disse ela, sua voz baixa, mas perfeitamente clara. — Você as viu, não foi?

Dante sentiu seu coração acelerar.

— Como... como você sabe sobre isso?

A mulher sorriu — um sorriso que continha uma sabedoria que parecia ultrapassar em muito seus anos físicos.

— Alguns de nós as veem — respondeu simplesmente. — Alguns de nós se lembram.

Antes que Dante pudesse responder, a mulher voltou sua atenção para a janela, como se o breve momento de conexão tivesse terminado. Mas aquelas palavras reverberaram nele com força extraordinária.

Alguns de nós se lembram.

Dante olhou para a janela ao seu lado. O céu estava completamente escuro agora, pontilhado por estrelas. E então, como se respondendo a um chamado silencioso, três pontos de luz surgiram no horizonte, dançando em padrões impossíveis, desafiando qualquer explicação convencional.

Uma paz profunda envolveu Dante enquanto observava as luzes. Não se lembrava de todos os detalhes de sua experiência — o véu já havia descido sobre sua mente consciente. Mas seu coração se lembrava. Seu ser mais profundo se lembrava.

E enquanto o avião continuava sua jornada através da noite, Dante sentiu algo inexplicável em seu peito — não um objeto físico, mas uma presença, uma certeza, um reconhecimento. As três luzes dançavam no céu noturno, uma única luz vista de três perspectivas.

E naquele momento, sem precisar de palavras ou conceitos, Dante compreendeu. Sua verdadeira jornada não estava terminando.

Estava apenas começando.

FONTE Adobe Caslon Pro e Calendula
PAPEL Pólen Natural 80g/m²
IMPRESSÃO Paym

FSC
www.fsc.org
MISTO
Papel produzido a partir de fontes responsáveis
FSC® C133282